丁香岛之恋

陶林 著

北京日报出版社

图书在版编目（CIP）数据

丁香岛之恋 / 陶林著.
北京 ：北京日报出版社，2016. 3
ISBN 978 - 7 - 5477 - 1976 - 3

Ⅰ. ①丁…　Ⅱ. ①陶…　Ⅲ. ①长篇小说—中国—当代
Ⅳ. ①I247. 5

中国版本图书馆 CIP 数据核字（2016）第 015844 号

丁香岛之恋

出版发行	北京日报出版社
地　　址	北京市东城区东单三条 8 - 16 号东方广场东配楼四层
邮　　编	100005
电　　话	发行部（010）65255876 总编室（010）65252135 - 8043
印　　刷	廊坊飞腾印刷包装有限公司
经　　销	各地新华书店
版　　次	2016 年 3 月第 1 版
印　　次	2016 年 3 月第 1 次印刷
开　　本	880 毫米 ×1230 毫米　1 / 32
印　　张	10. 25
字　　数	300 千字
定　　价	29. 80 元

题 记

每个人心中都有片丁香群岛

如你所愿

注定纷纭花开 蔚蓝洗尘

也注定相隔遥远

为你难见

每个人的心都是一个海

许我寻途遥远

许我去往天涯 万水走遍

若如我愿

无非你在眼前

距离天堂最近的地方

目录

CONTENTS

序幕

1

时间到。时间到。

导播向台上打了个手势“V”。节目主持人嘹亮的播音，配合着他装酷的表情，不急不慢地响了起来：

“各位观众朋友你们好。这里是海滨卫视最火热的公益性婚恋交友节目——《相亲&相爱》，我是节目主持人宋知非，非常感谢电视机前的您支持我和我的节目。我们的节目规则是：每轮上来一位男嘉宾，接受二十四位女嘉宾暴风骤雨般的提问与考验。如果，他能获得某位女嘉宾所保留的最后一盏灯，那么他将获得本节目组友情赞助的一次一对一、面对面的浪漫咖啡屋相亲机会。如果顺利牵手，他们可以有机会凭结婚证，参加奔赴塞班岛等热带海岛度假的机会……”

“……相亲有约，相爱有缘，我们节目希望有情人终成眷属，希望你们寻找到命中的另一半尽早相亲相爱。好，让我们以最热烈的欢呼，欢迎本期节目的第一位男嘉宾——李奇微先生。”

主持人挥手之间，电梯缓缓上升。电梯里的李奇微，感到了那种起航般的震动，不由深深地吸了一口气。

门的外面，热闹的音乐和沉闷的掌声在响，轰轰隆隆地为二十四位女嘉宾助威，像擂战鼓一样迎接李奇微的到来。

乐曲是《相亲&相爱》的同名主题曲，掌声是预录罐头掌声。

刚进电梯，李奇微非常紧张，心跳如擂鼓。但那只是须臾，紧张就如退潮般过去了，他又开始习惯性地发愣，死死瞪着电梯的门缝看。

随着电梯上升，他开始严重怀疑起自己是否该硬着头皮来这里。公然抛头露面，公然参加这个关注度太大的相亲节目，让世人同情这个可怜巴巴的资深单身汉——李奇微只是想碰碰运气，希冀能见到、能带走那位对他而言非常重要的女士，真心并不想搞出这么大的动静来。

于是，李奇微长吸了一口气，闭上眼，努力回到那开满丁香的群岛。而只要闭上眼，他就能闻到丁香花盛开的气息，闻到热带海岛那水汽丰沛的甜味。他可以吸入那七百三十多个日夜的等待与寻觅，然后吐出像印度洋海水一样蓝的双眼……

这一切，曾经让李奇微着迷的东西，是他最好的镇定。待他再次睁开眼睛时，只感觉到了一束非常强烈、非常刺激的光。

光从电梯慢慢敞开、越来越宽的门缝里透了进来，也在他的脸上打开一道小门。这道门为二十四位女嘉宾和所有的电视观众打开，将雷厉风行地把李奇微的蛛丝马迹一点点抖搂出来，以供人指点、品藻和挑选。

背景乐低落。音响师又推上了一次震耳欲聋的罐头笑声和欢呼声，劲爆迎接一号男嘉宾李奇微。此刻，他已经完全裸露在追光灯中。

光很亮。高分贝的亮，令睁开眼的李奇微很难受。烟幕机“哧溜”作响，喷出两串淡淡的蓝色烟幕，朦朦胧胧地遮掩起他，总算是给了点氛围。

李奇微嗅到了烟雾微微带甜的香气，得以稍稍平静。他鼓足勇气，向前迈了几步。按照事先的安排，他迈出电梯后，场内观众们就开始鼓掌欢呼。

摄像机将镜头定格在李奇微的身上。现场，以及明晚收看海滨卫视《相亲&相爱》节目的所有人，就看到了一个中等个头、脸面黝黑、身材微微胖的青年。他西装革履，打了条蓝黑领带，理了个与脸型不甚配套的韩式发型，表情僵硬，额头因冒着汗而亮晶晶，右手机械地举过头顶向大家摇摆致敬，左手垂下来捏着西服下摆。

作为第一个上场的男嘉宾，李奇微给所有观众（包括二十四位女嘉宾）的第一印象是拘谨、僵硬，严肃得有点滑稽，不甚招人喜欢。大屏幕所展示的脸部特写中，大家也注意到他眼神很干净、淡定，没有复杂的飘移——有且只有这一点，扳回了几分，赢得些许的好感。因此，女嘉宾们暂时还没有人灭掉他的灯。

节目主持人、海滨卫视台柱级的“名嘴”——宋知非，带着微笑，在观众的喝彩声中，从容地走近李奇微，并肩站着。他主动伸手与李奇微相握，微笑着问他：“李奇微，李先生，您好。作为本期节目的第一位男嘉宾，您应该知道我们节目的规则吧？”

李奇微连连点头说：“知道，知道！”

纵然如此，主持人依然要向电视机前的观众们介绍规则：“知道很好！——我们的规则是：二十四位女嘉宾将挑选你，同时，你也可以挑选女嘉宾里你最中意的女孩，从而赢得一次一对一私密相亲的机会——是不是很向往？”

李奇微在强烈灯光中调整自己的眼睛，所以耳朵不在状态，并没注意他在说些什么。于是，有问无答，出现了一个冷场。主持人机智地调侃他一下：

“嘿嘿，李先生，请不急去看美女，待会儿我会给你充分的时间……你知道节目的相亲规则吗？”

台下遂起哄笑。李奇微这才回过神来，回答：“知道，知道。”

主持人笑了，说："你除了'知道'，还能说点别的吗？"

李奇微抢着回答："知道，知道！"

又是一片哄笑。对面的二十四个女嘉宾也挨个笑了起来。主持人也在笑，这种皆大欢喜的气氛，正是他所需要的：

"你都没在听我问啥，就说知道……好，作为本晚第一位男嘉宾，你准备向大家自己介绍自己，还是直接让视频介绍？就是说，你有没有准备一个非常个性的开场白？"

李奇微认真地听他说完，很用力地说："知道，知道……"他的唯唯诺诺又惹得台下一片哄笑。

李奇微被大家给笑蒙了。不过这次他真知道了，正按主持人的要求自我介绍：

"各位，大家晚上好，我叫李奇微，李白的李，奇怪的怪……的奇，微不足道的微——我老家在农村，现在从事医疗工作，嗯……"

说到这，李奇微卡住了，他左顾右盼，想不起自己接着该说些什么。主持人忙问他："怎么，你就说这么多，没有了？"

李奇微坦白相告："没有了，想不起来该说啥——"

主持人神秘地一笑，说："好，男嘉宾，我知道你肯定准备不充分。不过，今天，你肯站在这里，的确令我很意外——好，就让我们换一种方式了解老家在农村、从事医疗工作的李奇微李先生。有请编导，播放视频……"

2

主持人的话音刚落，编导就切换了大屏幕上的画面：

第一位，是一位面目清秀的中年女子，她穿着护士服，头戴着一道杠的燕尾帽，大大咧咧地自我介绍：

“嗨，大家好，我是李奇微的同事，是他所在医院、所在病区的护士长。向观众朋友们汇报，拍摄这段录像时，我们的男‘猪脚’、光荣的李奇微先生，目前还不在国内。现在，他正随着中国援桑医疗队，在遥远的非洲大陆桑给巴尔群岛上。半个月后，他就回来了。我们决定把这次登录《相亲&相爱》的机会，作为一份特别的礼物送给他……”

另外一个非常年轻的、圆圆脸的护士抢入镜头，冲着镜头撅了撅嘴，她接过护士长的话说：

“嗨，李奇微，由于你到非洲去了，一下子又耽误了快两年时光。恕小妹我冒昧直言，老大你现在三十二岁啦，变成了我们科室的头号黄金王老五，跟我们代沟更深啦。所以，大家决定替你报名参加这个节目。哈，对不起啊，李医师，我们都知道你忠厚诚实，为人踏实可信，相信你一定能够成功相亲，给我们找个最满意的嫂子哦！”

接着，画面切换到一位年长的高年资女医生。她推推眼镜，靠着椅背上慢条斯理地说：

“李奇微啊？哦，他啊……小李奇微同志呢，他是一位优秀的中医医师。别看他人长得粗粗壮壮的，其实有一双非常灵巧的手，也有非常细致的心肠——他的针灸与推拿，规范、精确，很不错……哈，我就是随便说说的，瞎说。不过，李奇微这个小伙子，人真的很不错哦！等他回国，到了你们那什么节目的现场，你们自己看，就晓得了……”

——视频到此暂停，编导切入罐头笑声和掌声。

喧嚣完毕，主持人就开始做介绍了：

“好，来自一所综合医院中医科的男嘉宾，李奇微医师。可能大家注意到了，片子里说他到非洲做援助医疗工作，不久将要回国。在这里，就由我来介绍一点相关背景吧：多年以来，中国按照国际援助医疗的通例，派出了大量的医疗队到非洲各地，承担着国际卫生支援任务。李奇微医生，就是最近一期的赴非洲，承担援助医疗的队员之一，他去的是非洲东部的桑给巴尔群岛，的确是刚刚结束志愿支援工作任务回国。就在他回国前夕，他的同事帮着他报名参加了我们《相亲&相爱》节目，希望能把牵手的机会，当做一份特别的礼物送给他——嗯，这确实是一位有点特别的男嘉宾，也的确是一份非常非常特别的礼物。”

一段特有主旋律感的介绍，编导不失时机地插播了一段温情脉脉的音乐。现场响起了嘹亮的鼓掌声，摄像机及时地捕捉到了一个中年妇女目光含泪的镜头。

二十四位女嘉宾也在很有礼貌地鼓掌，摄像机掠过，大部分人面无表情，或者仅保持着外交官式的微笑。

主持人继续介绍：“在李奇微先生回国后，我们立即与他取得了联系，征求过他本人的意愿，是否愿意接受这份礼物，愿意参加我们的节目，是吧？”

李奇微连忙点头：“是的！”

主持人问：“但据我了解到的，刚开始，你是一口回绝掉我们节目的。这是为什么？”

李奇微挠了挠头，说：“嗯，一种本能反应吧——太突然了，刚回国来，一点准备都没有。我本来真是不想……”

主持人笑着说：“我敢保证，在非洲的两年时间，你是一点不知道我们的节目。不管怎样，你现在做好准备了没有？”

李奇微想了须臾，说：“还真没有……”

主持人表情就很严肃了，问：“没有准备？为什么？是你又主动联系我们的，说完全准备好了，一定要来到这个舞台上。注意，我们的节目，是绝不赞成这一点：就是你觉得难以拒绝同事们的热情，所以才来这里。我们知道，婚恋的原则是相亲相爱，是你情我愿。这是很严肃的事情。我们的《相亲&相爱》节目，是不会让任何嘉宾勉为其难的！”

主持人很机智，他主动出击，及时地封堵了李奇微身上可能出现的漏洞。

李奇微认真地说：“不是，不是。我是慎重考虑的，非常感谢同事们的好意，这只是一方面。最终，我还是自己决定要来的。嗯，我主要觉得，应该来，把握这最后的机会，试试看——”

主持人立刻嘉许道：“是啊，你说得好，缘分可以暂时没有来，但绝不会没有。你不去寻找，不去尝试，怎么会等来呢？当然，不能说就是最后的机会。所以，男嘉宾李奇微先生，你既然愿意参加《相亲&相爱》，就应该像任何一位男嘉宾一样，放下一切负担。我们的节目绝对不会让你失望！”

场下立刻响起一片欢呼声。根据《相亲&相爱》节目规则，观众可以发短信支持男嘉宾，参与短信可以抽奖，如果所支持的男嘉宾相亲成功，也可以获得抽奖赴塞班岛旅游的机会。

李奇微的背景故事被推出以后，颇有“感动中国”人物魅力。很多人瞬间被感动了，为他赢得了普遍好感。就在直播时刻，他的支持率一路飘红，所有关注他的电视观众，都希望他能顺顺当当相亲成功。当然，顺带能抽中十万分之一的塞班岛旅游机会——尽管大部分人根本说不清塞班岛到底在哪里。

3

节目进入第二个环节，一切尽在在主持人的掌控之中。他继续介绍道：

“第二个环节，我们叫做‘相看望眼’，让男嘉宾和女嘉宾互送秋波，彼此寻找第一眼的感觉！”说完，他示意李奇微走上前去，到舞台对面，近距离看看二十四位女嘉宾。

李奇微浑身冒汗，喘着粗气往前走，到了指定的黄灯圈站住了，左右张望。这个点在二十四个女嘉宾的半圆形中心点，理论上能非常近地看清楚每位女嘉宾的脸庞。然而，李奇微能够看到的，只是一片光亮照耀下，二十四张极其抽象的脸。现代的化妆术，让二十四张脸都呈现出漂亮的光泽来，像是一连串高亢的音符。

李奇微脑子很乱，根本不想看任何人。他只是机械地扫了一圈，并没有记住任何一张脸。当然，也没有与任何一位女孩子送起秋波来。

主持人在他身后说：“李先生，相看的时间到了。请你回到我这里来。”

李奇微转身，回到他身边。主持人微笑着问：“李先生，你觉得，二十四位女嘉宾中，有没有一位女孩子的目光特别地、特别地异样，在向你发电？”

李奇微坦然相告说：“没有。我眼神不好使，看不清楚，也有可能。”台下一片哄笑。

主持人笑着说：“眼神不好啊，怎么能呢？遇到今天这种情况，你怎么不戴一副眼镜来呢——好，没关系，这只是印象性交流，待会儿，我们给你机会和二十四位女嘉宾一一交流。那时候，你一定要看清楚了。”

李奇微点头，盯着主持人，等着他的安排。

主持人只是按照他惯有的程序，安排节目的进度。他匆匆报完一大串商业赞助商的名字之后，说：“好，现在有请男嘉宾到我们的电脑面前。按照电脑设定，描绘一个最接近你心目中的那个‘她’的头像。”

这是《相亲&相爱》节目一个非常有意思的小环节，是用电脑制造一点小噱头。男嘉宾可以在电脑触摸屏上，用类似警察描绘嫌疑犯的软件，大致地描绘一下心中的“她”。描绘好了，即可隐藏，给所有人（包括女嘉宾、主持人和观众）留下一个小悬念。这个环节非常好玩。节目过后，主持人往往会征求男嘉宾意见，揭开谜底。往往大屏幕上公布头像时，很多人都会“喔”地发出感叹：

“原来他的意中人如此这般，的确和牵手的人很像啊！”

能牵手相亲的，似乎命定情缘；没有能牵手相爱的，似乎阴差阳错，缘分未至。总之，越有是戏剧性的安排，就是越发吸引人眼球，对于一个电视节目而言，这些小噱头，至关重要。

李奇微也在电脑触摸屏上耐心描绘出自己心中的那个人。一开始，他动作很慢。倒计时钟在不断提醒他，直到把规定的两分钟快用完，他才匆匆忙完成了画像。按程序，画像随即被隐藏。

李奇微依然回到主持人身旁。主持人问李奇微："怎样，一号男嘉宾，援非归来的医师李奇微李先生，正式相亲即将开始，你紧张不紧张？"李奇微频频点头。

主持人微笑道："好，别紧张。下面，我们把机会交给二十四位女嘉宾，看看'相看望眼'过后，各位对我们一号男嘉宾李奇微先生，印象如何!"

按照所有观众熟知的，下一步，就是女嘉宾灭灯的一个过程。

主持人话音刚落，现场立即就有四盏灯被熄灭了——有四位女嘉宾在第一轮否定掉了李奇微。就历次《相亲&相爱》节目首轮熄灯的平均数看来，李奇微的灭灯数目并不算太尴尬。

此类相亲节目的现场气氛渲染，全在于节目主持人的把控。宋知非看到灭灯出现，立即抓住机会，一一向四位灭灯的女嘉宾发难。他首先询问第一位女嘉宾：

“五号……谷雨女士，我注意到你是第一个灭灯的女嘉宾。我可以问问你，熄灯的理由是什么？”

谷雨是一个明显瘦弱与娇小的女孩子，聚光灯照耀下，大屏幕上立刻挤满了她一脸的稚气。她才21岁，节目组选中她，大概也是她这一脸的稚气，代表青葱一族。

对于主持人的提问，她是有准备的：

“对不起哦，我是一个护士，也在一家医院上班。我很钦佩男嘉宾能够到非洲去，帮助那里的灾民。不过我没准备找同行的，而且我们年龄相差也太大了……对不起哦，实在对不起。”

李奇微笑了笑，连说：“没关系，没关系。”

这时，端坐在场边，一直保持者沉默的情感专家，插进一段话来，昭示着自身的存在感：

“这是婚恋中常有的一种心态，我一贯称之为‘否定陷阱’。就是，通常我们不知道自己要什么的时候，我们首先会罗列种种不要什么的理由——其实与所要的毫不相关。刚才，这位女嘉宾就是典型代表。这种陷阱，往往使我们永远用一双否定的眼睛去看一个人。我认为，婚恋是一种建设性关系，太多的否定，绝对不能产生建设性的肯定。也就是说，你可能会一直错过原本可能非常适合你的人。谢谢！”

《相亲&相爱》节目里做点评的情感专家，角色很像是一场舞台剧里的旁白，说一些机智却不痛不痒的话，填补节目中最为枯燥的过程。

《相亲&相爱》节目中的这位情感专家，以其自创的“否定性格学”著称，专注于“否定心理”的研究，其所著情感类作品《否定：另一面镜子里看自己》《否中定人：你所不知的四种性格》等颇为都市职场白领所追捧。不过，他的口技要比书好多了。

对于这位情感专家的评价，主持人也笑：“人家非要否定，你也不好强求肯定。呵，谷雨的回答，干脆利索，令人无话可说。我想，男嘉宾应该一点意见没有。”

李奇微仰头想了想，说：“没有，没有意见。”说完这话，他又想了想，补充了对所有人解释：

“刚才视频里，还有主持人，说到我呢，反复拿我去非洲说事。其实呢，那只是一项工作，并不代表什么。我想纠正一下，小谷……谷同行的说法。我去非洲，不是去救灾的。那边没有灾，也不需要我救。我换个工作环境，就是去挣点钱。要是非说我去的目的，嗯，我突然想起一个朋友的说法，我是去寻找一些东西……”

说到这里，他停了下来，沉默了几秒钟，然后很肯定地重复了一遍：“是的，就是去找丁香群岛——这么说可能很奇怪，我想说我要找的是……”

李奇微说到这儿，真不知道自己该说些什么了。他说不好那些抽象却富有想象力的话，虽然能很清晰地感觉到它们影影绰绰，就在心门外徘徊。

他声音就越来越小下去，直至完全沉默。他稍稍眩晕了，模糊地看到蔚蓝的海平面正从二十四个女孩子的上方升起——那些缤纷的群岛，正像一只优美的豹子那样向他扑来，像跳跃的红猴子那样向他蹦跶而来，像东非大草原上的角马群和野斑羚那一样向他蜂拥而来……

李奇微必须从自己刚刚经历、深深告别的记忆里，找出一座座岛。向自己，同时，向那位将与自己相亲相爱的女孩子说清楚：自己究竟为什么要离开，又最终归来。命中注定，他必须动身去寻找遥远的丁香群岛……

第一座岛：遥远之岛

1

2009年初，冰封了全国一冬的大雪开始慢慢融化。那年的雪，不似前一年冬天的雪那样铺天盖地，极端冷酷，冷酷成灾。2009年初的雪，只是冰冷却文静地下着，随着春暖，也文文静静地融化，悄无声息从地上退到屋顶，从屋顶退到空中。

涓涓的雪水，从楼宇的高处坠落，汇集到中医科外的飞檐，并顺着飞檐一处残破的豁口淌到窗子里。窗内，坐着正吭哧吭哧写病历的中医师李奇微。

一位实习的护士，将一个蓝色的文件夹传交到他手里。李奇微就停下笔，翻看这份来自院部的通知。通知有六页纸那么长，李奇微起初不留心，扫了一眼后兴趣倍增，就仔细看了两遍，明白其大意：

中国将组建新一支援助非洲桑给巴尔人民的医疗队，本着救死扶伤的人道主义与国际主义精神，招募志愿援外的医疗队员，要求是中高职称的医师，品行纯良，技术精湛。按照国家标准，中级职称的医师每月给予一千二百美元的补贴，高级职称的医师给予一千六百美元的补贴，食宿全免。志愿服务期间，国内薪资并不停发。自愿报名，绝不强求。

放下通知后，仅仅十秒钟的时间，李奇微就心动了。他在一张空白化验单上迅速算了笔账，并立即作出了决定："报名，去非洲！"他是个百分之百的志愿者，不需要任何人来动员他。李奇微的目标惊人的明确：就是每月的一千二百"美刀"。"美刀"，是个好东西，要是能挣回来，可以充分缓解他缺钱的窘境。

自从中医学院毕业后，李奇微辗转到这个城市这家医院工作，一晃已经七年过去了。家里穷，薪水微薄，加上偿还读书的部分助学贷款等，令他生活稍有困窘。不过，在很长一段时间里，这种困窘感是被冰封着的。直到遇到丁简之后，这种困窘感才像伏地魔那样跑出来挑战李奇微。

现如今，爱情是一所比霍格沃兹还有魔力的学校。它不再会教你写诸如情诗、咏叹调、花卉鉴赏之类务虚的课程，而笃实传授诸如珠宝鉴赏、房价走势、投资理财、社会等级学分析之类高屋建瓴的课程。经由这所学校，一度浑浑噩噩、毫无经济头脑的中医师李奇微变成了美联储主席，深刻认识到自己手头真的严重缺钱，距离买房置业有一段漫长的距离，资本贫瘠，暂时谈不上在这个城市里安身立足、成家立业。

好在，生活的美妙就在于永远有柳暗花明又一村的时候，如同阿甘的说法，你不知道从这盒巧克力里拿出什么。这次医院招募援非医疗队员就是如此，每月一千二百“美刀”，刀刀给力，让李奇微来了一个漂亮的柳暗花明，火箭助推般把他送往“又一村”。

——两年，两年可以挣两万八千八百美元！折合当年汇率，值人民币十九万两千九百六十万元！食宿全免！国内薪资不停发！

二十万！李奇微当时就有点眩晕，那感觉跟现在站在《相亲&相爱》现场一模一样。这让他对遥远的非洲一下子充满了金光熠熠的亲和感。他铁了心要去淘回这桶金，便毫不犹豫地报了名。那几天，他天天都在幸福的憧憬中迎接春天的到来。他那时经常梦到，自己乐呵呵地站在一个一百三十平方米大房子的阳台上，端着咖啡，跟阳台下穿着婚纱的丁简打招呼。阳台下，除了丁简，还有成片的玉米地，都结满了金灿灿的玉米棒子。

果然是天遂人愿。本来，医院极力期望中医科一位高级职称的医师去。这位医师的女儿正上高三，紧张备考中，他慎重考虑了很久，终是推辞不去。上级的精神，是自愿报名，所以不愿不迫。满腔热情的李奇微因此中彩，欢欣鼓舞地踏上了自己的东非之旅。二十万的代价，无非是两年的光景。李奇微的生活本来就是乏善可陈，除了上班之外终日无所事事。两年，就像那些穿越剧里所发生的“穿越”一般，弹指一挥，李奇微不痛不痒。

2009年的春天结束了，报名才通过审核。接到录用通知后，李奇微所做的第一件事情，就得专程赶回老家一趟，努力说服自己眼泪涟涟的母亲。

他忽悠他妈：“我就是出一趟远差，相当于到北京上海进修学习啊，很快就回来了。”

他妈就问他：“远差啊，得多远的差，多长时间？去非洲啊，非洲哪里？”

他说：“嗯，不远。两年光景，去非洲的桑给巴尔。”

他妈说：“桑什么？非洲啊。我知道，非洲在阿尔巴尼亚那边。那里还有赞比亚、伊拉克和古巴。别以为我不知道！我可是从小就听说的，那里全是黑人。我就你这么一个儿子，你怎么能去那么远？”

李奇微蹲在门槛上，没头没脑地说：“不远，只是稍微有点远。”

他妈摩擦着两根玉米，用力把玉米粒削在圆簸箕里，同时提高嗓门斥责儿子：“亚非拉啊，怎么可能是稍微远一点点的地方。我很小的时候，大喇叭里就讲毛主席的号召，要支援亚非拉的。我们那时是喝着玉米糊粥支援他们，他们肯定三顿只能吃米糠。现在，我们都吃上大米饭了，怎么到现在还要支援？你去支援他们，顶多只能去喝玉米糊粥。这怎么成。你放着好好的大米饭不吃，干吗要去喝两年的玉米糊粥？我当年可吃够了！”

李奇微哑然失笑，讨好他妈，一边给玉米脱粒一边说：“妈，要发扬国际精神不是，爷爷和爸爸，都认这个理！”

他母亲就啐一口说：“去去去，别讲大道理。听不懂！你爸？他死哪儿去了？这么多年了，我就剩着你这一个儿子！”

李奇微接着忽悠：“去非洲，我们是自带大米饭，吃集体大食堂，自带咸猪头和肥香肠，自己种蔬菜，吃喝都不要钱。去两年，国家每个月可以补贴美元一千二百，也就是，七八千块一个月呢，妈。这边医院的工资又不停。两年算下来，起码能攒个二十多万呢。二十多万啊，妈，有二十万，我们就可以在城里买房了。况且，又不是我一个人去，是一伙人一块去，不可能出问题的。”

李奇微准确地抓住了他妈的心理。她一下子就被“二十万”给俘虏了。她搁下玉米抠手指，坚硬的老茧隐隐作痛。她想了片刻，说：“嗯，这么多钱啊？真能去的话，更要能好好回来。还有，一定得看住自己，不许在那里谈女朋友，千万千万……谈黑人不成……不行，白的也不成！不黑不白的什么也不成，什么女朋友都不成！我可不要洋媳妇。对，你一定得给我说清楚，非洲那个桑什么的，究竟有多远。我心里得有个数！”

李奇微被说得有点蒙，只能给她一个很书面的说法：“遥远！”

遥远究竟有多远，李奇微并不知道。只有从非洲回来，他才能回答。

从地球的这一端到地球的那一端，可能很远，也可能并非想象的那么远。他得用两年的时光亲自去丈量一下，才会说出个究竟。遥远，究竟能有多远?

2

真见世面了。到省里集训，到北京集训，然后从上海浦东国际机场出发，打包飞往中东的迪拜国际机场。

平生第一次坐飞机，第一次双脚离开地面这么高、这么久。李奇微的感觉很魔幻，感觉还是像坐高铁，不过窗外布景换成天空投影一样。剩下的就是晕机。两耳中各有一只啦啦队为他礼炮齐鸣，十八相送，吵得他头昏脑涨，不胜其烦。那种出门远行的勃勃兴致，在飞机途经东南亚时，全丢到爪哇国去了。

从国内出发时，李奇微把自己的护照、机票和旅途本身，郑重地称为“老李的泰坦尼克之旅”。当然，这个名号听起来有点不吉利。不过，李奇微并不在意。此次旅程，他不准备去扮演情圣杰克，而要去扮演淘金者李奇微，通过这趟跨海越洋的苦差，为自己赚个盆满钵满，搞定一个三居室。因此，在登机关闭手机之前，他才有勇气给丁简发送一声告别：

“我真去非洲了，乘着泰坦尼克号，飞去非洲了！”

想来，除了母亲和丁简，李奇微的确也没其他人可以郑重告别一声的。

丁简在李奇微所在的城市工作，是一位中学英语老师。这位英语组的丁老师是个什么样的女孩子呢？在李奇微出国之时，网络上还没出现这样一个精准词汇来概括，不过，它现在有了，而且铺天盖地：“白高美”，与鼎鼎大名的“高富帅”对应——至少，在李奇微眼里，是标准的白高美。

是时，“白高美”的丁简正在上课。手机嗡嗡一震，在讲台上跳跃起踢踏舞来。引得梦游般的高中生们一阵哗然。她慌忙用手按着，及时镇压住这条二百五的短信。等她下了课，打开一看，见是李奇微发过来的，就更恼火了。她回复：

“好哇，那就祝你顺利，最好能飞船上遇到一朵玫瑰（电影《泰坦尼克号》中的女主人公）。”

她以为李奇微又在故作情深，压根不信李奇微真的到非洲去了。几天后，她收到他发来的电子邮件，以及邮件所附的一张在桑给巴尔医院门前的照片。那一刻，她才发现他距离自己真的如此遥远了。她顿时很释然，知道李奇微终于飞出纱窗外了，从她的生活里淡出了。她将再也不会在下班的路上，陡然遇到这个傻不愣登的胖小哥，将再也不会在十点钟接到他的电话问“简，你在干吗，说两句话成吗”，将再也不需要发狠呵斥他别再骚扰自己。那一瞬间，真的很轻松。

李奇微是丁简至今遇到的最难缠的追求者，也是最令她头疼的那一个。她不喜欢他的木讷，说话做事都有不入流的味道：最低水平乡土化的死缠烂打，山药蛋派的真情告白，农业风的一厢情愿。认识他一年来，她并不相信李奇微真的认为自己有多迷人，也不相信如他说的那样喜欢自己。没办法，一个快三十岁的资深剩男，没结婚也就罢了，还一直没正儿八经谈过女朋友，令人相当疑窦丛生的。

李奇微并没有收到丁简这份情感专家所谓的“否定性”短信。当这份来自昨日的祝福尾随而至时，他已经飞越东南亚，直奔向中东而去了。

中东只是遥远群岛的一个中转站。在迪拜国际机场等候转机时，李奇微看到昏黄而厚重的天空，极黯淡的云延伸到漫漫的沙漠腹地，向着东方招展，平庸无奇。这一切，与想象中一千零一夜的秘境相差太远。

为了缓解晕机带来的不适，李奇微一路看着邻座邓涌平板电脑上闹哄哄的好莱坞大片：一群海盗在一位疯疯癫癫的船长带领下，跨越无数的岛屿和海洋，跟到处乱串的巫师、海怪、妖魔打得不可开交。满屏牛蛇鬼神，要是配上一点锣鼓梆子，仿佛在演家乡戏。这个四部曲的电影，看得李奇微不仅头昏，而且眼花，需要漫长的休息才能缓过神来。

所有等候转机的中国乘客要么到机场免税店购物，要么就聚在大厅西北角观景台，眺望世界第一高楼，鼎鼎大名的迪拜塔。迪拜机场的免税店是赫赫有名的，规模巨大，据说在那里，金银饰品、香水珠宝、名烟名酒之类的都是白菜价。

李奇微的同行们难抵诱惑，大家在队长周伟军的带领下，一哄而散。只留下志愿者李奇微一人在看行李。

李奇微无所事事，就看着沙漠上空发呆。第一眼看到沙漠的天空，他就感到，地球真的很平庸，这里也远不如想象的那么奇异。平庸得几乎与故乡的天空别无二致，就像翻拍出来的。

平庸的天空没有勾起李奇微思乡之情，相反，帮着他从头昏眼花的状态里逃了出来。候机两个小时，他就发了足足两个小时的呆，事后才觉得，奢侈的迪拜之旅，仅仅用来发呆，的确真有点亏。

在迪拜机场换乘的，是坦桑尼亚人民航空公司一架波音747-400飞机。飞机的目的地是东非坦桑尼亚联合共和国经济中心达累斯萨拉姆。在达累斯萨拉姆机场，他们还将转乘小型螺旋桨翼客运机，直赴桑给巴尔人民共和国的首府——桑给巴尔城。

跟上海出发的飞机不一样，到了坦航的飞机上，李奇微和同行的中国医生们才真正体会到自己已经到“国际”了。机上乘客们的肤色很联合国，黑白黄棕咖啡巧克力色俱全：欧美人、阿拉伯人、非洲人、印度人、中国人……如一盒杂色饼干，挤在一只大铝筒里往桑给巴尔群岛飞去。

波音747不宽敞，李奇微被身材“宽敞”的同事邓涌挤在了窗边。李奇微的身材也微胖，两人“合肥”，互相挤得非常不舒服。他俩的前面坐着的一位异国乘客，散发出浓重的狐臭味，跟浓重的香水味混合起来，令人如坐阿鼻地狱之中。

飞离阿拉伯半岛后，飞机一路沿着非洲东海岸飞行。宽广而浓密的印度洋像一张波斯地毯那样，厚厚地铺在机翼的下方，密实地编织出繁复的波浪花纹。

李奇微头挨着机窗，犯晕不止，还要忍受着气流的颠簸。就这样，他慢慢挨过海盗猖獗的索马里海域，消磨掉自己满心的憧憬与好奇，涌上来强烈的失望，飞进遥远群岛……

3

从迪拜起飞后，仅仅三个半小时，高挑、黝黑、身着紫色制服的坦桑尼亚空姐就穿过窄窄的通道，向大家宣布：即将飞越赤道，马上就要到达桑给巴尔的首府桑给巴尔城了。

在大航海时代的传统里，凡船只跨越赤道，都会有个庆祝仪式，要打开香槟酒欢饮。坦航至今还保持这个传统，两位空姐各打开了一大瓶饮料，为大家各斟一杯，并故作神秘地用英语介绍：“为了伟大的赤道，请尝尝专为您准备的‘布希包布’！”

中国的这支十九人组成的医疗队。除了队长周伟军博士外，每位队员都是平生第一次踏足南半球。不过，他们对新奇饮料的好奇，远远胜过航线或者赤道，大家兴致高涨，七嘴八舌地议论这口味独特的“布希包布”到是啥玩意。他们愉快喝着，小声互相议论，对广播里播出的《赤道交响曲》充耳不闻。机舱里的其他人，则发出轻微的欢呼。有一位黑人小伙和白人女孩互相用“布希包布”干杯，发出最大分贝的欢呼声。

最终，还是医疗队里的大厨老黄喝出了“布希包布”的真谛来。作为大厨，他有非常丰沛的餐饮口舌经验，因此用非常权威的专家口吻向大家宣布：“这个，这个就是猴面包树的果汁！”

大家一阵欢呼，总算解开了谜题。随后，立即有一位护士孙颖小声问：“什么是猴面包树？”老黄就没法答了。他仰头一口喝光了果汁，满脸的不屑，觉得要解释猴面包树，跟解释什么是月亮一样白痴。

这只是别人的热闹。而此刻，李奇微依旧昏沉沉地睡着，挥霍自己非常奢侈的环球观光之旅。他正戴着眼罩，用声声呼噜来鸣响跨越赤道的礼炮。睡梦中，他感觉到自己像一只被踢飞的球，悠悠然飞越一个广阔无边的旷野，然后被人一把接住，再也动弹不了了。于是，他努力睁开眼睛，看到自己并不是只球，接着自己的只是同事邓涌。他笑眯眯地告诉李奇微：

“李医师，还睡啊，赤道都过去啦，快到站点了。不能让你再睡了。你的猴面包，我替你喝了啊！”

李奇微揉揉眼，根本没理会猴面包是什么东西，只是急不可待地往窗外看去。他想看看自己究竟到哪里了。这是非常好笑的一种本能反应，其实机窗外只会有一片陌生的海。

李奇微却看到了。除了那一片面孔一成不变的海之外，他还看到海面之上，无数浓绿、深黑的小洞。当然，那些不是海面的洞。李奇微猛然醒悟，它们是一连串的岛屿，是他为母亲用“遥远”来命名的群岛！

他兴致勃勃，“遥远”已然变得不再遥远。像一个公交站点，他马上就能登陆那片属于自己的遥远群岛了。

只不过隔着十几个小时的天空路程罢了，还真的不算远，老妈！李奇微想。

第二座岛：白色之岛

1

第二个熄灭灯的女士，名叫裔丽霞，站在四号的位置上。她是一个尖长脸，烫着波浪卷的女孩子，戴着无镜黑框的眼镜。

裔丽霞是一家广告公司文员，脸圆圆的，两腮潮红，用时下流行说法，是个“小清新”。她否定李奇微的原因很简单，她说：“我从小到大就不喜欢医生，对不起，看到白大褂就过敏。一直到现在，对医生还是不太感冒！”

主持人不禁好奇，问：“有这么严重，不就是一个职业，方便说说原因吗？”

那位女士说：“不知道唉，可能恐怖片看多了吧。觉得医生老穿着白衣服在午夜里走来走去那样子。实在太恐怖了。”

主持人说：“白色为了显示清洁嘛，厨师，做饭的，还有搞卫星导弹的，都穿白大褂嘛，不单单是医生穿啊。还有，医生为什么非要穿着白大褂在午夜里走来走去？他们失眠？”

李奇微笑了起来，他心里想：“你肯定没有见过一整个岛都穿着白大褂。它真的能在午夜里走来走去。”

桑给巴尔群岛，就是李奇微所谓的“穿白大褂子的岛”。

李奇微是一个医生，不远万里来到这个岛，无非还是为了治病救人。所以，从空中俯瞰桑岛，他第一感觉，只是在看待一所大医院。

桑岛很独特，特别是首府桑给巴尔城，建筑物的确大部分都是白色的。是伊斯兰和阿拉伯的那种白，高亮刺眼，全城从空中看去很像是一大盘纸质的模型。迎接飞机的跑道在烈日的照耀下也很白，被无数热带植物的浓清墨绿包围着，更加刺眼。

桑岛的飞机场很简单，面积很小，感觉像个宽敞的乡村晒谷场。机场只有一个调度塔，还有一个铁皮顶的候机棚。下了飞机，机内四十多位乘客们就地四散而去。中国领事馆和桑国卫生部的人，奉命来迎接这批中国医生。另有一些其他领域，诸如环保、动物保护、旅游开发等的桑国官员，同样迎接来自欧美的非政府组织志愿服务者。

领事馆为大家备好了一辆旅游大巴。大家一看车头标志，居然是中国产的车，颇感亲切。李奇微就跟着大伙一起，登上了这辆国产的大巴车，昏沉沉地转出机场，往石头城而去。

这里所谓石头城，并非是中国的南京市，而是桑给巴尔温古迦岛首府——桑给巴尔市的中心区和老城区。它的英文名称就叫：Stone Town。

要弄清楚这个地方的来龙去脉，比弄清楚一个女孩的心思还要麻烦。“桑给巴尔”最初来自于阿拉伯人对它的称呼，意为“黑人海岸”，中国医生简称这里为“桑岛”。桑给巴尔人自己称这个岛为“温古迦”，用以区分被他们视为乡野之地的第二大岛奔巴岛。只有桑岛人眼中的“大陆人”才笼统地把这片群岛称为“桑给巴尔”。

石头城就在温古迦岛西岸中心的香加尼半岛上。它是坦桑尼亚最为骄傲的历史名胜古城之一，收入联合国的世界历史文化遗产目录。殖民时代，西方人称呼此地为“石头城”，据说还有另外一层意思，言桑给巴尔岛乃是洋鬼子们入侵非洲的踏脚石。桑给巴尔是西印度洋上一个很小的岛国，唯有一座规模稍大的城池，就是这个首府。大巴车在暮色中安静地穿越石头城，大家都怀着好奇打量它。不过，从市面繁荣程度看起来，这个首府，似乎还比不上国内东部的一个小城镇。

李奇微一路颠簸，毫无游览的兴致，把昏昏沉沉的状态从国内远渡重洋一直带到了非洲旅馆当中。一路举着单反拍照的邓涌捏着他的肩膀大喝一声，他才知道到地儿了。向着老天千恩万谢，总算完事了，安全抵达目的地，李奇微抹了一把唇角的口水，跌跌撞撞下了车。

虽然在国内已经有一定的心理准备，李奇微还是被这全岛上条件最好的政府招待所给震撼了，看起来完全像少年时代念书的乡村中学。他都不好意思比较，自己老家小镇上的小旅馆，都比这家玛吉—玛嘉宾馆条件要好。

而这所旅馆恰恰就是桑国政府为安排各国援助专家而建的。它像石头城内的任何一栋建筑那样，布满了时光的沧桑。旅馆为四方形，有一栋独立的临街小楼，专为安排一期接着一期不间断的中国医疗队。小楼是1972年由中国政府援建的，白墙黑瓦。岁月作祟，本来白色的外墙面都泛了黄，因此被旅馆的工作人员戏称为“最资深的中国人”。

这位“最资深的中国人”每隔两年都要迎接大批的中国医生。不同于其他国家地区三三两两志愿而来的援助专家，中国医疗队来的都是二十人左右的大队人马，的确也非常需要这样的独立小楼。

入夜，既已到达了旅馆的中国楼，很快又分派了宿舍，大家都安定下来。吃完了餐厅提供的一股印度咖喱味的自助餐，李奇微立刻回宿舍打开空调，全心全意地闷头大睡。然而，玛吉—玛嘉旅馆黯淡、低沉、斑驳的墙面，像拖拉机一样轰鸣作响的空调，逼迫他不得不面对另一个问题，那就是失眠。

2

失眠的李奇微完全被石头城的白色所包围，影影绰绰，漶漫无边。他非常焦虑。通过多种症状，这位医生自我诊断，自己这是典型的水土不服、阳虚气虚所致。与国内相比，桑给巴尔高温高湿，平均气温在三十摄氏度左右，对小胖哥李奇微而言，无疑是场灾难。

其实，他已经完全忽略了时间这个致命的元素。他其实仅是因为时差关系才如此萎靡的：后半夜的桑给巴尔温古迦岛为海风所吹拂，还是相当清凉宜睡的。但李奇微体内腺体们所设置的时钟，没法像手表那样迅速拨正，依旧停留在北京时区。也就是早晨七八点钟的样子，这时，他每天都匆匆忙忙赶向医院，提心吊胆地跟着上级医师查房，热情洋溢地向大家问好。他毫无睡意，又难抵舍友邓涌如雷的呼噜声，只好溜出房门，像一个侦察兵一样四下走走。

刚出了房门，他就在过道里碰到一位在旅馆巡夜的保安。他是一个高大魁梧的中年黑人，头上有斑斑点点白发。因为常年工作在玛吉—玛嘉旅馆，这位保安大叔显然太熟悉中国面孔的人了，也太熟悉他们的种种举止了。每隔两年，他都要在玛吉—玛嘉旅馆迎来一批新的中国医生。每批新医生来，都有人会失眠上好几天才能调整好生物钟。所以，一见到梦游般走出来的李奇微，那名保安连忙笑着用桑给巴尔本地语言——斯瓦希里语打招呼：“你好！”

旅馆走廊下的灯光昏暗。如果不是看到保安白森森的牙齿，李奇微根本没有意识到有人在向他打招呼，差点撞上他。

“你好！”那位保安又微笑着招呼了一声。

李奇微一愣，过了一小会儿，才反应得过来。“你好！”国内集训时，开过三个月的斯瓦希里语基础课程，李奇微也学得有模有样。到了旅馆后，凡是遇到桑岛人，开口都是笑眯眯的“你好”——领事馆配给的随队翻译、外语大学的高才美女梅樱，特别提醒大家注意礼貌回答。

于是，李奇微也礼貌地用斯瓦希里语向保安问了一声：“你好！”

一声问候暖人心。在以后的几个星期里，他还会陆陆续续学习到桑给巴尔人近乎饶舌的问好方式。那时候，他就将知道在群岛，连问好这样简单的对话，都等于听力测试，问候多了，饶舌的词语简直令人抓狂。

保安就问他：“睡不着？”李奇微说：“是啊！”保安问：“有烟吗？”李奇微摇摇头说：“没有啊，我不抽烟的。”

保安显得很失望，摇摇头走了。李奇微也对自己失望，对这位高大的黑人保安深怀歉意。待那个保安走远了，李奇微才回过神：此翁竟然在用非常地道的普通话在跟自己交流！他完全怀疑自己耳朵听错了，或者自己真的在梦游。

其实，他并不需要那么大惊小怪。几十年来，中国人是如此全神贯注地为桑给巴尔提供医疗援助，以至于在桑国，凡是跟中国人接触的那部分人，诸如卫生官员、政府雇员、医疗卫生人员以及很多病员，几乎个个都能说点中文。甚至能说两句中国话，成为本地之时尚。

不仅如此。这几年，随着中资公司在东非肯尼亚、坦桑尼亚等国的投资越来越多。中国人已经成为东非最常见的“洋人”。很多东非人都把欧美人士称为“奶白人”，而把中国人称为“浅白人”，而把阿拉伯、印度这样棕色皮肤的人称为“深白人”以示区别。当然，与白人世界里的“白人至上”相反的是，桑岛人自然认为肤色越黑越属于自己高贵的同类，跟自己越容易沟通：傻乎乎的白人们，连世界上最简单的斯瓦希里语都说不好，实在太可笑了！

浅白人李奇微现在就在东非海岛黎明凉爽的温润中散步。旅馆的庭院很宽敞，当中是一个停车场，四周是葱葱郁郁的热带植物。但蚊虫繁多，对于异国气息的血液充满热情，围追堵截，令李奇微越走越烦躁。他拍打不休，只得掏出随身携带的清凉油，胡乱地抹了抹，算是一点象征性的防御。

李奇微从来没有失眠过，也因此从来没有像今天这样在深夜里款款而行、多愁善感。然而，他并非思乡，而是隔着半个地球想念的梦中情人：丁简。桑给巴尔甚好，有风有花有夜有月，唯独不会有雪。

3

丁简，对于李奇微来说，却是一座堆满雪的白色岛屿，云中的岛屿。洁净，冰冷，高耸入云。最致命的，是可望而不可即。

丁简是一位个子高高的女子，高而瘦，身体就像雪落一般飘逸。对于胖乎乎的李奇微来说，这位个高而白皙的女孩，从见面第一天起，就这么一直亭亭玉立地站在他心中，简直就是一尊美神。

李奇微和丁简是在一个叫“白岛咖啡”的地方认识的。那个城市有一帮铁杆的英文爱好者，非常反感铺天盖地的“疯狂英语”，转而倡导“斯文英语”，并组织了一个叫“英语角”的英文交流群。一个非常土的名字，却是组织有序的一个小型“非政府组织”。

这群人由大中小学教师、外贸白领、时髦的英语系学生，还有像李奇微这样热衷于学英语、考研究生的无聊青年组成。他们在网络上建立群，互相联系，并按约定时间到“白岛咖啡”喝咖啡聊天。由于组织者之一，正是白岛咖啡颇具小资情调的“70后”老板，面相秀气，为人和善，所以大家都能享受半价优惠和一些免费的馈赠（当然，不可否认，这实在是一种高明的营销手段）。在此相聚，大家约定，凡开口，必须都要讲英语，并且得全程讲英语，谁讲中文谁埋单。

去年之初，冬天未尽，某个大雪纷飞的下午，李奇微嫌单身宿舍里冷，就跑到“白岛咖啡”取暖、聊英语去了——其实跟JK·罗琳女士蛰伏在咖啡馆一样，主要还是取暖。

那天，跟他对面坐的，是一位都市白领。她主要想跟李奇微探讨一下有关海盗头子的事。李奇微对任何海盗都没兴趣，听对方用英语滔滔不绝地演说，盯着对方丰满的胸脯发愣。这时，一个女子推门进了咖啡馆。她就是刚刚加入“英语角”的丁简。

正如，李奇微记忆犹新的，丁简穿着洁白紧身的羽绒服推开“白岛咖啡”馆门的一瞬间，他就有点失态了。

他的这次失态，是多年来懵懵懂懂、对自己感情不知所好的一种夸张性喷发。他把丁简一下子看得太美好，真如女神临世一般。他用目光伴着她把沾满了雪的伞挂在架子上，解开毛茸茸的白围巾，摘下白色的绒帽，拍拍身上同样洁白而毛茸茸的落雪，然后轻轻跺跺脚，像白天鹅一样四下张望。那天，丁简还穿着一双白色的靴子，羽绒服下摆与靴子间露着一截细而弯美的腿，绷出贴身黑色丝质的打底裤优美的弧线——时尚，清亮，有隐隐的光泽、幽幽的芬芳以及深度潜行的性感，让人不得不承认，这是一股知性盎然、杀伤力极大的青春之美。

像老掉牙的言情剧那样，李奇微一刹那自惭形秽，便喜欢上丁简了。他突然知道自己到这里干什么来了。他既不喜欢喝鸟粪味的咖啡，也不喜欢跟装腔作势的外贸白领们谈论什么最新的欧美大片、英伦文化之类。他敬告自己，自己原来这么一种故事，故事里必须要有这个白色女孩的出现。单身至今的李奇微，不把这种相遇看成是一种神经质的想入非非，而把它看成是一种缘分。

是的，李奇微激动万分地感到，为了“缘分”，他来到了“白岛咖啡”，学英语，喝咖啡，然后遇上一个叫做“丁简”的女孩。他与对座一声招呼不打就换桌，抢在任何人之先坐到了丁简的对面，从用英语问“你好，你叫什么名字”开始了人生中最跌宕起伏的丁简之旅。

也正是从这个子虚乌有的缘分开始，他开始梦想着改变自己，开始想换一种发型、换一些更潮的衣裳，减掉一点肥肉，希冀把自己变得有魅力一点。甚至，每天回单身的蜗居练习推四组哑铃，每组五十个，希望锻炼出线条分明的臂部肌肉出来——或许，是为了有足够的臂力，能更好地游过恋爱这条他从未涉足过的河流。

最为可笑的，他甚至还找了一大堆的言情小说和爱情电影来看，叫做“翻破爱情秘籍”。这种感觉真好，令浑浑噩噩的李奇微有了小眩晕，渐渐摸不着东西辨不清南北。

论专长，李奇微算得上一个好的中医师，还算有好的头脑，像复印机一样，能整本整本地背下厚重的针灸、中药、经脉的书。也有些小得意，闭着眼，能在陶瓷人体模型上准确把针扎入穴位，一直被同事们戏称为“针灸王子”。但在感情方面，李奇微充满小聪明的专长一直掩盖了他一贯的弱智。尽管每天流着口水，被一打的爱情电影催眠入睡，他还是记不得任何爱情秘籍中的方略。

事实，学生时代早已过去很久了。李奇微不得不面对自己即将而立的门槛。他有自己内心更深的焦虑，除了考虑恋爱问题之外，他必须得考虑房子、自身收入、家庭背景等等——这一连串后续的问题，令他心情沉重、忧心忡忡。但这种忧心忡忡，同时还能给他的怯懦打不少气，又让他心安理得地觉得能追上丁简是赚的，追不上也活该。当然用诗人的话来表达他这种心态，可能更婉约一点：“得之，我幸；失之，我命！”

爱情这事，你若不信，怎么着都可以；你若信，谋着了不如撞着了，逮着了不如等着了。李奇微当时是看不破、也翻不破，几乎都是在自作相思，自寻烦恼。

第三座岛：相握之岛

1

第三位熄灯的女士，是十三号，名叫龚小曼，身份是一位小学美术老师。她短头发，也是高而瘦，一身粉色，大红蝴蝶结，打扮得非常可爱的感觉，用日语说，就是很“卡哇伊”。

卡哇伊的龚小曼笑眯眯地问李奇微：“对不起，男嘉宾李先生，能好奇问你一个问题吗？”李奇微点点头，没有任何拒绝的理由。她说：“作为一个中国人，我很奇怪，你为啥要起一个这么怪怪的洋名呢？我最反感什么宋彼得、张约翰、朱保罗之类的怪名！”

李奇微倒没提防她这么问，全然没想到，一下子就被她问住了。陡然一瞬的恍惚，同时听到有人轻声喊他：“Ridgway!”

主持人就哑然失笑了，调侃着为李奇微辩解说：“十三号，我觉得这个问题，你最不应该问我们的男嘉宾本人。另外，李奇微——这难道是个外国名字吗？我总觉你的名字也挺洋化的吗……小曼，小曼，呵呵。”

龚小曼争辩道：“哪有啦，主持人懂不懂的啦？我爸妈非常仰慕民国才女陆小曼，就给我取名叫‘小曼’了，是非常地道的中国风，民国范儿好不好！”她说话嗲声嗲气，引来了大家欢快的笑声。

李奇微看了看十三号位上的女士，对她的可爱萌态和一副似乎无邪天真的眼神，显然宽容很多，所以也为她辩护了一下：

“主持人，她说得没错，我名字是有点怪。以前有人会说，你怎么取了汉奸的名字。其实，名字是我爷爷取的。他也是个老医生，我出生时，他跟大家说，期望将来我能出奇制胜、见微知著，所以就叫‘李奇微’——但事实上，我爸爸告诉我，老爷子其实另有私心，本来这名字想安在我爸爸头上，不过那时代，怕被人误解，就算了。我爷爷很年轻的时候，就参军去抗美援朝，在战场上负伤退伍。他憎恨美国人，就拿美军司令官李奇微将军的名字安在我头上，意思说这位将军不但是他手下败将，还是他的孙子——我爷爷是个非常倔强的老头子。”

他的这番话，惹得大家哄堂大笑。

三年前，当李奇微第一次与丁简用英语对话的时候，向丁简介绍自己，也是作如是说。丁简跟大家一样，愉快地笑了，笑容灿烂，令李奇微甚为着迷。

两年前，当他还在那个丁香群岛上，李奇微对克里斯蒂娜，也是这么聊他的名字。克里斯蒂娜听了后，却没有笑。不是她不懂李奇微幽默，而是她说出另一番的味道：

“——哦，Ridgway，你的爷爷真是位宽厚的老先生，也令我非常钦佩。我还从未遇过这么尊重自己敌人的军人，愿意拿自己的孙子名字来纪念他。不像我爷爷，一辈子都不愿搭理中国人。”

为此，李奇微忍不住伸出手，跟白皙、高挑、瘦弱的克里斯蒂娜握了一下手。虽然男士主动，可她并没有拒绝。那是李奇微平生第一次握住一个美国女孩的手，不禁特别用心感受了一下。她的手并没有像自己想象的那么柔软和温软，反而很粗粝、坚硬，掌心里长着老茧，想是长期野外作业的结果。这不禁让李奇微对这位女科学家刮目相看。

到了桑给巴尔的一周时间里，李奇微每天都要跟很多人握手。从中国驻桑给巴尔的总领事开始，到桑国的总统、卫生部长、各级官员、就职服务的桑给巴尔纳兹莫尔医院院长、医院同仁、病人、在桑国经商侨居的华人华侨……与人握手，一点点地把李奇微推入这个“非洲星球”上的新世界。在那里，他同所有人的相识，都像跟克里斯蒂娜一样，从握手开始的，黑人妇产科医生克拉克当然也不例外。

克拉克要比李奇微年长一岁，算是同龄人。两人体型和外貌惊人的相似，身高相仿，胖瘦相当，剪着一样的短发。不过肤色一个黑、一个黄，克拉克的头发有些卷曲，而李奇微是短寸板。

克拉克的国籍是法国，专业学习的是妇产科学，受“无国界医师组织”的委派来到桑给巴尔。无国界医师组织正如法式美酒一样，源自于法国，是一个著名的非牟利性团体。克拉克和他的女友克里斯蒂娜一起在迪拜游玩一周后，来到首府的纳兹莫尔医院工作。说起来，还是与中国医疗队同机抵达桑给巴尔的，不过李奇微对他们一点印象都没有。纳兹莫尔医院院方为克拉克做了工作安排，让他给中国委派来的王美清医师当助手。

王美清是个大大咧咧的女医师，天生大姐大式的做派，性格直率爽朗，跟克拉克也聊得来，并非常喜欢自己的这位法国助手。王医师第一眼看到克拉克，就觉得他像极了李奇微，她还通过很多队友的眼睛，印证了这一点。因此，她迫不及待地要将克拉克介绍给李奇微认识。

李奇微和克拉克第一次见面、第一次握手时，双手暗暗下了点力气。作为学针灸的中医师，李奇微需要经常捏橡皮圈来练习手力，以保证扎针或者推拿时手法的精准与稳妥。他的手力是很大的，对之，克拉克毫无防备。他那只柔软、细长的黑胖手，被李奇微一把给握着，如同伸到了一个铁钳子里，忍不住“嗷”地叫唤了一声。

2

李奇微和克拉克的女友克里斯蒂娜握手时，情况就大不一样了。几秒钟之内，他的手一下子变得很烫，热乎乎的像只烤红薯。

克里斯蒂娜是个美国人。她第一次与李奇微偶遇时，她立刻笑了，连忙跟男友克拉克说：“哦，他的确像你中国版本的弟弟！”

克拉克说：“是我的老师王医师最先发现这点的。现在，我们医院所有人都知道，有一对克拉克了，我是克拉克，李是小克拉克。哈哈。”

老实说，从第一眼见到克拉克开始，李奇微就不喜欢这位法国马赛来的黑人医师。或许是克拉克太过于热情洋溢，刺激了他，觉得此人有点不踏实、夸夸其谈的感觉。他搞不懂，一个医生怎么能像克拉克这样毛躁躁、咋呼呼的，只好心底用“法国人都是这样”来说服自己，努力与这位黑人版本的自己和谐相处。毕竟，按照队里的说法，国际友谊头等重要。

但和克拉克见了第二次面之后，他就发觉彻底难以喜欢上克拉克了。因为他对克拉克瞬间就充满了羡慕嫉妒恨。

两人第二次见面是次偶遇。那时，李奇微正待在旅馆大堂里，等着医疗队的厨师老黄。他准备跟着老黄一起，到当地的集市去采购蔬菜——其实也是去玩玩，找个借口参观旅游。

桑岛天气炎热，蔬菜容易腐烂，不能长期储存，必须每天采购。不过，所谓买菜，内容非常简单，桑岛菜市场供应最多的无非是土豆、西红柿、洋葱和包菜这四大金刚。运气好时，顶多还能买点黄瓜。所有蔬菜，味道跟国内都很不一样。桑岛有非常浓郁的伊斯兰文化，所以只能买鸡、牛、羊肉。此外，靠海吃海，还有无限供应的各类海鲜。

也就在旅馆的大堂等老黄去买菜时，李奇微看到了一个高挑白皙的白人女孩走了进来。当然，无论在国内，还是在桑给巴尔，李奇微都有机会见过一些欧美女士——他不只是因为她是白人女孩而被吸引。这种吸引，和他遇见丁简时那种吸引是完全一致的，古人有种说法，很精准，叫做“慕”。李奇微看到一个美丽的姑娘，就慕上了，不过恰巧，她是个白人而已。而且，更莫名其妙的是，他对那个女孩还有非常强烈似曾相识的感觉。

那时候，李奇微比初遇丁简时还失态。他坐在大堂里的乌木制长沙发上，双臂展开耷拉在沙发靠背上，跷着二郎腿，百无聊赖的感觉。

克里斯蒂娜从门外走进来，她穿着紧身的牛仔裤、宽松的野营夹克，戴着一顶牛仔风的遮阳帽。那一刻的克里斯蒂娜，披着阳光，洁白如雪。用中国人的眼睛来看克里斯蒂娜，似乎说起来“洁白如雪”是一种笑谈——哪个白人女孩不是如此?

可黑皮子的李奇微对皮肤白皙的女孩子却有着非凡的敏感，见丁简如此，见克里斯蒂娜也是如此。他眼神不好，但还是一眼看出了克里斯蒂娜的白很不一样，比普通的白人女孩子白得更迷人，微微的模糊中，似乎被一层银丝绸或者晶莹的瓷釉包裹着，亮晶晶，很通透。

这层迷人的光芒，使得李奇微开始想入非非起来。无论是在中国，还是在非洲，或者世界任何一个角落，每一个像李奇微这样的单身汉，都天生有想入非非的权利。我们可以称之为“知慕少艾”，还有更简洁、更草根的说法：“闷骚”。

李奇微就是闷骚。他毫没有注意到，自己正摆着一副非常滑稽的姿势，冲着国际友人克里斯蒂娜微笑。同时，哈喇子在嘴里酝酿，被他咽了下去。

克里斯蒂娜却完全是满怀友善地回馈李奇微。她摘下遮阳的帽子，散开金黄色的头发，冲李奇微友善地微笑，笑容就像一只身形优美、快速奔跑的金色豹子，一头撞上了李奇微。

3

李奇微第一次接受到来自异性如此迷人的微笑，完全是冲着自己而来的。他深受感动，有点激动，一刹那间，就把丁简抛到了九霄云外。激动之余，还有点冲动，很想走到那个白人女孩面前，跟她搭讪几句。这时，日后很长一段时间让他羡慕嫉妒恨的克拉克出现了。

正如李奇微后来所得知的，克里斯蒂娜是克拉克的女友。当法国佬克拉克在美国犹他州留学时，他认识了克里斯蒂娜，并像李奇微一样，一眼看中了克里斯蒂娜。与李奇微不一样的是，克拉克有浑身追女孩子的本领，使出了他非常利索的嘴皮子功夫追而求之。两人因此相恋，并因此一起来到了桑给巴尔。

当李奇微正冲着克里斯蒂娜微笑时，克拉克正好从招待所的三楼宿处下来。他远远就大声嚷嚷："克里斯蒂娜，亲爱的！"唯恐全世界不知道这个女孩属于他的。克里斯蒂娜也冲他挥手。

李奇微被吓了一跳。他从不敢想象，这个白人女孩子竟然是克拉克的女友。那一瞬间，他吃惊得就像吃了一个苍蝇，像皮球一样一骨碌从沙发上弹跳起来。

克拉克当然也看到了李奇微，连忙招呼他，向他问好，并友好为他和自己的女友克里斯蒂娜互相介绍。

克里斯蒂娜和克拉克拥抱，然后伸出手与李奇微相握。她用英语向李奇微自我介绍："我叫克里斯蒂娜，来自美国，很高兴认识你。"这是类似课本对话那样简单的句子，李奇微没有听不懂的道理。

这时，李奇微却有点失礼了，他耸了耸肩，胸口被一股子莫名其妙的沮丧情绪填满了，心不在焉地简单自我介绍："我叫李奇微，来自中国，也很高兴见到你。"

克里斯蒂娜并不介意李奇微并没有跟自己握手，依然对他笑着说："我早就知道你啦，Ridgway先生！克拉克提过你好几次。我第一眼就知道，你就是他说的那位中国医生，哈！"她顺手拍了克拉克的肩一下，很亲昵的样子。

克拉克便热情洋溢了起来，他一把抱住李奇微的肩，带着调皮的笑容询问女友："李医师是不是很像我中国的弟弟？"

克里斯蒂娜笑着说："哦，他的确像你中国版本的弟弟！"

他们两人用英语互相对话时，语速飞快，但李奇微努力去听，还是能听懂大概的意思。可他并不喜欢当克拉克中国版本的弟弟，所以立刻露出满脸的不快。克里斯蒂娜问他："李医师，可为什么你的父亲要为你取Ridgway这样英式的名字呢？"

李奇微不甚愉快地回答："这是我爷爷给我造成的麻烦，跟我爸无关——可能跟我爷爷也没有关系，说到底还是你们美国人造成的。"他简要地解释了一下"李奇微"三个字的由来。

好在，克里斯蒂娜没有笑，她很愉快地说："地球真小，我的爷爷也曾经参加同一场战争。回忆那场战争，他总是跟我们说'我是一个从地狱里出来的人'——哦，Ridgway，你的爷爷真是位宽厚的老先生，令我非常钦佩。我还从未遇过这么尊重自己敌人的军人，愿意拿自己的孙子名字来纪念他。不像我爷爷，一辈子都不愿搭理中国人。"顿了顿，她笑了起来，对李奇微说："不过，我给自己起过一个中文名字，叫做——柯丽雅！"

克里斯蒂娜说"柯丽雅"三个汉字时，口齿非常清晰，完全像一个普通中国女孩在念自己的名字，饱含笑容，也饱含亲和力。令李奇微深受其感染，他忍不住伸出手，视而不见地绕开礼貌微笑的克拉克，伸向柯丽雅。

克里斯蒂娜大大方方地握住了李奇微的手，也很用力地握了握。她感觉到他的手很烫，仿佛在握着一锅热汤。

第四座岛：新月之岛

1

第二十四号女生名叫仲芒芒，她熄灭了灯，但没有仔细陈述自己熄灯的理由。

她是一个高个子的银行职员，半露着消瘦的肩膀，烫着大波浪卷的头发，粉底过厚，脸色苍白得不真切。她说："对不起，男嘉宾，我对你没有感觉，不过我觉得你人很好，请允许我，给予男嘉宾以最好的祝福！"

李奇微笑了笑，说："谢谢你，其实……"

他本想说"其实不用祝福，我比较害怕"，但并没有说出口。至今单身的他，最怕听到女孩子说出"祝福"两个字，貌似温暖、礼貌，但也令人心里发凉、冷得刺骨，杀伤力跟"永别吧"没啥区别。

认识李奇微以来，丁简一共对他说过四次"祝福"。最后两次，都是在写给李奇微的电子邮件中。这些祝福从北半球经过赤道发到丁香群岛，经过了从温带到热带的遥远旅程，骨子里中的拒绝与冰冷，却一点没有因之变得温暖。这让李奇微总有一种非常夸张的错觉，所以如果没有柯丽雅的出现，自己会被冻死在那个新月之岛上。

纳兹莫尔医院是桑给巴尔岛上最大的综合性医院。因桑岛属于典型的伊斯兰文化区，所以医院使用红新月标志。

这点，李奇微并不了解。他正式踏入纳兹莫尔医院的第一步，就被红色新月旗给吸引了。他仰头看着飘着在医院小广场前的新月旗，慢悠悠走着，跟着整个医疗队一起到门诊楼前合影。

纳兹莫尔医院修建于上世纪90年代，整体规模像国内西部地区的一家县级医院。建筑风格是标准的混搭风，欧式的门廊和伊斯兰的繁文装饰像牛奶和咖啡一样搅在了一起。作为整个共和国的中心医院，它的确需要世界范围内更多的支援，才能更好地工作。

医院的院长名叫加马克，身材高大魁梧，模样是一位典型的东非黑人。他是一位留英归来的中年眼科专家、英国伯明翰大学的眼科博士。坦桑尼亚是英联邦的成员国，加马克当年赴英读书，拿的还是全额的联邦奖学金。加马克显然是一个爱祖国胜过爱优渥生活的人，在英国成家立业后，最终还是回到这个令他魂牵梦绕的海岛上来了。纳兹莫尔医院每年都接受中国医疗队支援，为了跟中国医生们套近乎，增加亲和力，他也给自己取了一个响亮的中文名字——马加。

马加院长跟医疗队的每一位中国同仁握手，笑容灿烂地用中文自我介绍：“你好，我叫马加，就叫我老马好了。群岛欢迎你！”每个人都被他惹笑了，说：“您好，马院长。”直到李奇微面前，他依然这么自我介绍。李奇微直来直去，握着他的手随意地问好：“老马好！”高大的马加院长听了，忍不住居高临下拍拍他的肩膀说：“你……小李，你好，呵呵！”

同样在这家医院工作的，还有来自意大利、法国、德国、埃及、瑞典、古巴、南非和印度等各国的医生。与他们交流时，加马克又使用了自己的英文名字“马克斯”。这位马克斯院长舌头下像藏着一个翻译机，能用英语、法语、阿拉伯语、瑞典语等向他们分别问好，感谢他们每一个人能不远万里为自己祖国所作出的贡献。马克斯的谢意真诚，目光湿润，极富感染力，与每一位异国医生握手时，都能把这种真诚的谢意送到对方的眼睛里。

大家一起合影时，李奇微自觉站到后排一个不起眼的位置。这张照片将成为他在这座新月群岛上唯一一张重要的留念——他这人，自信匮乏，极端避讳照相。

在那张合影照上，法国医师克拉克恰恰站在他的前面一排，结果是在黄脸皮的李奇微下倒映着一张黑脸皮的李奇微，像是一只对称的葫芦。

《相亲&相爱》节目把这张照片公布在大屏幕上，作为李奇微去过非洲的证明。很快，有眼尖的人发现了这一点，不少人像初见照片的丁简一样暗自嘀咕：李奇微脸下怎么会有一个一模一样的黑人？难不成是一张灵异照？

2

到达桑给巴尔的第三天，李奇微就开始了在纳兹莫尔医院为期两年的工作。

作为一名中医师，李奇微自然是在医院的中医科工作。纳兹莫尔医院的中医科是特意为中国医疗队设立的一个科室，恐怕也是赤道线附近唯一的一个中医科。

自1965年第一批中国医生来到桑给巴尔推广中医至今，中医在桑给巴尔人心目中的地位一点不输于西医。早些年，中国的中医师们给桑给巴尔人带来了草药、针灸、拔罐和推拿牵引。这些来自东方的医术，在当地人看来，比西医更容易理解，仿佛就脱胎于他们村落里、那些半巫半医的乡村医生们的手段，直感、神奇，有时却很有效。

几十年前，很多用心的中国中医师甚至还能放下身段，到桑给巴尔乡间寻访一些当地世代口口相传的偏方，用以丰富中医理论。这些事，更让当地人引以为豪。总之，当地人对中医的感情，可不是一朝一夕、一件事情就能培养起来的，就像药品，反复加长期，才能印证疗效。

几十年过去了，相对而言，现在的西医已经更发达了。包括马加院长在内的很多本地医生都是从欧美学成归国，不少人披过了博士袍，在《柳叶刀》或者《自然》杂志上发过论文，都是优秀的西医专家，但他们对中医的尊重丝毫没有减少。

当他们年幼光着上身在沙滩奔跑或在椰子树上荡叶子时，像很多中国小孩子一样，感冒吃过板蓝根，发炎用过蒲地蓝，落枕被推拿过，甚至还用来自中国的砂锅为自己的爷爷奶奶或者父亲母亲煎过中药。他们已然视中医为自己成长的一部分，中医告诉他们，这满岛的丁香花跟肉桂熬汤汁可以治胃病，满岛的豆蔻子熬汤喝可以治霍乱，缘于那个非常深奥的中医理论：“主温理气”。因此，从没有一任纳兹莫尔医院的院长想过，医院应该取消掉每两年只有一位医师进驻的中国医学科。

本次进驻纳兹莫尔医院中医科的，正是资深单身汉，主治中医师小李先生。李奇微稍能自负的，就是他的手艺。他在国内中医学院学了非常全面的中医技能，专攻的是中医针灸学，是用针的一把好手。中医和针灸，是他家的家传：他爷爷从战场伤残复员后，发誓养好身体，伺机与美国人再决雌雄，就在乡村里干起了赤脚医生行当；他父亲从一所中医学校毕业后，在三位姑妈的怨怼声中，接过了他爷爷的全套行头，继续在乡村里行医。他爷爷临终前，嘱咐他的爸爸要学好中医，他爸爸临终前也嘱咐他要学好中医。前辈嘱托重如山，李奇微为了这嘱托，也为了一只饭碗，就变成了现在这位用针的一把好手。

这把好手在纳兹莫尔医院变得非常繁忙。他主要为病人治疗颈肩腰腿痛、关节炎和头疼之类在西医那里被视为“疑难杂症”的毛病。繁忙时，每天要为十来个人做针灸治疗，闲的时候，也有三五个。

忙闲参半，医疗队人手少，工作量大。李奇微也就顺带做一做内科医师的工作，望闻问切，然后给病人开些中成药，治疗常见的伤风感冒和头疼脑热。这些中成药也是从国内援助过来的。许是水土相差万里，非洲人对中药很敏感，各类中成药的治疗效果都是令人难以置信的好。长此以往，他们对中药的信任一点不输于西药。用医疗队对长周伟军博士的话来说：

“惠而不费，群众基础好，要发扬历届医疗队的传统，好好推广，小李身上的担子还是不轻的！”

3

李奇微最后一眼看到那座新月之岛，就在参加《相亲&相爱》节目的前一个月，在飞往迪拜、飞回中国的飞机上。

透过飞机的舷窗，李奇微看到朝阳中的丁香群岛熠熠生辉，看到它的每一座岛屿慢慢相连，拉起手来，排成一列弯弯的微笑，挥手，向他作别，像医院高高飘扬的红新月旗帜。

那一天，克拉克和沙雷刚刚把他送上飞机。他们的音容笑貌犹似在眼前，但飞机已经越行越远。李奇微窝在座位上发愣，反复回味着克拉克的话。他的确越来越觉得自己不像一个中国人，可他又完全不知道克拉克嘴里的“中国人”到底应该是怎样，克里斯蒂娜眼中的自己又是怎样……

李奇微本是一个感觉很迟钝的人，但跟群岛就此别过，令他百转千回了起来。他把长达两年的生活，变成心中的新月般的怀念。

这种感觉，是忧伤，已经谈不上夸张了，真实得像是脸上晒出的斑痕和额头眼角的细纹。像来到桑给巴尔的第一夜，百感交集，失眠、抑郁，被困在了桑给巴尔旅馆的庭院里，被热带的蚊虫所包围，想念一个人，然后一直郁郁寡欢。一弯南半球的新月照着他。

那时，他在想，两年啊，真是一段足够漫长的光阴。长到足够把今天的自己跟未来的自己，间隔成了两个陌生人。丁简何尝不是如此，七百三十天，她可以随时去那家白岛咖啡馆，随时遇到另外一个比李奇微还要好的人。两年，他们有足够长的时间相识，一块吃饭喝茶喝咖啡看电影逛街购物旅游亲吻直至结婚生子……

如此，李奇微就知道想家的滋味了，太想回中国去了。对月思乡，这种中国式的哀愁，跟他郁郁不得志的爱情，充分搅和在了一起，让激情澎湃的内心开始降温，慢慢地凝固，像被水泥灌注得满满。现在，也有个很流行的网络词语来形容这种变化，叫做“瞬间石化”了。

刚到新月桑岛上的李奇微，在第一夜就“瞬间石化”了。那晚，桑给巴尔的新月宛如美杜莎微微张开的眼睛，眯出了一弯灾难性的注视。

他的这种“石化”状况，一直持续到美国女孩柯丽雅，也就是克里斯蒂娜，走进了他的世界里，杀死了可怕的美杜莎。不是“走进”而是“闯进”，令他措手不及，惊喜无限……

当李奇微告别新月之岛时，他并没有比来之时更慌张，心是满满当当的，把整个群岛和两年的光阴都打包、装箱，全部带了回去。

他贴着飞机舷窗，看到群岛远去，像一把盐粒那样，融入浩瀚的印度洋。两年光阴，又变得太过于短暂，也将随着那些群岛一起融化在日后的生命旅程中。

飞机下，蔚蓝色的海面变得平坦如砥，像一份图纸那样，全部的内容在日光下暴晒，蒸发干净，重新空白了起来。

李奇微最终是在新一轮的忧心忡忡中跌入了眩晕状态。他很怕这一生，将永远地告别克里斯蒂娜，也不知道该如何去面对想象中已经怀孕生子的丁筒。

这种忧心，却并不能令他忧伤——两年，不短也不长，最足够的时光。也有足够的一段路，在岛屿与岛屿之间，改变李奇微，使他成熟，皮肤黝黑，瘦了一点点并更强壮了许多，使他更多地了解了自己和流经自己的光阴。

李奇微最终是带着新月般的微笑，掠过群岛上空，盘旋，永远地告别这块大洋之中热情洋溢的土地，然后慢慢入睡，像婴儿一样安静……

第五座岛：蔚蓝之岛

1

第一轮过去了，四位女嘉宾淘汰了李奇微。二十四个人中，剩下的二十盏灯留着。

在《相亲&相爱》节目的历史上，这是一个还说得过去的成绩。下一个步骤，李奇微必须要进一步努力，通过更深入的自我展示，以打动座中的女孩。

主持人说：“在下面‘相亲连连看’的环节里，让我们一起看看李奇微先生最自我的那一面。”

所谓“相亲连连看”，是“连续不断看”的意思，是一个给男士充分自我展示的环节。通常，男士可以在其中做出才艺表演，可以任性地自我表现一番，让大家心中有判断。作为海滨卫视最火爆的一档公共服务类栏目，《相亲&相爱》的长处就在于会驾驭观众心理，策划精细，不断引爆“亮点”。“相亲连连看”环节就是“亮点”之一。

遗憾的是，李奇微并不亮。他被节目组相中，确定录用，完全在于比较奇特的经历。就其人而言，普通，普通到太过于稀松平常的地步，本来就没什么特别的看点。

好了，视频播放了。李奇微在一栋空荡荡毛坯房里说话，他的独白，处理为同期声：

“两年以前，我有一个很大的梦想——就是在这个城市里，能买一套自己的房子。这个梦想憋得太久，最后成了我的一桩心事。援外两年回了国，我能把这桩心思解决了。这就是我刚买的房子，在桑岛时就网上预订的。不大，九十来个平方。我觉得够住了，挺满意。我希望能再攒些钱，把它简单装潢一下，然后成个家，把妈妈从乡下接过来。”

李奇微走到一根立柱旁边，拍了拍，说：“这里到那里，我决定隔开，做一个书房，书房里有个书架，将陈列着我从非洲带回来的东西，都是非常有纪念意义的东西……”

李奇微又走到阳台上，说：“这是阳台，我本来想它应该足够大。房子真到手了，才发现被奸商给坑了，前方全是遮挡，视野很不好。以后你们谁要买房的话，千万得小心奸商。实在太坏了。国内这个房价真是怪，出国前，我觉得所挣的钱，完全有能力首付买一个大套，回国后才发现，房价又比我出国时翻了整整一倍！”最后，他冲着镜头耸耸肩，讪讪地笑了笑。

在“连连看”的第一段视频里，李奇微就以他回国后新买的房子来引诱女嘉宾。现场很多观众都被他这股子傻乎劲逗乐了，给他一点微微掌声。

他这番的利诱，却并没有获得场上女嘉宾的认同，又陆续有三位女嘉宾熄灭了灯。

在互动交流中，主持人逐一问她们灭灯的缘由。站八号位置上那位叫做夏智的女嘉宾，抢先要求回答，她说："我觉得，男嘉宾是一个很实在的人。但我一眼就看出，他这人似乎一点不了解女性，或者说，他不像是一个很会跟女孩子相处的人。这样的男士现在很普遍，'三不男'，不知、不解、不与，好像只是活在自我的天地里。可能，相处起来，难度比较大。"

主持人宋知非点头，转而对李奇微说："我觉得这个观点很靠谱。男嘉宾，你认为夏女士说得对吗？哦，提醒你一下，她是心理学硕士，可是一位职业的心理咨询师，跟我们场上的情感专家还是同行。前几期节目，他们一直搞学术辩论来着！"

情感专家双手握拳，笑着说："得，得，主持人，别再提这茬了，论学术水平，我肯定自愧不如，还是退避三舍为好！"

李奇微惭愧地说："不好意思，我没看。"主持人、情感专家和夏智都笑了。

笑归笑，主持人的问题还要回答，李奇微想了想，正色对八号女嘉宾说："不是这样的。事实上，虽然我单身至今，但我确实接触过一些女孩子，有时候呢，遇到的是很不一样的那种，她教会了我很多……嗯，怎么说呢？我可能不觉得爱情、婚姻中，自我一点有什么不对。越真实知道自己，或者自己想要的，就是越为两个人负责吧。谢谢！”

他的话刚说完，又有两位女嘉宾熄灭了灯。

像很多被称为“专家”的人一样，夏智的潜意识里总有那么股子挥之不去的智力优越感，似乎非常喜欢和人争辩。她听着李奇微蔫蔫乎乎的说话，心中有股无名的烦躁，立刻对他反唇相讥道：“我忘了补充一点，或者，你是一个很虚伪的人，表面看起来老老实实，其实肚子里的想法特别多。你觉得你很懂女孩子吗？如果懂，为什么今天会站在这里？”

她这段话说出口，自己立刻意识到过分了，因为她也同样站在这里。作为心理咨询师，她太习惯于把对方当成一个存有心理问题的人来看待。她悄悄脸红了，口吻变得很缓和：“对不起……我是想说，我们单身至今，很可能最大的原因，是你，我，可能都并不如我们自己想象的那样了解异性，了解对方。”

李奇微颇为赞同，连连点头说：

“没关系。你说得对，的确是这样的。你也不一定像你看来的那样了解我，对吧？大家有时候就希望你看起来如何，而不是你究竟如何。哦，我想起一句话来：每个人，都是一片海，你没有跨越过，就不会真的知道它有多宽阔。”

2

“每个人，其实都是一片海，你没有跨越过，就不会真的知道它有多宽阔。”

这一句话，李奇微印象深刻。因为在写给丁简的最后一封正式电子邮件里，李奇微是特意写上这句学来的话作为结尾，算是画龙点睛之笔。

而在此之前，他则离题万里，滔滔不绝地向她描述了印度洋的海水。他所用的词语是：“蓝，很蓝，非常非常蓝的蔚蓝。”

作为一个不善于说话、也基本不读什么文学类书籍的人，李奇微的表述实在是太贫乏了。他所能说出的这种“非常非常蓝的蔚蓝”，却只是他目中所见的蔚蓝的很小一角。

桑给巴尔群岛被印度洋的海水严密地包裹着。李奇微和他的同事们，每天从旅馆到纳兹莫尔医院上班，都要经过连片的海滩。在海滩上，可以随时看到印度洋的蔚蓝，像草原那样在迎风招展。整个葱郁的桑给巴尔群岛，也就都被这样的蔚蓝所包裹。

海滩是桑给巴尔最为丰富的奢侈品，群岛的主岛温古迦岛上，有大名鼎鼎的四方海滩：南部有富吉和翠妮海滩，北部有曼嘎普瓦尼和纳古威海滩，东北部的马特姆韦、马潘兹、基万嘎、乌娄阿海滩，以及东南部的品格威、比维修、刚比阿尼海滩。它们是桑给巴尔最为性感与饱满的身材与线条，也是一百万桑给巴尔人的摇钱树和提款机，吸引了全世界的热带海滩爱好者前来观光。在网络上，他们把桑给巴尔的海滩评选为全世界最美的十个地方之一。

很多西方国家的旅游开发公司抢占了先机，在海岛的沿岸黄金海滩里圈了若干的地块，建成了奢华的度假宾馆。

在桑给巴尔市区以北，也就是石头城的北部，就有著名的曼嘎普瓦尼、纳古威和加加海滩。那里，几乎都被豪奢的度假村给挤爆了。用桑岛本地人的话来说，那种地方，一颗椰子滚下来，砸中的都是亿万富翁。

不过，对大多数桑岛人而言，那只是另外的一个桑给巴尔。是全世界有钱人的度假胜地，号称“浪漫之都”的那个桑给巴尔。而对于医疗队的中国医生们来说，真实的桑给巴尔是设施简单的医院，住宿条件简陋的政府招待所，还有就是排着长队前来治疗的病人和繁重的医疗任务。

考虑到民众的正当游赏权益，桑岛政府在那些黄金海滩之外，还划出了若干公共海滩，免费对民众开放，类似于海滩公园，也是非常好的去处。

李奇微和整个医疗队队员们最大的乐趣，是下班之后到这些面积小、风景却旖旎的公共海滩公园里散步散心。

靠大家最近的一个海滩公园，距离医疗队员的驻地玛吉—玛嘉宾馆步行不过十分钟就到了。像中国城市的街头巷尾那些无名的小公园一样，那也是一个无名海滩。因为全体中国医疗队员学会的第一句斯瓦希里语就是“加布”（你好），所以，大家一致决定叫它“加布海滩”。

在初到桑给巴尔头一个月里，之前从来没有去海滩玩耍过的李奇微，几乎天天要溜到加布海滩上发呆。故而。每天他都要被印度洋的蔚蓝浸染一遍。

桑给巴尔的太阳每天都在六点半才落下，李奇微可以看到光线在近乎通透的海面上表演的变奏：最挨近海滩的是完全清澈透明的水，慢慢延伸，就变成浅浅的蓝，然后是绿松石般的晶莹，最后是深蓝与墨蓝。

太阳，是一位卓越无比的艺术家。它在热带海岸边释放出的光线，饱含着最浓郁的艺术细胞。每次李奇微来，都能看到光线从蔚蓝色的海中反射出来，照映在石头城白色伊斯兰风格的建筑、带着三角白帆的阿拉伯帆船，以及高大的棕榈树和椰子树上，纷繁缭乱。随便怎么看去，都是一种风景，且每时每刻，都能看到内容大不一样的精彩纷呈。

桑给巴尔海岸的美丽，对于所有背井离乡的队员们来说，未尝不是一种安慰。即使像加布海滩这样的无名之地，也精彩得很，而且比别处更美丽。

因为天天与海打交道，本地人对这样普普通通的海滩公园，其实一点兴趣都没有。他们要生活，宁愿拼命挤到富人云集的纳古威海滩或者加加海滩去，卖热带水果、小吃、纪念品、工艺品，挣钱补贴家用，平常很少有闲心到这样游人稀疏的公共海滩来闲逛。

因此，初到桑给巴尔，李奇微最大的得意之处，就是经常一人独享这片海滩，也独享海滩外浩瀚无垠的蔚蓝。

3

初到桑给巴尔的日子里，李奇微和全体队员的生活还算平静，并不太忙。马加院长亲自作出安排，给了整个医疗队一个月的熟悉、调整期。

在这第一个月里，李奇微跟来自国内不同医院的医疗队同仁混熟了，也认识了来自法国的克拉克医师，以及他美丽的女友。

本来，李奇微是非常讨厌见到克拉克，尽量避免在医院里与他碰面。但自从遇到克里斯蒂娜之后，他发现自己变了——当然不是变得喜欢上克拉克，而是变得有点想入非非，他想遇到克拉克，非常想再顺带遇上克里斯蒂娜。后者才是问题的关键。他很好奇，希望能从克拉克那里打听点什么。比如，他这样一个法国来的黑人男孩，怎会跑到千里之外，追求到克里斯蒂娜这样美丽的白人女友——毋庸讳言，克拉克给李奇微带来不少的自信。

好奇心这东西，好比出海的渔船，总是希望能驶得更远，捕捞到更多的惊喜。为此，李奇微就找机会跟王美清医师多接触。王医师今年四十二岁，是省内一家三甲医院的妇产科副主任医师，高个子，鹅蛋脸，长发飘逸，是一个非常有气质的女人。初见之下，总会被人认为是一个高傲的冷美人。其实，她性格非常之好，爱说话，爱跟人打交道，甚至爱聊点小八卦，在队里的人缘也很好。

李奇微也偶听队友提及，说王医师家庭出身不错，父亲母亲都是政府里的高级官员，是资深的“官二代小姐”——这点，从她的脸上一点都看不出来。她每天都是笑眯眯的，非常享受来群岛工作的这份辛苦，大概是教养和心态使然。

王美清到了纳兹莫尔医院，就担任妇产科主任哈桑博士的副手。伊斯兰文化认为孩子是真主的馈赠，反对堕胎，不少家庭还是一夫多妻制，所以群岛的生育率很高。她也因此成为最早进入超负荷繁忙状态的一个。也正因如此，医院为王美清医师分配了两个助手，一个是本院青年医助穆勒，一个就是法国来的志愿者克拉克医师。

傍晚下班后，大家集体到加布海滩散步时，李奇微总会碰到王美清。他走着走着，就会跟到了王美清的身后。两人自然而然地就攀谈起来，聊一些远在万里之外的事情。比如，王美清会主动关心起李奇微，在国内成没成家、有没有女朋友之类。李奇微如实相告。王美清就八卦起来，开始说她的远房表妹、先生的同事、邻家的小妹之类，恨不得立刻想带着李奇微回国相亲。

两人就渐渐亲密起来，以姐弟相称了。但似乎正如夏智女士所指出的，李奇微可不像他看起来那么老实，他向王医师打听最多的，还是关于克拉克的事。王美清毫无戒心。本来克拉克就是她介绍给李奇微认识的，多八卦一点很正常。

通过王医师，李奇微了解到，克拉克的祖上本来就是桑给巴尔人。他的爷爷据说是本地的一个贵族，跟着法国人做香料生意发了大财，后来举家移民到法国普罗斯旺省的马赛市。也就是说，克拉克本质上是一个法籍的桑给巴尔人，黑皮白心，像只脆皮巧克力冰淇淋。他却跑到美国去留学，犹他大学医学院攻读了博士。此间，认识了克里斯蒂娜，结成了恋人关系，并随她一起回到桑岛，回来寻根了。

“克拉克”只是他的英文名，他还有一个斯瓦希里语名字——巴加西；当然，也有一个原本的法国名字——米歇尔·杜兰德。“杜兰德”这个姓，在法语里是“强壮有力”的意思，是他祖辈到法国后自立的名号。

担任了王医师的助手之后，克拉克也给自己起了一个中文名字——王杜。他的解释是，王医师是“number Wang（one）”，他是她的助手，只能是“two”，所以叫“王杜”。这个中文名字逗得王医师哈哈大笑，干脆叫克拉克“王二”。

通过这些了解，李奇微明白了几点：首先，克拉克是个富三代，显然家资颇丰；其次，克拉克是个马屁精，通过王医师对他的赞不绝口来看，他一定非常有女人缘，非常会讨女士欢心。

李奇微便陷入无端的郁闷之中。他夜里入梦之前，突然会拿自己的方方面面，跟这个相隔半个地球成长起来的同龄人比较。他觉得他自己和这个叫克拉克、巴加西、米歇尔、王二的黑小伙子相差的不是一点两点，他们相差的简直就是一片蔚蓝的海，是海滩与深蓝之海的差距。

第六座岛：寻豹之岛

1

站在《相亲&相爱》录播大厅炫目的舞台上久了，李奇微就开始晕场起来，脑袋里像有一个不倒翁在晃荡。太多太复杂的声音，在他的耳朵里嗡嗡嗡地响，非常不舒服。

第二段的视频结束时，他就在这种晕晕乎乎中，听到主持人宋知非又继续邀请其他女嘉宾说对他的感觉。

十六号女嘉宾、二十五岁的公务员宦晓书，就用细长的手指捏着细细的话筒发言了：

“男嘉宾，通过短暂了解，我觉得你人很实在。虽然我熄了你的灯，但我还有个问题想问问你——可以吗？”

李奇微说：“可以。”

宦晓书：“很多人，总喜欢用表面的成熟来掩饰内心的弱小。你，觉得自己是一个很成熟的男士吗？”

李奇微被这个问题踹了一脚脑袋。他本来脑子一直晕乎乎的，这个问题却像打开了冰箱门，足够让他脑子清晰一点，头脑里的不倒翁也不晃荡了。他有些心虚，说：“我应该……是吧。我从桑给巴尔回来了。今天敢站在这里，可能足以证明我不是吧。”

他这话是“碎碎念”，黏度慢慢增大，吞吞吐吐，又莫名其妙，似乎说给宦晓书听的，又似乎说给另外的谁听的。

其实，问题的根源在丁简那里。

李奇微认识丁简后不久，犯了严重的相思病，开始患得患失起来，生怕错过了这个“白高美”佳人。某夜，他脑子一热，发出一条很有语法问题的短信，热烈表白：

“Jane，我好像深深喜欢上了你，而且，不是好像。”

发出消息，像发出一颗哑弹，让李奇微辗转反侧了一个晚上。只到午夜，丁简才回信：

“请称呼我丁简，什么Jane——浑身起鸡皮疙瘩。我觉得你说话太夸张了点，不觉得自己太不成熟了吗？我可不相信一见钟情这种事。更重要的，我觉得两人能在一起，得靠比语言更可靠的东西。”

很长一段时间里，李奇微一直在琢磨什么叫做“比语言更可靠的东西”。当时的状况是，李奇微还没买房，是一个一穷二白的草根青年，住在离医院和市中心很远的城中村里，小屋只有十来个平方，寂寂寥寥。用两年后才方兴未艾的网络词语来说，是一个标准的“蚁族”，一个正品的“屌丝”。

这位“屌丝”的中医师，也过着典型的穷单身宅男生活：上班下班，闷着看书，满脑子只有一个明确的人生志向：考研。那段时间，他能干出的最不宅、最小资的事情，不过是每周末骑着辆二手电瓶车到“白岛咖啡”伺机蹭些免费的咖啡喝。他能做的，是跟一帮开着小汽车而来的白领们聊英文，像复读机一样聊聊“今天天气真好、美国新奥尔良飓风来袭”“北京奥运盛况空前”“加勒比海盗三杰克斯派洛船长再显身手”之类的英文口语段子。

当然，这种状态跟职业有关。医生这份工作，是中国最应试的工作之一，总有考不完的试，做不完的“三基”训练，没完没了的考级考证。总之，“屌丝男”李奇微医师的日子其实很枯燥乏味，他还觉得自己很忙。因此，如果不是恋爱这件急吼吼的事情，他是没心思去感觉自己到底成熟不成熟之类的哲学感十足问题的。去他的成熟，七成熟算熟吗？

人是个匮乏型的动物，总因为自己没有什么而恼火。李奇微认定丁简所指的，是他暂时所没有的房子、车子之类。于是他大为恼火，就开始埋怨起来，怨天怨地怨空气。抱怨之余，他气势汹汹地质问丁简：

“你所谓的可靠的东西，究竟是什么意思？”

丁简就不高兴搭理他了。隔了一天的中午，她突然回复了一条短消息给他，并给了他一点幽默的提醒："我觉得你这人可能很不成熟，而且，不是可能。"

那么，什么又是所何谓的"成熟"？

李奇微觉得，这将是横亘在自己和丁简之间的最重要问题。正在午睡的李奇微一轱辘起身，立刻上网搜索"成熟男人的标准"，百科经验里答案的第一条就是：

"成熟的男人应该有经济基础。"

——不信？亲爱的读者们，你们现在就可以去搜搜看。

2

到纳兹莫尔医院工作两周之后，李奇微接诊了一位特殊的病人，不是别人，正是克拉克医师的女朋友——克里斯蒂娜。

只跟李奇微见过一次面、握了一次手、追忆了各自的爷爷后，就成了李奇微的病人。这点，连克里斯蒂娜自己都没有想到。

她是受伤入院检查的。伤是从一棵树上摔下来造成的。幸好，她爬的是一棵矮小的菠萝蜜树，没有爬高大的椰树。所以，摔得不重，除了右肩擦破点皮，没有大面积的外伤，通过X光片显示，也没有发生骨裂之类的内伤。可她的半边肩膀依然疼得要命。负责接诊的医疗队的骨科医师钱明主任，拿着X光片子看了又看，认为可能是软组织伤，最后建议克里斯蒂娜去找中医师李奇微做康复治疗。

克里斯蒂娜是在一个阳光灿烂的午后，独自挂号找到李奇微的。

那时，李奇微手头暂无病人，正在医院那间简单的中医治疗室里给针灸用针消毒。他用的是一套家传下来的传统银柄针灸针，都收在一只雕花象牙的针筒里。所谓“消毒”，在中医上的说法，叫做“养针”——每根银针都是有生命的，要“养活”。李奇微的父亲在世时，曾手把手教过他每一根的秉性、脾气和用法。他使起这套家传针来得心应手，拿捏准确，入穴也顺，扎得也到位，远非现在中医界通用的一次性针灸针能比的。

李奇微见到克里斯蒂娜，吃惊地“咿呀”大喝一声。他被这位像瓷娃娃一样金发碧眼的女郎弄得有点不知所措，抓着满手的银针不知该搁到哪儿。当得知她来找自己治病后，他就立刻变得有点激动，有点热情过度了。他用蹩脚的英语口语，连讲带比划地给克里斯蒂娜解释她的病情：

“这当然是跌打损伤，需要进行中医针灸、推拿、拔火罐等综合理疗康复。”

李奇微给克里斯蒂娜解释“中医治疗”原理比较费力。他得把类似“针灸”（acupuncture and moxibustion）这样冷僻的英文词汇，教给克里斯蒂娜，再大略地解释经脉、阴阳、穴位之类的原理，才能使之信服，并配合治疗。

克里斯蒂娜倒兴趣盎然，她一边揉着肩膀，一边兴致勃勃地问：“简而言之，就是用针扎我肩膀上看不见的那些毛细血管的洞？”李奇微耸耸肩，没法给予肯定或者否定的回答。她反而更加趣味盎然起来，一定要李奇微解释清楚，为啥那么多插入身体的针不但不会刺伤神经和软组织，反而能活血止痛。

李奇微只能用“说来话长，等治疗过程中慢慢分解”来搪塞她。他自己满肚子的好奇比克里斯蒂娜还要多，很想弄清楚她怎么会从树上跌下来，迫不及待地要找机会开辟新的话题。

他要她把伤痛处亮自己看看，这是“望诊”。克里斯蒂娜毫不犹豫，一把脱了草绿色的棉T恤，上身只穿一件紧身的小围胸，把肩膀亮给李奇微看。

李奇微一望便知，她的右肩有微微肿。除此之外，李奇微还看到了她的肩膀本身：细圆，结实，优美，仿佛镀着一层瓷质的水雾。

李奇微有点发愣，立刻发现自己开始心怀鬼胎了，便偷偷脸红了起来。作为医学生，李奇微对于男女人体毫不陌生。但同时，他对异性的身体却是极端陌生的。那种有温度，有热情，有一颗跳动的心脏和音容笑貌的身体。这有本质区别。

现在，李奇微知慕少艾，看到克里斯蒂娜的身体，就感受到了心里的温度。这一切，看来都不能算是成熟的表现，李奇微想。他摇摇头，轻轻咳嗽一声。

这时，克里斯蒂娜便问他："怎么，你看出什么异常来了吗，Ridgway？"

他慌忙咳嗽一声，问她："没有，挺正常……你怎么会从树上摔下来？"

克里斯蒂娜听了爽朗地大笑起来，说："哦，我是在寻找豹子。"

"豹子……豹子？"李奇微慢慢回忆那个冷僻的单词，"你的意思，你在找'豹子'，活的'豹子'？"

"是啊，瞧你，干吗要这么吃惊，Ridgway，我就是来找豹子的。不然，我来桑给巴尔干吗。所有的外来人，到这个岛上总是要寻找些什么的：克拉克说他要来寻找自己的根。而王医生跟我说过，她要来找许久小时候漂洋过海的梦想。Ridgway，你也一定有要来寻找东西的吧？"

李奇微说："我，寻找？嗯，有的有的，会有的。但，我肯定不是来找豹子的……"

这时，他脑子里雷霆一闪，突然想到了丁简所说的"成熟”与“比语言更可靠的东西”，他疑惑了：自己是不是到桑给巴尔来寻找这个的呢？

3

在正式动针治疗之前，李奇微决定先给克里斯蒂娜做一段时间的推拿治疗。

当天，就是第一次治疗，二十分钟的推拿。李奇微给她肩膀蒙上一块毛巾毯，轻轻对肩膀进行触诊。此时，克里斯蒂娜伤部的血肿已经很明显了。他捏了捏肿块，硬度适中，与周遭组织界限模糊，是一块典型的淤积痛证。李奇微交叉使用揉、推、拿、按法，为她活血通经、扶伤止痛。

两人一边治疗，一边聊天。

通过克里斯蒂娜填写的病历，李奇微已经得知，这个漂亮的白人女孩是1982年出生，小李奇微三岁，美国犹他州盐湖城人，职业是生物学者。李奇微就问克里斯蒂娜：“你怎么会想起来到桑给巴尔来找豹子这回事呢？”

经由推拿，克里斯蒂娜伤痛感觉好多了，忍不住夸赞他：“哦，哦，Ridgway，你真棒……因为，桑给巴尔的豹子没有了啊！”

李奇微更好奇了：“没有豹子了啊，没有豹子，你还来找？”他怀疑自己的听力和理解力，是不是“没有豹子”这个词组在英语里有别的意思。

克里斯蒂娜点点头：“你知道啊，这是我第一次做中国医学的医疗，感觉真的棒极了……是啊，因为没有了，所以要来找嘛。这个，有什么疑问吗？”

李奇微更加雾水满头，嘴上却连说“不不不”。克里斯蒂娜也听出了她的疑惑，连忙跟他说明。她所做的说明，要比李奇微解释“中医”“针灸”要清晰好懂得多了。

她告诉李奇微，她是做动物学研究的，在犹他大学生物学研究中心攻读博士，主攻进化史。曾师从一位生物专家，研究过一阵子犹他盗龙。正巧，犹他大学参与了“世界自然基金会”的一个科研项目，叫做《东非濒危物种发现与保护计划》。这美女学者，克里斯蒂娜·科维努斯（Christina·Kolvinus）博士，在导师的推荐下，报名参加了这个计划，并承担这个计划下“寻找桑给巴尔豹”项目。

李奇微了解到克里斯蒂娜本人的来龙去脉，很是吃惊，不禁对她刮目相看，问她：“你真研究过恐龙？像《老友记》里的那个‘罗斯’——研究恐龙？”

克里斯蒂娜也大吃其惊，转过脸，满面严肃地质问李奇微：“你也看《老友记》？天哪，那个肥皂剧！你，研究用针治病的中国医生，居然看那个大泡泡？难怪你的英文听力这么好！”

李奇微挺尴尬，想自打圆场，忽然又想起什么来了，说：“哦，克里斯蒂娜，我想起来，为啥一直以来，我觉得自己好像见过你，我觉得你很像演瑞秋的珍妮弗·安妮斯顿咧！啊哈！”

李奇微的回答，大出克里斯蒂娜意外，拿自己跟美女影星相比，她听后难免心里美滋滋的，就忍不住哈哈大笑起来。然后，她摇摇头说：“不是那个，哈，你弄错了——我真想看点中国影片，然后夸赞夸赞你！”

李奇微也跟着哈哈大笑，尽管他没有弄懂克里斯蒂娜为什么笑。笑完了之后，他又想起一个问题，忍不住问她：

“克里斯蒂娜，以你的研究，到底，桑给巴尔有没有豹子？如果有，这么小的岛，晚上出门，我们都得小心一点！”

克里斯蒂娜想了想，转过脸来，严肃地告诉李奇微：“根据我这段时间的观察，我越来越接近传说中的桑给巴尔豹了。我想，我就快要找到它了。如果它袭击你，无论何时，无论何地，请务必在第一时间通知我，Ridgway，我会全力保护你的安全的！”

李奇微连连说好的好的，却担心起来，没想到这个风景秀丽的小群岛上居然还藏着闻名世界的豹子，要是不小心遭遇了，真还不知道活得了活不了。

在国内时，他对一本杂志的一篇文章记忆深刻：1972年，中国工程队在坦桑尼亚大陆援建坦赞铁路时，有人在外出途中，不小心遭遇了东非的狮子，惨遭不测，壮烈牺牲。

他不禁想起了远在中国的妈妈，绝不敢想那份为事业捐躯的光荣，暗自为自己的安全小小地担心，甚至有点忐忑不安。他一点都没有觉察到，克里斯蒂娜其实在跟他开玩笑。

第七座岛：满月之岛

1

据传，大明朝永乐年间，郑和下西洋。他的舰队，最远曾经到达过桑给巴尔。这点，东非的史学界尚无直接的证据可以证明。有确凿的证据，郑和到过当时统治桑给巴尔的阿拉伯阿曼—桑给帝国的一个港口，并未抵达桑给巴尔岛。不过，早在郑和之前，中国的唐宋时人就已记录过桑给巴尔，并称之为“层拔”“层檀”“层期”或者“层摇罗”等等，史书上还有层拔国的僧侣到中国进贡的记载。

总之，这是非洲一个跟中国人很有渊源的岛。在东部非洲，当年那位穆斯林郑和先生留下的痕迹很多。据说，至今对桑给巴尔岛人影响巨大。比方说在桑岛，每当月满之时，桑给巴尔人都会涌向海滩，彻夜狂欢。这就是桑给巴尔赫赫有名的“满月节”。

到了岛上工作不到两周，李奇微和医疗队的队友们就遇到了一次“满月节”。

第一次“满月节”的那个傍晚，李奇微正和四位队友跟一帮子本地小朋友踢沙滩足球。四位队友分别是心内科医师邓涌、骨科医师钱明、泌尿外科医师裴五一以及厨师大老黄黄成元。

整个一批十九人的中国医疗队抵达桑给巴尔一周后，兵分两路。一路十人，在周伟军队长的带领下，留驻纳兹莫尔医院工作；另一路九人，在副队长传染病学专家吕北海医师的带领下，去桑给巴尔的第二大岛奔巴岛工作。出于绅士风度，医疗队将对里的四位女士全部留在了条件略好一点的温古迦岛。

在医疗队没有分流前，队里共有十五位男士，人丁兴旺，下班后可以很充裕地分成两队，在加布海滩踢沙滩足球。分流之后，只有六位男士，打打小场的篮球还成，要是踢足球就缺乏人手了。

加布海滩是一块非常稀松平常的公共海滩，除了一帮吵吵嚷嚷的小屁孩，很少有精壮的青年光顾。这一带的桑给巴尔小孩子，已经非常习惯一年又一年跟中国的“大蜀黍”们玩。他们习以为常地享用中国大朋友们从中国带来的饼干、巧克力和方便面，习以为常地接受他们赠送的小礼物和小零花钱，可能不过区区几百先令（一元人民币折合二百五十元坦桑先令），对他们却是天经地义、心安理得的。他们在这世界上除了熟悉祖国之外，最熟悉的就是中国。他们会用标准的中文说“你好”“谢谢”“我叫某某某”等等。他们视中国人如同指头与眼睛，如生活与生俱来的一部分——当他们的父亲和爷爷还是小孩子的时候，就一直在跟中国人打交道了。他们中大多数人压根不知道中国在哪里，如同不知道加拿大在哪里却天然知晓“白求恩”的中国小孩一样，他们习惯了看到黄色皮肤的中国人年复一年地生活在他们当中。

李奇微们凑不足人数，只好跟这帮黏着“昂考吉以纳（中国叔叔）”的小屁孩一块踢球。

小孩子们又吵又闹，带球速度慢、没有冲劲，他们都光着脚丫，大呼小叫，玩得非常开心，却没有一点威胁性。其实，李奇微几个也是球盲，只有邓涌是铁杆球迷，唯一能踢出点样子的。矮小精干的邓医师，一连串踢进了十个球，感觉好得无以复加。

就在邓涌踢进第十个球之时，加布沙滩上突然涌来很多青年人。他们像变戏法一样，从密实的棕榈树、高大的椰子树后面闪了出来，把小孩子们赶到一边，带着友好的微笑，用斯瓦希里语高呼着谢谢，不断加入到足球队的战斗中来。就这样，还没有等到李奇微们反应过来，足球队的规模已经扩张到24人。

新加入的队员，都是住在海滩附近的本地青年人，高矮胖瘦都有，但个个都将东非人特有的运动天赋发挥得很好，球踢得都不赖。超级球星邓涌立刻变得黯然失色，在几位魁梧的主攻对手面前不堪一击。他们跑动灵魂，盘球精巧，在沙滩这样绵软的环境里，气定神闲，不急不躁地短传、过人、配合、佯攻、回传、铲球、头球摆渡，把李奇微把守的球门攻破了一次又一次。场外围观的小朋友接二连三地欢呼，感到这些老大哥们帮他们报仇雪耻了。

桑给巴尔的青年们个个看起来似乎生性都异常温和。“小毛驴”邓涌几次抢球急了，下手凶狠，连拉带踹，屡屡把对方撂倒在地，都是对方笑眯眯地主动用斯瓦希里语说“对不起”。这搞得邓涌很不好意思。

2

踢了一会儿球，天渐渐黑了。习惯三心二意的李奇微，在队友的惊呼和指责声下，丢掉了做守门员以来的第六个球。球赛到此为止。

整场球赛，中国—桑给巴尔联合队仅仅进了一粒球，以加布海滩原住民队则打进了六粒球。而联合队仅有的一粒进球，还是桑方一位高大魁梧的汉子打进的。李奇微当选为全场比赛表现最差球员。

沙滩上有卖椰子的小贩。大家都毫无异议，由输球一方请客。最后，所有中国队员埋单，包了小贩的场，把两筐的椰子全开了，请海滩住民和孩子们喝。椰树在桑岛海滩上随处可见，所以椰子非常便宜，连白菜价都算不上。大家击掌齐欢，皆大欢喜，喝得非常痛快。

李奇微输了球，受够了窝囊气，喝着甜甜的椰奶，四处游逛。他发现虽然天黑了，加布沙滩的人并没丝毫减少，反而越来越多。沙滩上不只有小孩和青年，又新加入了很多中老年人。男女老少俱全了。

不一会儿，医疗队长周伟军博士也带着四位老大姐到沙滩上来。他是例行公事，晚上到旅馆清点人数，却发现出去散步的五个爷们儿一个未归。担心出事，慌忙喊上四位女兵到加布海滩来查看。

前来一看，周博士发现加布海滩上挤满了人，似乎从沙地里凭空冒出了很多小商小贩：卖水果、卖小吃、卖日用品和装饰品的……亮满了电瓶灯，无数的男女老少，都是一副兴高采烈要狂欢一场的表情。他就更担心了，慌忙在人群里穿梭，迎面见着了李奇微抱着个大椰子在喝，就一把抓住他胳膊说：“你们人呢？今天，这是怎么回事？”

李奇微看到队长，兴高采烈地说：“队长，他们都在海滩上玩呢……今天巧了，我问过本地人了，他们告诉我，今天是他们的中秋节，晚上狂欢！”

队长一愣，掏出手机，翻了翻，说：“胡扯淡，今天才是农历六月十五，怎么会是中秋节？”

李奇微让开一个蹦蹦跳跳的桑岛小姑娘，大声对队长说：“哦，这里的人，每一次农历十五满月的时候，都过中秋节，跟我们赶集似的。”

李奇微说得有点颠三倒四，周队长狐疑更深，不过他也略略了解了一些现状：首先，没有出啥事，是本地人聚集在海滩过节；其次，自己的队员似乎兴致很高，都想凑一把热闹，让他们立刻归队回旅馆休息很有难度。

他立刻变得很犹豫，四下张望，看到几位女队员大大咧咧地加入到一群本地女孩围圈跳舞的行列当中去了；他也看到钱明、邓涌两位医师在一个小推车上买伊斯兰特色的馕吃；而裴五一和老黄则在一个烤海鲜的摊子上喝啤酒，吃海鲜烧烤。

就在周队长犹豫间，李奇微看到了克拉克医师和他的女友克里斯蒂娜也来到海滩。李奇微匆忙跟队长请了个假，迂回着迎他们而去。

周队长没拦得住李奇微，正大声招呼他“两个小时后必须归队”，背部被人轻轻一拍。他转头一看，是纳兹莫尔医院妇产科主任哈桑。他是个矮矮胖胖的中年男士，因为拥有印度血统，所以皮肤黑得并不那么油亮，留着络腮胡，满脸温和的笑容，他用英语向周博士问好，并问他：“周医生，你们中国是第一次参加我们的满月节狂欢吧？”

周博士曾留学澳大利亚五年之久，会讲英法两门外语，英语听力要比半吊子的李奇微好多了，他向哈桑问好，并饶有兴致地求教：“满月节？不错，哦，原来今天是你们的节日。这是桑给巴尔独有的节庆吧，我在大陆时，好像没有听人提起过，呵呵。”他所指的“大陆”并非中国大陆，而是坦桑尼亚的“坦”部分，就是东非大陆上的坦噶尼喀。

哈桑就为他解释道：“大陆只是在每年九月的月圆之夜过一年一度的‘月圆节’，但桑给巴尔不一样。在这里，我们过满月节，也就是每次月圆之夜，大家都出来狂欢。哈哈，似乎跟狼人族一样。”哈桑的幽默，把周队长逗得哈哈大笑。

气氛非常好，哈桑提议由他请客，喊上他的“东方美女”下属王美清医师，一起去吃烧烤。周博士胸怀全队，请哈桑稍等片刻，自己逐个跟男队员们打招呼，特准每个人两个小时的假，“与本地群众联欢”。

等他一圈招呼打完了，急忙回头找哈桑。哈桑正在一家卖海鲜烧烤的小摊上，请包括王美清医师在内的四位女队员大快朵颐。

护士孙颖远远向他喊话：“周队长，快来，就等你啦！”——她喊出的清亮中文在一片斯瓦希里语的喧闹、歌声与笑声中，非常鲜明，如同夜海里慢慢上升的满月。

周队长嗅到了烤石斑鱼的香气正穿越层层香料的包围而来，缓解了这位一脸严肃的队长满心的紧张。他的心情也变得非常之爽气。他一把扶起一个双手抓着烤螃蟹、跌倒在地的胖小丫，用友善的微笑回报她的冲撞，拍干净她肉呼呼、沾满沙的屁股，然后大步地向哈桑他们走过去。

3

李奇微把椰子壳扔到了收垃圾的大筐里，兜了个很大圈，迂回挪到了克拉克和克里斯蒂娜身边，力图造成一次偶遇——我是海边一朵云，偶然投影到两位的波心。

他们两人并没有注意到李奇微，倚在一棵歪歪的椰子树下，在面无表情地交谈着，喝着听装的啤酒，饶有兴致地看着沙滩上载歌载舞的狂欢。克拉克身上穿着一件白色的T恤，装饰着非洲地图脸的一只雄狮；克里斯蒂娜身上穿着墨绿色的“WWF”的文化衫，那只黑白标志的胖熊猫，把她纤长而优美的身材衬得很好。一对小情侣，黑白分明。

连输六球的李奇微带着他浑身的臭汗出现在克拉克面前时，克拉克惊呼：“哦，天哪，李医生，你难道刚刚去潜水的，啊？”

李奇微抹了一把额头的汗，向克里斯蒂娜微笑：“柯丽雅，你的肩伤好点了？”

克里斯蒂娜从口袋来掏出一叠纸手帕，递给李奇微，说：“Ridgway医生，好多了。我明天就到你那继续治疗。玩得很开心吗？”

李奇微接过纸手帕擦擦汗，点点头说：“很开心，没想到，刚来不久就碰上这里的中秋节，真是……”

克拉克从搁在地上的旅行包里取出一罐啤酒，开了，递给李奇微说：“中秋节？现在……”他想了想，然后大呼一声：“现在是南半球的6月，凉季，哦，李医生，准确地说，应该是中冬节，现在是桑给巴尔的冬天。”他哈哈大笑。克拉克的笑声很夸张，结合了法国人的奔放和美国人的率真，笑起来前仰后合、抑扬顿挫的，开始哈哈哈，到后来就是嘎嘎的声音。

不知怎地，李奇微一听到克拉克那经典的“嘎嘎”大笑头就大。他一定不觉得“中冬节”有什么可笑的。他连忙转到克里斯蒂娜左边，大口喝着啤酒，跟克拉克两人把她夹在了中间。

克拉克觉察到李奇微的不快，赶忙说：“哦，李，我知道中秋节的。我看过不少写过中国的书，记得有一本是葛兰言写的《中国古代节日和诗歌》，哦，棒极了。除了桑给巴尔，我和克里斯蒂娜，下一站旅行目标就是——中国。嘿，兄弟，别这样，谢谢你为克里斯蒂娜的治疗，干一杯！”

克拉克带着浓重法国口音的英语，听得李奇微有点头晕。他听到了一连串似是而非的单词，似乎在讨论中国、一本书、节日、旅行、干杯。他力图慢慢理顺了，但弄不懂他究竟说什么，到最后就是要干杯。干杯这事简单，他一听就会，李奇微就跟克拉克和克里斯蒂娜碰了一杯。

克里斯蒂娜笑着说：“Ridgway医生，米歇尔说得一点不假，等在桑给巴尔的服务结束了，我和他真的要去中国。然后，去看看你。”

“欢迎啊，”李奇微说，“非常欢迎……”

他本想说，欢迎你们一家子过去，但又想不起英文该怎么说——他也不愿意认同克拉克和克里斯蒂娜就是“一家子”，就不说了。

李奇微喝了一口啤酒，觉得口味非常重，头有点晕，看到啤酒罐上印着“Kulmbach”字样，忙问：“这是什么东西？”

克拉克又嘎嘎笑起来了：“这是德国的黑啤酒——黑牛奶，我请朋友从法国托运过来的。它有十三度呢，是不是很带劲，兄弟？”他和克里斯蒂娜两人都笑着看他，大口饮酒。

“哈，你们知道中国白酒吗？就这个，只是可口可乐！”

李奇微无端觉得自己得豪气一把，一口气干了那听啤酒，又跟克拉克讨要了一罐。他们就开始鸡同鸭讲地聊中国，大论中国悠久的文化、中国人更像法国人还是法国人更像中国人之类无边无际的话题。李奇微的英语很蹩脚，克拉克的英语法国口音太重。两人说着说着就打起结来。

李奇微足足喝了克拉克的两罐酒。两罐结束，他才发现Kulmbach的十三度是一点不假的。黑啤都是储藏很久、充分酝酿的，醇厚，也容易醉人，李奇微这样的菜鸟级“饮君子”，根本不是它的对手，转眼便晕晕乎乎的了。

一轮满月冉冉升起，跳跃在墨绿海平面的上空，琥珀色的光从远远的海中央一直延伸到沙滩上。沙滩上的气氛便好到了极致。不知是谁带的头，刚才跟中国医疗队员一起踢足球的那帮青年，又聚集起来围成了一个大圈跳舞，没有劲爆的乐队，也没有震耳欲聋的电子音乐，李奇微只是听到很多人在用斯瓦希里语欢呼：“哇咔、哇咔、哇咔、哇咔！”

不一会儿，整个海滩“哇卡哇卡”之声，此起彼伏，错落富有节奏。克拉克听了，忍不住跟着一起高高低低地呼喊，尽管他和李奇微一样，根本不知道他的老家人到底在说什么。

李奇微听得很兴奋，当时丝毫没有意识到这句短促的呼声，一年后将会风靡全球。当他喝着第三罐子啤酒的时候，他感到自己足够头晕目眩了，开始晃荡晃荡自己。克里斯蒂娜见状忙问他：

“Ridgway医生，你脸这么红，是不是喝多了？”

李奇微说：“不不，没有，只是有点晕。”

他眼前开始晃出丁筒的脸，接着还是克里斯蒂娜的脸。两张脸重叠在一起，让他感到自己得心猿意马了，足可以借酒装疯了，他将声频切换成了中文，向克里斯蒂娜举杯，笑着，用标准普通话大声，而非常快速地说：

“克里斯蒂娜，你信不信一见钟情？我对你就是一见钟情！呵呵！”

借酒装疯，有话直说的感觉真爽，李奇微激动万分地想，觉得自己做了一件一辈子值得吹嘘的勇敢事情。他当时只是想，以后回去碰到那些老是查问他对象的人，一定要说：“别小看我，兄弟那些年在桑给巴尔的时候，可是大胆追过外国女孩的。”

克里斯蒂娜瞪大了眼睛盯住李奇微。这是他们相识以来，她第一次听李奇微嘴里冒出一句纯粹的中文，便问他：“什么，你说什么，李医生，你喝多了吗？”

李奇微知道她不懂中文，就用爽朗地英语回答她：“我是说，今天的月亮不错，真的非常不错，能陪你看满月很开心，呵呵！”说完，他就抬头赏月。

克里斯蒂娜笑着点点头，转过脸去跟一边的克拉克说了说，然后转过脸来，对李奇微生硬地说了句：“谢—谢—你！”

这是很清晰的一句中文，把李奇微吓了一跳。他盯着克里斯蒂娜，疯狂地狐疑：难道她能听得懂？李奇微的酒立刻醒了大半。

十八号女嘉宾、号称“美女作家”的苏拉拉询问李奇微：“请问男嘉宾，你有相信这世界上的一见钟情这样的事吗？”

李奇微果断地点头告诉她：“我信，就如相信自己有眼睛，相信心脏真正能够感觉万物一样。”

苏拉拉礼貌地说：“我也有信。它可能像月亮那么遥远，但我真的相信它。不过，我想，我并没有对你一见钟情，所以只有熄了灯。对不起啊，谢谢你！”

李奇微木讷地一笑，说：“没事，说‘对不起’就成了。这些年，我最害怕听到女生说出来的，就是‘谢谢你’三个字。”

第八座岛：芳香之岛

1

第一个狂欢满月节的第二天，队长周伟军博士就把全队上下每一个男队员都狠狠地批评了一下："有组织无纪律，行走江湖——对外援助之大忌！如果你们发生个什么意外，让我怎么向你们的家人交代！"

周伟军是一位年轻有为的知识分子，今年不过才四十一二岁，一双精湛的手，却能征服世界的同行。作为国内知名的"海龟少壮派"普外科专家，他的医疗技术是无可挑剔的。而正在外科医生最为黄金的这段年华里，他主动请缨奔来桑给巴尔，挣每月一千六百美元的补贴。这，无疑是让人钦佩的。正因为此，医疗队组建后，政府任命他为队长，充分信任授权，处理整支队伍在桑给巴尔的工作。

当然，能开好刀，不代表能当好管理者。周伟军最头疼的问题，是整个队伍的"管"与"放"。医疗队不是来桑给巴尔度假的，每天有大量的医疗工作要做，更重要。周队长像开刀做手术那样，在以往规章的基础上，为医疗队制定了详尽的管理制度，有六十六条之多，详细包含了组织管理、外事纪律、医疗质量管理、药械管理、财务管理、现金管理、伙食管理、物资管理、安全管理、学习、文体活动管理，乃至互联网络管理。订成了厚厚一本的小册子。

下册子下发给全体队员看的时候，大家皆面面相觑，心下一致嘀咕：“这位‘伪军’队长也太那啥了吧？大家缘分一场，组队来这个苦巴巴的海岛上，肯来，还不肯守规矩吗！”

好在，医师们在国内都生活在这样严格的规章下，都是从二级甲等以上的大医院出来的。每家医院大大小小的规章至少两千种。六十六条还不足以吓倒队员们。

不过，经历过第一个海滩满月狂欢之后，周队长一直在考虑，是否要将六十六条扩编为八十八条，多增加一些绝对禁止的条目——他真的是怕，怕每一个人的安危。这种怕不同于在手术台上。那是他的天下。他有数，再大的难题，在他的手术刀下，都是小问题。他管得了他自己，但着实对管别人心中没数。

出国前的送行晚宴，每家的家属代表都挨个向他敬酒，全是一脸嘱托与一脸的担忧，却都只有轻轻的一句话：“拜托您了！”

对他说这句话的，不仅仅是国内的家眷们，现任的长官老马——纳兹莫尔医院的马加院长，第一次单独与他会谈时，也用硬生生的中文首先来了这么一句："拜托您了！"

马加院长拜托周博士的是另外一件事，是关于医疗队工作的。马加是个优秀的眼科专家，也更有管理头脑。他跟前任的做法不一样，不会只简单地将医疗任务交给中国医疗队。他笑着对跟周博士和他的中国医疗队提要求，用地道的英式英语说：

"周队长，我一直向我国卫生部建议，尽力将你们队伍的工作量消减一半。部里催着要我拿出对你们的考核方案，我不会写一个字，但只向你们提出一个要求：你们要保证，所有医生都能给我们留下一门手艺、带出一个学生。两年时间，足够你们这么做了。两年后，一人留下一项我们认可的技术，每一项，我们的医生学会了，你们的任务就算完成了。这期间，你们就算不接诊一个病人都可以！"

周博士哈哈大笑，摇了摇头说："马克斯院长，你太会下达任务了，用一句中国老话来说，你这是——放长线钓大鱼啊！"

"钓鱼？……哦，可以可以，只要你有兴趣，我会请你到奔巴海峡里钓大鱼。"

马加院长显然不明白这句话的中文语境，又说："亲爱的周，你懂的，群岛有一百万的公民，我们的医院绝不能因为自己的能力，停下来八九年不工作。我们东非有句谚语，叫做

‘畏惧大海的人不会成为航海家’。现在，我们面前有一片海，我们造了船、借了你们的水手，但最终，还是要自己开出去，穿越大海，到达彼岸——所以，你们能留下的技术，非常重要！”

说这番话时，马加充分调用了自己当年在英伦的大学剧社里扮演“奥赛罗”的功底，言恳意切，极富感染力。

周伟军一下子被他击中了。

马加院长哈哈大笑：“你们每留下一项技术，我请你们医疗队吃一次桑给巴尔鸡，我亲自动手下厨——相信我，我很拿手的！”说着，他穿过宽大的乌木办公桌，伸拳捶了捶周伟军的胸。

周伟军早有耳闻非洲人式的热情就跟他们的卷烟一样冲，也笑：“我听人家说，桑给巴尔鸡，做法独特，香气四溢，哈，肯定有诱惑力！”

2

二十九岁的一号女嘉宾名叫林立秋，装扮得中性、干练，上身穿一件耸着泡泡肩的黑西装，头发盘起，脖子又细又长，目光炯然，非常经典的职业女性形象。看起来，要比同场的女士成熟得多。

在女作家苏拉拉熄灯后，林立秋立刻向主持人申请，要求跟李奇微对话："男嘉宾，你好，我的父亲就是一个医生，所以，与前面的几位女嘉宾不一样，我对医生还是比较认可的……"

说到这里，她很镇定地微微一停顿，伸出左手掩饰了下自己的唇。但她的那一层意思已经被敏感的场下观众捕捉到了，大家嗡嗡地起了个小哄，以鼓励她的勇敢。林立秋不为所动，依然表情严肃地继续说着：

"你在一家医院工作，而我在一家旅游资源开发公司工作。我已经感觉到，你出一趟远门——到非洲是吧，似乎对你生活啊、人生啊的影响很大，对吧？但我告诉你，我的工作却是国内、国际到处乱飞，去各种风景名胜考察，策划开发旅游资源——所以呢，对我个人婚恋方面，最大的障碍就在这里。我想问问你，你介意你的女友或者太太，每年有大量的时间在外奔波吗？"

林立秋说话不紧不慢，颇有成熟职业女性从容不凡的气度。这样的女性，智睿、知性、能干，也典型的"三高"：高学历、高收入、高职务。很多人说男人畏惧这"三高"。其实"三高"绝不是问题，谁不喜欢高学历、高收入、高职务的对方？问题是达到"三高"，是有代价的，林立秋自己比任何男士更清楚，代价在哪里。

李奇微听了她的话后，没有立即回答，略略犹豫了一下子。就是这样略略的犹豫，使得林立秋觉得自己一目了然。她淡淡地笑了笑，将左手细长的食指放在了熄灯的按钮上。

有时候敏感不代表正确，反应迟钝向来是李奇微的强项。脑子乱糟糟的他，是不会迅速考虑到一号嘉宾提出的那么复杂、有延伸性的问题的。他鼻孔里塞满了现场人造的香气，被熏得头昏脑涨——《相亲&相爱》的直播现场真的是香气扑鼻，所有的女嘉宾、主持人、场上观众，很多人使用香水，所有人化妆用的粉底、胭脂、口红、发胶、啫喱，在高瓦数聚光灯的烘烤下，充分散发出致命的袭人香气。这是李奇微反应迟钝的症结所在。

李奇微略略犹豫一点，才张口说："对对对，你说的对。去了非洲一趟，对我人生影响挺大。"他只是含含糊糊地回答了他能听清楚的内容，关键的问题他却错过了。他的"对对对"，到女嘉宾那里被解读成了"很介意女友经常出差在外"。

一听三连发的"对对对"，女嘉宾林立秋就有了些怨怼，她毫不犹豫地拍熄了李奇微的灯。场上没有人注意到，她脸色甚至掠过了一丝怒色，完全是一副小女孩的愠色。她心里恨恨地想，李奇微这人竟然这么不绅士，可怜之人必有可恨之处，活该单身到现在。她抬头从大屏幕上看到自己的脸，一惊，慌忙调整了神情，又说了几句：

“男嘉宾，我是一个旅游业的经理人。刚才我注意到，你的视频里有不少关于非洲桑给巴尔岛的照片。那里的确很美，很具有旅游开发的潜力。这是我今天的一大收获，我想，不久后，我就会向公司申请，去那里看看的。”

林立秋经理的话又引来了一番哄堂大笑。

主持人忍不住笑着说：“林女士，我们节目组上下，很不赞成你把海滨卫视的《相亲&相爱》做成旅游开发节目。”

面对调侃，林立秋此刻已经很淡定了，一点没有乱了方寸，仍然那么不急不缓地说：“哦，主持人，你知道我绝没有喧宾夺主的意思。就是最后想问问男嘉宾，既然你说那里对你影响巨大，你觉得非洲桑给巴尔岛有什么可以吸引你的地方？或者，让你感到印象非常深刻的？”

主持人又笑问：“你这是在搜索旅游资源关键词吗？”场上又是笑声一片。

林立秋摇摇头，很执着地说：“不，我就是想认真地问一下男嘉宾。”

主持人就对李奇微说：“哦，我懂了，人家就是要问你，去过的那个风景秀丽的地方走了一趟，到底记住了什么，是吧！”

李奇微咬咬嘴唇，抽了抽鼻子，沉默了一小会儿，然后猛然想起什么似的，大声说："香气，芳香！那里很热，水很涩，硬度大，风景优美，物资缺乏，其实也没什么特别值得一说的。但，不管什么时候，整个岛真总是很香，是我见过的最香的地方。"

3

李奇微是在录播现场香气的启发下，才想起桑给巴尔那永远挥之不去的香气的，只是应景罢了。不过，他说的却是事实，只要时节恰当，整个桑给巴尔群岛的确香气扑鼻。

致命的香气，主要来自于遍布全岛的丁香树。整个桑给巴尔群岛有四百五十万株的丁香树，是人口总数的三倍。在每年四五月和十一二月的两次雨季过后，全岛所有丁香花次第开放，经历早期、中期、晚期漫长的两个月花期，那是真正的冲天香阵透群岛。如果说中国香港的"香"只是个名号的话，那么桑给巴尔作为赫赫有名"香岛"的"香"，那一定是名副其实的。

李奇微初到桑给巴尔时，桑给巴尔岛刚刚结束了漫长的一段雨季。雨季中，全岛早一期的丁香花悄悄开放，到处暗香浮动。

刚开始，李奇微总以为是哪位女同事身上喷洒的香水，并没有在意。随着在桑给巴尔日常医疗工作的进行，李奇微的鼻子早已失去了灵敏，对周遭一天比一天浓郁的香气，又淡然了。当他给前来求诊的患者烧艾绒时，发现自己对艾绒燃烧的味道也同样淡然了——李奇微一直搞不清为什么。直到有一天，医院诊室外那棵紫丁香树上的丁香花，散发出浓郁的气息，慢慢统治住了一切，李奇微这才意识到，他的嗅觉，一直在被这种小花的香气给霸占着。

他就跟队友们交流，询问别人是不是感觉这里总是花香味不散。却不想，医疗队大部分的人都是做过功课的，在国内集训时，详细查阅了很多关于桑给巴尔群岛的资料。大家都见怪不怪，只有粗枝大叶的李奇微还当做个天大的秘闻。骨科医师钱明告诉李奇微，不用大惊小怪的，这本来就是一片丁香群岛嘛。

出于中医药学的兴趣，李奇微强忍着驻地旅馆超慢的网速，吭哧吭哧地上网查出了原委，分清了此丁香与彼丁香。此丁香不是国内常见的那种木樨科的“丁香”，而是桃金娘科的“丁香”，不是灌木而是乔木，所以香气更为馥郁、野蛮，铺天盖地，更有强大的杀伤力。

丁香的香气嗅得多了，李奇微开始嫌烦了。归根到底，作为一个中医师，他最喜欢的，还是用灸法治病时焚烧艾绒的那股子味道。即便是丁香，也只是喜欢晒干了入药的丁香。那是中规中矩的中医的味道，悠久绵长的杏林之术的味道，是李奇微的手艺、本领和饭碗的味道。从跨入中医学院第一天起，他已经闻了十来年了，如今，一下子被桑岛上丁香野蛮的香气所灭杀，他非常不乐意。李奇微甚至还为自己的健康忧心忡忡起来，他顺带在网上查了查丁香花香气的化学成分，搞清楚其是否对身体有害之类的问题。

显而易见的，他这是瞎担心。花香袭人是好时节，是不可多得的奢侈。在群岛上，制造这种奢侈的，还不仅仅是丁香。桑给巴尔盛产的各种香料：依兰、月神、木槿、茉莉、肉桂、豆蔻、肉豆蔻、胡椒……个个都不是省油的灯。这些次第芳香的植物，都充沛着令人神魂颠倒的气息。

李奇微并不曾想象，即使自己的嗅觉已经在香气中失灵了，他还是严重地低估了群岛里丁香味道的这股子野蛮劲。

到桑岛两个月后，他跟随着周伟军队长第一次到奔巴岛看望分队的另外九名队员。他们从石头城的码头出发，乘坐跨海渡轮，穿越横亘在温古迦岛与奔巴岛之间并不宽阔的奔巴海峡。

温古迦岛与奔巴岛之间邮轮吨位很小，但每天来往的旅客非常多。运力有限，价格昂贵，所以非常拥挤，三层的甲板上都挤满了人。很多人席地而睡，使得本来拥挤的甲板变得更加拥挤。本来领事馆要订头等舱VIP票，让他们可以从容坐在头等舱的小包间里看海景，要八十美元一张票。会精算的周博士要了四十美元的二等舱，这样，一行四人，他、李奇微、黄成元和领事馆特派的美少女翻译梅樱，可以省下一百六十美元，用以给奔巴岛上的队员们补充更多一点的小零嘴。

二等舱名义上说是一人一座，但还是拥挤得令人发疯，座位下都席地挤着人。同行四人一致的感触，觉得这就是国内春运的印度洋版本。

李奇微的耳蜗后区平衡反应强烈，逢交通工具必晕，晕车、晕机。登上了这样国内春运般的渡轮，他没有不晕的道理。一晕船，就被安排靠着栏杆的座位，七荤八素地干呕过一阵子之后，便凭栏而睡。

从上午七点到十点，这三个小时的海上路程，正逢奔巴海峡海景最美的时辰。那时，太阳从印度洋上洋洋洒洒地出来，把宝石蓝和琥珀绿交辉的海面弹拨得叮叮咚咚作响、光彩熠熠——这是何其之美，却全不如李奇微做了整整三十一年的美梦一场。

三个小时海上航程，最终归结于奔巴岛的香气。当奔巴岛还是海平面上一条淡淡的线时，微微北风就把全岛三百五十万棵丁香树的香气带了过来，如同铺天盖地的箭镞射向邮船。丁香的香气变成了李奇微梦中的一位面目模糊的白衣美女，热乎乎地挨近他。船越近，香气也就越来越稠密，美女也越近，直至让李奇微紧张得几乎窒息。

李奇微就是被密集而强大的香气给熏醒的。他浑身燥热，慌忙睁眼一看，邮船正在明亮的日光中，冲着黑压压一片的绿海岸鸣笛，减速，靠拢——这是他今生唯一一次被巨大的香气从睡梦中熏醒的。强大得无以复加。

第九座岛：千门之岛

1

李奇微是整个医疗队里唯一没有成家的一位医师，还是个痴长了一百四十五斤横肉的壮小伙。理所当然，队里凡有需要出蛮力的活，他都要担一点。其中一项，就是隔三差五地帮厨师黄成元去采购蔬菜。

中国人的有些姓很奇怪，天生有些固定的套路等着它去钻。几乎所有姓黄的男士，都会有一天被人称呼为“大老黄”，姓谭的自然而然地被叫成“谭师傅”，就跟姓李的年轻时总绕不开被称为“小李子”一样。黄成元和李奇微，就是一对天然的大老黄和小李子组合。

纳兹摩尔医院有辆霸气外露的老凤凰牌三轮车，是历届中国医疗队员用来买菜拉水的。据说，已经用了足足二十年，在历届中国医疗队员敬神一般的保养下，依旧很新，一直雄赳赳气昂昂地在超龄服役。

李奇微一直号称要减肥，减了肥回国娶媳妇。每次上街买菜都是自告奋勇地蹬三轮。如此，大老黄自然落得清闲，可以优哉游哉地坐在车后抽烟。他非常喜欢抽桑岛自产的“非洲人”烟。因为盛产香料，桑岛上吃喝的，除了饮用水，几乎每样入嘴的东西里，都会奢侈地兑上大把大把的香料。“非洲人”香烟也不例外，烟草里兑满了丁香油，口感非常独特，令大老黄这样的瘾君子大呼过瘾。

每次，李奇微带着他穿过狭窄曲折的巷道，绕过桑给巴尔的总统府和中央行政区，向城东的菜市场进发。久而久之，这辆“凤凰”车就逐渐变成了李奇微的“宝马”，成了他在桑给巴尔的专驾。用过这辆车，他还陆续带过医疗队全部的女士游览石头城美景：王美清医师、魏明雯医师、刘以巧医师和孙颖护师，甚至还有美国女孩克里斯蒂娜。

早起无所事事，李奇微只得到玛吉—玛嘉旅馆的院子里，把大学时代选修的太极拳拿出来温习。之后，跟着邓涌一起晨跑，绕着旅馆跑向加布海滩再折回。

晨跑的路上，他们会遇到不少完成早祷、出门忙活的桑岛人。他们印象最深刻的，是一位卖烤木薯印巴族裔的老人。他经常会倚在一个大门前，伸腿拦着他们问好，并主动教他们斯瓦希里语，且就像接头对暗号那样没完没了。

比如，在问完了最平常的“你好”后，老人又会问：“忙不忙？”李奇微他们必须回答：“忙！”老人又说：“睡得好不好！”他们必须说：“很好，还成！”最后老人又说：“真的好吗？”他们得回答：“我非常好！”

这段对话饶舌得要命，可说到底，还只是互相问候。

这简直是全球最复杂的问好程序。他们必须准确地对答得上来。若说不上来，老人就会哈哈大笑，好似一大早听了个最搞笑的笑话。久而久之，李奇微和邓涌都能应答自如，老人会伸出大拇指夸奖他们，用英文“Good”或者中文“好”，然后，就再比划着向他们推销两个烤木薯做早餐。两人也知道，后者或许才是老先生此番的真实用意，但他们从不拒绝他的盘问和木薯。一个大烤木薯折合人民币一块钱不到，满嘴香喷喷，李奇微很受用。

所以，《相亲&相爱》现场一号女嘉宾林立秋问他对桑给巴尔什么印象最深刻，他觉得自己说“香气”是不全面的——在她熄灯后，他又一想，其实还有印巴老人木薯的香味。再想，还有，就是那如同出现在一千零一夜传说里的无数扇门。

2

《相亲&相爱》的“相亲连连看”环节，还给李奇微播放一段视频的机会。在这段视频里，李奇微向大家展示了从桑给巴尔带回的工艺品——一件非常精致的木雕门模型。

这件模型门仅有半尺高。门框整体呈盾形，高高的门楣上雕刻着层层叠叠的棕榈叶，门框上细细雕刻着螺旋纹。两扇门上刻着精致细密的钉纹和菱形装饰图案。李奇微将两扇门向外打开，门后是一个可以放东西的小匣子。李奇微冲着镜头解释说：

“这是我离开桑给巴尔前，一位本地的黑人朋友、我的徒弟沙雷先生，送给我的木门模型，是用东非黑黄檀木雕刻的。你们看，它是不是非常精致？这样的门在桑给巴尔的石头城，到处都是。足有一千零一扇之多。”

说完这些，李奇微又无话可说了。他闷了一会儿，才言归正传：

“我是一个很闷的人。我曾经有过两段感情，一段是大学刚毕业，那时候，有个同年级的女孩子好像看上我了，然后她好像跟我说了。但可能那时候我没有这个概念，我们还是没成——那时候，我每月才一千来块钱工资，穷得什么都没有，哪敢去想恋爱结婚啊……然后，就没有然后了。后来我有了，遇到一个自己可能喜欢的女孩子，但发现我不知道怎么去喜欢她，然后，看着她考研走了。后来，我一直在想我在感情方面肯定有什么问题。想来想去，应该是缺乏勇敢、坚持不懈这类的品质吧。感情，有时候应该像敲门一样，一扇门敲不开，就一扇一扇地坚持敲下去，总会有扇门会为你打开的。我可能很缺乏这方面的品质。”

李奇微说到这里停了下来，轻轻地推拉木模型上的那扇门，然后继续：

“后来，我偶然又遇到一个女孩子，令我一见钟情的。她是一个中学英语老师，非常漂亮，也很有气质的那种女孩子。我就鼓起勇气向她表白，她说我不够成熟。我查了查成熟男士的标准，发现我的确差距很大。我决定在她面前成熟起来，所以我去了非洲。两年了，现在我回来了，嗯，认识很多的人，经历过很多的事，看过很多扇门——甚至还带回来这一个。回来后，我知道她还没有结婚，我很开心，但我还是不敢走到她面前，因为两年了，我究竟是不是成熟一点了，我自己也不知道……”

李奇微的这段自我独白有点啰唆、不知所云，却也是肺腑之言。视频的画面，不断在那扇木门和李奇微纠结的表情间切换，感染力很强。但还是有两位女嘉宾先后灭了灯，她们一定不甚喜欢李奇微的那股自我陶醉。

李奇微也是平生第一次，认真地看画面中的自己。他怎么看怎么害臊，觉得那个呈现在全国电视观众面前的胖小哥，实在太矬了。说话蔫蔫乎乎，目光游移不定，简直就是一个小丑。谈何成熟，似乎连两年前身上的那股子机灵劲都没有了——他不敢去想丁简看着这段影像会作何观。他猜，她一定会暗自笑破肚皮。

李奇微就神游万里，通过发呆来缓解自己内心的局促……他看到自己又蹬起了那辆三轮车，载着美丽的克里斯蒂娜，揣着无比激动的心情，慢慢穿过石头城局促的街道。早祷过后，天初亮，石头城的街上已经错乱地走满行人、驴车、牛车、各式小汽车和达拉达拉（一种用小货车改装的敞篷公交车）。李奇微就拉着克里斯蒂娜在街道上小心穿行，慢慢地骑车，幸福地欣赏街道两边无数扇精美的门……

桑给巴尔石头城的门是世界的遗产。只有见过它们的人，才知晓它们给人的震撼。这些十八九世纪流传下来的每一扇都非常独特，精雕细琢，门上装饰着非常繁丰的手工图案，很多门上钉满了密密麻麻的铜钉。精美的门和被风霜不断侵蚀的珊瑚岩墙壁形成非常鲜明的对比。

这些门是桑给巴尔在世界大航海贸易时代的遗产，也是祖上曾经很富有的一段见证。李奇微像任何一个匆匆过客那样，对它们充满了好奇心。他询问过桑岛本地的同事。他们告诉他，修这样的门，是受印度人的影响。古代印度人为了防止敌人的战象攻击，喜欢把门修得大气坚固。在19世纪暴发的桑给巴尔香料商、贸易商、奴隶贩子等，也学人之长，奢靡攀比，修了无数扇这样的门。

每扇门的背后都隐匿无穷无尽的故事，李奇微每每骑着车检阅这些门时，都会感到兴致盎然。李奇微估计，其中某一扇一定属于那位富三代的法国医师克拉克祖上的。它一定隐藏在这千门当中，每天得意洋洋地嘎嘎大笑。

不知怎地，李奇微看到这些门，无端地会想起阿里巴巴和四十大盗。每一扇门，他都有想上去敲敲——是用力捶打的那种敲法。

他把这种想法告诉克里斯蒂娜，居然发现两人的想法是一模一样的。克里斯蒂娜甚至很兴奋地告诉他：

“Ridgway，我甚至还想，在每一扇门上都刻下一个阿里巴巴标志——哇哈，真要是这样做，肯定违法，我们要被抓到警察局的！”

3

李奇微用了两个月的时间，陆陆续续帮克里斯蒂娜做了四五次理疗。治疗效果自然是一次比一次好——就算让克里斯蒂娜自己康复，这么长时间，这点跌打损伤也好了。所以，不能不说李奇微没有私心了，他是给自己创造机会，能更多地接触这位他眼中的美国丽人克里斯蒂娜。

起初，两人主要聊克里斯蒂娜梦寐以求的桑给巴尔豹。克里斯蒂娜告诉李奇微，桑给巴尔豹是豹类非常独立的一支亚种。桑岛中一些原始村落里的巫师们把这种豹子视为一种灾星，视为死神和不祥的象征，所以它们遭受了大规模的杀戮，在20世纪上半叶灭绝。最近一次有人目睹并拍下桑给巴尔豹，还是在1973年。到了2003年以后，桑岛一些偏远的村庄，又有人陆陆续续传出有豹出没的消息，引起了世界生物界的关注，便不断派出科考小组进行调查，但每次都是竹篮打水一场空。

这次的寻豹工作，显然也是非常渺茫的。克里斯蒂娜一到达桑岛，就招了一位本地向导，租他的那辆越野小吉普，在两个月时间内几乎把桑岛都跑遍了。所有传说有豹子伤家畜、或有人目睹疑似豹子出没的地方，她都去亲自勘察了一遍，但都是一无所获，搞得她很失望。

因此，李奇微除了做理疗之外，还有就是不断鼓励日渐沮丧的克里斯蒂娜。他成功地告诉她一个道理，找豹子就像敲门一样，把一千扇门敲遍了，总有一扇会打开的。实在都不开，至少可以下一个权威的结论：桑给巴尔豹根本就没有了——出于个人安全考虑，李奇微还是暗自希望这个结论比较妥当，命丧豹口可不是开玩笑的。

人一旦有话要说，连魔鬼都阻止不了。与克里斯蒂娜这样的外国美女在一起，李奇微变得空前健谈，健谈到半生不熟的英语都不能成为障碍。他彻底抛弃了中文世界里那个愣头愣脑的小李子形象，全力以赴地塑造英语世界里那个健谈、幽默、热情洋溢的“Doctor Ridgway（李奇微医生）”。他发现自己的内部，潜伏着另一个人。

每天早晨天不亮，他都被穆斯林的早祷准时唤醒起床。无事可做，除了太极和晨跑之外，就是按照队训66条的要求，全力以赴地背单词，练习英文口语、听力，以更好地在群岛上工作。

出国前，整个医疗队曾举行过为期两个月的封闭式训练。桑给巴尔这样以英语为第二官方语言，所以语言训练，只有简单的斯瓦希里语和英语两科。从“英语角”到封闭训练，从封闭训练到桑岛的具体生活，李奇微也算傻人有傻福，英语水准进步飞速，学会了纯英语的自言自语和说梦话。有时，骑着三轮车拉着老黄到菜市场买菜，他嘴里也不停地念叨。这种勤奋好学的态度，令队长周伟军博士大出意外、异常赞赏，在每周的队务会上，毫不吝啬地大加表扬。

在这种勤奋态度，李奇微跟克里斯蒂娜跟沟通，已经完全没有问题了。这点，连克里斯蒂娜都大加赞赏，她诚恳地指出，有时候李奇微口音里还夹杂着斯瓦西里音，她甚至都听不明白。李奇微就告诉她，那是他跟队友到集市买菜，跟小商小贩们讨价还价中学来的。

克里斯蒂娜就突然对李奇微所说的“菜市场”非常感兴趣了。她住在石头城北部的一家旅馆里，三餐全包，压根不用自己动手做饭。故而从未去过超市或者菜市场，所以特别恳请李奇微有空带她去逛逛。

李奇微当然是求之不得，一直瞅着66条军规的空子。军规上讲：“除医疗工作外，任何与外方接触的活动，都要经队里批准。”李奇微认为自己和克里斯蒂娜的关系，始终是医生与病人的关系，所以并不犯规。

正好那一阵子，大老黄生病发热。李奇微一个人承担起买菜的业务，他联系好克里斯蒂娜，择日赶在第一声早祷前就起床，骑了半个小时的车，到石头城北“随访”病人克里斯蒂娜。

那是李奇微终生难忘的一个早晨。他带着克里斯蒂娜穿过白色的石头城老城，像骆驼祥子那样拉着车，在桑给巴尔岛温暖和水汽丰沛的薄雾中行驶，汗流浃背。

他不敢相信这是真实发生的事情，可以和一个女子（居然还是一个异国女子）如此亲密接触，一个劲地询问自己：“我是不是不小心敲开那扇叫做‘恋爱’的门了？而且，还在扮演着极度危险的‘第三者’！”他翻来覆去地想，心里有点七上八下，又兴奋异常。

克里斯蒂娜也显得很兴奋。她像桑岛上随处可见的穆斯林女子那样，在头上裹着一条长长的头巾，包住了头，遮住了脸，安稳地坐在平生第一次见到的中国三轮车上。以这样的方式参观晨雾中若隐若现一扇又一扇门，她倏忽觉得自己的阿里巴巴那位聪明的妻子，穿行在一千零一夜的故事和一个无可名状的未来当中……

“男嘉宾，男嘉宾……你在听我说话吗？”十号女嘉宾大声一喝，把在关键时刻、关键场合习惯性发愣的李奇微给叫醒了。

她是个剪了个超短头发的女孩子，五官还算清秀，一脸的“假小子”气，一口的四川普通话清脆响亮：

“你好男嘉宾，我叫楚川。你听我名字就知道了，我是一个川妹子，做市场策划与营销工作的。我说话喜欢直来直去。看了你的视频，觉得你似乎是一个挺重情重义的男子汉，不过，你说话又好像总不清不楚的。你现在能清晰一点地告诉我，你究竟喜欢什么样的女孩子吗？”

第十座岛：豆蔻之岛

1

楚川显然不是李奇微所欣赏的那种女孩子。所以，他如实相告：“嗯，你好，楚川。我不喜欢太强势的女孩子，我觉得女孩子嘛，要温和、体贴、细腻。像男孩子那样大大咧咧的，或者太强势的，都不好吧。”

李奇微的话刚说完，场上沉默了如此之久的情感专家，终于抢在主持人之前说话了：

“哈哈，在节目刚开始，我评价五号女嘉宾谷雨女士时，说她进入一个‘否定陷阱’。现在看来，我的理论，也适用于男嘉宾。不过，他是故意设置的‘否定陷阱’。当一个人不明白自己究竟要什么的时候，他总会先否定一些，所以，从他所否定的东西中，我们可以读出丰富的信息。我可以明确地告诉你楚川，他话里的意思是，绝不欣赏像你这种的，所以将他眼中的你，作为一种否定罗列了出来！”

楚川很失落，讪讪地说：“男嘉宾刚才不是说什么来着：每个人都是一片海，你没有渡过去，怎么知道它有多宽阔？你不能因为我嗓门大，就觉得我不够温和吧，我是一个可温和的人了。”

情感专家忍不住又笑了；“但你绝对不够细腻。你注意到没有，刚才男嘉宾与十八号女嘉宾苏拉拉交流时。苏拉拉跟他讨论‘一见钟情’，他说他相信一见钟情的，就像相信眼睛、心脏什么的。一见钟情这种事，貌似充分肯定，其实是一种超级的否定，他感觉对时，对方无论好坏、脾气究竟是否温和、体贴、细腻什么的，他都会接受的；感觉不对，任何情况都以一概否定。”

情感专家的话很有导向作用，楚川毫不犹豫地熄灭了自己的灯，带动了呼啦啦一片的熄灯声，不一会儿，场上只有十盏灯为李奇微留下了。

这种情况里，李奇微本应该很尴尬。但他左右看了看，却暗自松了一口气。他自己也觉得情感专家说得非常在理。自从他两年半以前认识丁简以来，丁简从来没有对他温和过，更谈不上细腻的体贴了。她总是很烦他，总是用一种居高临下的口吻对待他，多少次指责他诸如不够成熟、说话模糊之类的毛病，甚至呵斥他在晚上九点以后发消息打搅了她的休息。凶巴巴的，像是李奇微欠了她巨额的债一样。

对之，李奇微的解读为，这是大小姐她的性格使然，却从不敢直面这样的事实：丁简从没有喜欢上自己。尽管李奇微已经使出了浑身解数，可对方不来电就是不来电。自己只能徒作辛酸状。这大概就是一见钟情加上一厢情愿的麻烦，等于用猛火引爆受潮的炸药——不能爆炸，绝不是火的错，也不是炸药的错，那是水的错。水无处不在，让李奇微空空地等待。

大概受了情感专家的鼓动，继楚川之后，二十二号女嘉宾白露露用一种微讽的声调向李奇微发难了："男嘉宾，在前面的视频里，你说不知道自己从非洲归来是否成熟了一点。虽然我已经灭了你的灯，在这里，我忍不住想告诉你一句，太不幸了你，亲，你不但没有成熟，好像变得更加幼稚了。太可怜了你！"

熟悉《相亲&相爱》节目的网友都知道，二十二号女嘉宾（一家网店店主）白露露是出名的"毒舌"，就是说她喜欢用比较尖酸刻薄的语言来评价男嘉宾。而且为了表达语气之哀婉，尤其喜欢用"太不幸了你""太可怜了你"这两句话。网上针对她的发言，充满了冷嘲热讽，把白露露的经典表情PS成了各种怪图流传，冠以诸如"不幸姐""可怜姐"或者"煎饼台的一朵奇葩"（因为海滨卫视的台标有点像一只煎饼，故而得名）之类的。可惜她倒没有真不幸、真可怜，网上的嘲讽带动白露露的网店知名度和生意节节攀升。这也算是全民娱乐至死时代一段很有趣的小插曲吧。

李奇微并不知道这些。他被伶牙俐齿、满嘴浙东口音的白露露说得有些脸红，似乎自己的老底被揭穿了，回到开裆裤时代一般。他红着脸喃喃自语道：

“是啊，你说的，是啊，我是这么回事呢，从非洲回来，的确还有点很不适应……”

2

节目进行到这里，李奇微感觉自己有点累了。

他觉得像个木偶，被场上的女嘉宾牵来牵去。早知道这场上的光阴这么难熬，打死一万次，他都不会参加节目。或者是像两年前，自己多些心眼，多看看网上节目的视频，注意感受一下其他男嘉宾在场上的煎熬，他也不会来。

两年过去了，李奇微更缺心眼。现在他只期盼这档节目千万不要被他妈妈看到，他想，这种木讷的表演，大概只有到自己的婚礼上才能有第二次。

李奇微还在桑给巴尔的时候，参加过纳兹莫尔医院同事的一个婚礼晚宴。那时，他已经到桑岛大半年了，但参加桑方的民俗活动这是第一次。准确地说，这位朋友并不是李奇微的同事，而是医疗队王美清医师的同事，产科医生穆勒。

王美清早在一周之前，就收到了穆勒的请柬。她甚为喜欢李奇微这位小兄弟，因此在婚礼当天，特地向队长周伟军博士提出申请，要求晚上下班后带着李奇微作为其保镖。周博士无条件同意。当晚，两人乘坐医院门前最后一班敞篷“达拉达拉”公交车，几经转折到达城西北的穆勒家。

本晚婚典的新郎官穆勒医生是一个标准的“官二代”。其父是桑国农业和自然资源部的官员。穆勒毕业于达累斯萨拉姆大学医学院，目前，担任医院妇产科哈桑主任的助手。李奇微还没进入穆勒家繁丰得近乎炫目的大门，就听到庭院传来了节奏非常明快的电子音乐声。门口站着两个高大魁梧的黑人青年，他们都是穆勒的堂兄弟，负责收请帖。

李奇微原先并没有被邀请，也掏不出请帖，有前来蹭饭的嫌疑，被拒之门外。进了门王美清连忙回头，跟他们说明他是中国医疗队的同事。两个门神立刻露出和善的笑容，放行。

像桑岛时下流行的婚礼一样，穆勒家宽大的庭院最中央是一支乐队，负责营造欢乐的气氛。五六个大音箱里放着节奏非常欢快的非洲歌曲，一个打扮很酷的青年负责用笔记本电脑放音乐，另外一个则在现场架着三只大鼓。另外还有摄影的、摄像的，负责摄影灯光的，各自忙碌。庭院顶部张灯结彩，北边搭了一个很宽阔的台子，不用说，是供一对新人表演用的。

庭院的东边有专人接受来宾给一对新人的礼物，堆满了很大的一堆。礼物主要包括锅、碗、盘、碟、杯、盆、筐、刀叉等厨房用品和各类厨房小家电，还有男性味比较足的波斯弯刀、黑木雕刻品、领带、衬衣、电动剃须刀等。王美清和李奇微到场时，来宾并不是很多。他们就很奇怪，哪来这么多礼物。

他们不知道，按照桑岛风俗，在这场正式婚典前，新娘和新郎两家已预先各自庆祝过一番。所有这些礼物都是那两场小型庆典男女来宾所赠送的，赠送得越多，代表着新人及家族越有面子。在这两场小庆典之后，两家按旧俗还要各办两场诵古兰经、祈福求平安的宗教活动，之后，才有今晚这场男女方合办的正式晚会。

穆勒像桑岛上很多青年一样，他是一个很欧美化的摩登青年——也不能说欧美化，或许全世界青年都如此，他们生在网络时代，跟自己上一辈差别要远远大于彼此之间的差距。算起来，穆勒比李奇微略小，是桑岛的“80后”一代，浑身上下一股子叛逆劲。在坦噶尼喀大陆读书时，深受大陆所遗留的德国文化影响，还自己取了一个德国名字：穆勒，正好比一个中国人取名宋彼得、张约翰、朱保罗一样。所以，穆勒要办的婚礼，是一场世界其他角落里的“80后”别无二致的，叛逆的、个性化的婚礼。

身体彪悍的穆勒，打扮得非常像猫王（其实只有他自己清楚，他效仿的是德国“战车乐队”的主唱查理），西装革履，发型别致，大敞领的衬衫，打着一个歪歪的领结，端着一杯“乞力马扎罗”牌啤酒，笑眯眯在庭院中间迎接四方宾客。

既然入乡就要随俗，王美清医师自然要给新郎送上一份礼物，她真好阔绰，送给穆勒的是一条在迪拜国际机场购买的细细的金手链。李奇微就尴尬了，他跟穆勒不熟悉，事先不知怎么参加婚礼，没有准备礼物。王美清一再劝说他没有关系，他还是有点抓狂。幸好口袋里有张一百块的人民币，他零时又找不到红包，只好双手奉给穆勒，表达一个礼轻情意重。这下子，又轮到穆勒有点不知所措，一个劲地说“不要”，害得王美清又跟着解释半天，他才勉强收下。

事后，王美清医师抓住李奇微的胳膊告诉他：“这里看来是不用红包的，庆典也不用红色。你注意没有，婚礼现场除了白色就是绿色、紫色，绝对没有红色的。”李奇微留心看看，情况的确如王美请所说的那样：白色的背景墙，到处扎着绿色的绸缎作为装饰，连做装饰的气球和彩灯也是绿色的。只有少量的紫色点缀其中，跟中国大红大彩的气氛很不一样。

3

像中国的婚宴一样，等待来宾的过程是漫长的。李奇微除了帮助王美清拍照留念之外，也无所事事。不断有人在宾客之间传递可乐、啤酒和点心。

相比较于全世界横行霸道的可口可乐，李奇微更喜欢喝坦桑尼亚国产的乞力马扎罗牌啤酒——李奇微不抽烟，也不爱喝白酒，唯一嗜好就是在夏天到来的时候，每天下班喝点啤酒。这也是属于“屌丝”级的爱好。每逢夏天，他的单身宿舍都会堆满了两块一瓶的那种啤酒瓶。这也是他年轻轻长了一身啤酒泡般横肉的原因。

乞力马扎罗啤酒口感甘醇，与桑岛的小点心一起吃非常配。桑岛的小点心做得貌似很粗糙，口感非常独特，是一种木薯、木瓜、菠萝蜜、鸡蛋果等加上面粉混合而成的小糕。李奇微喝啤酒、吃小糕，看着很多男女来宾围在小乐队周围欢快地摇摆，也有点乐不思蜀的感觉。

就在李奇微乐不思蜀之时，他看到克拉克带着克里斯蒂娜也来参加婚礼。克拉克跟穆勒玩得很熟，也学师傅王美清，出手阔绰，送给新郎的是一个平板电脑；克里斯蒂娜送给新娘的，是一根亮晶晶的银手链。李奇微就暗自怨起王美清来，怨她不事先说一声，让自己准备个礼物，再不成，要是把一百块红钞票换成一堆紫色的五块，或者一堆绿色的一块多好。

克拉克打扮得像个朋克青年，一股子嘻哈风，看见李奇微就远远地打招呼："嘿嘿，李医生，你先到啦！"李奇微心怯，硬着头皮跟他打招呼："是啊，克拉克。"克拉克大声嚷："克里斯蒂娜说，你带她去菜市场玩过，哈，真有你们的，这么有趣的事，也不叫上我！"

两人还没来得及握个手，克拉克就看到了正和妇产科主任哈森聊天的王美清，连忙又大声喊："王医师，王医师！我来了！"

王美清也看到了克拉克，大声说："哦，王二！哈哈，过来！"作为王医师的助手和哈森的下属，克拉克乐颠颠地跑向两位领导，丢下李奇微和克里斯蒂娜两人互相问候。

上次带过克里斯蒂娜去菜市场后，李奇微就再也没有跟她联络过，甚至也没跟克拉克打过照面。他那是心怯、胆小，也觉得不应该。虽然他经常做梦骑着凤凰车载着克里斯蒂娜，不仅仅是石头城西的市场，还去过他尘土飞扬的老家赶集。当李奇微真的站在克里斯蒂娜面前，就不自然起来，别别扭扭的。不过，克里斯蒂娜还是大大方方和他搭话："嗨，几个月前，大概我们都不会想到，会穿越半个地球，来到这里为一对新人祝福，是吗？”

李奇微说是的，问她喝不喝乞力马扎罗啤酒。克里斯蒂娜说她开车过来的，只要了杯可乐。李奇微又问她：“肩伤感觉如何？”克里斯蒂娜如实相告：“本来恢复得很好，最近又疼起来，要命地疼！”

李奇微就安慰她说：“跌打损伤一百天，有点小反复很正常。”他喝了一口啤酒，想到了什么，说：“那有空再来找我，我帮你再做一点治疗吧。”说这话时，李奇微脸通红，胸口噼啪响。脸红绝不是因为喝啤酒上脸，胸口噼啪响，那是小算盘和鼓声的轰鸣。

“好，就这么定了。”克里斯蒂娜大大咧咧地一笑，爽快地答应了。她仰头大喝可乐。

这时，来宾已经将穆勒家的大院子挤压得满满的了。大家的喧闹声越来越大，是新娘登台了。毫无悬念，新娘穿着喜庆的翠绿色丝质长裙，披着长长的绿丝巾，身上挂满了亮晶晶的饰品，衣裙上的饰件、首饰都光彩夺目。最吸引人的是，这位粗壮的桑岛新娘，裸露的双臂和颈项上刺着花纹繁丰的文身。绝对是一个很另类的女子，难怪惹得穆勒倾心。

新娘的登场引得场内年轻人一阵阵的欢呼。穆勒被大伙簇拥着，上台迎接新娘，双方父母亲也登台。他们都是老派的桑岛人，新娘父母和她未来的婆婆都一本正经地穿着一种庆典特制的穆斯林礼服。唯有穆勒的父亲西装领带革履，他略有些秃顶，大腹便便，唇上剪着短小精悍的胡须。为示严肃，他头上戴着一顶紫色的穆斯林小方帽。

婚礼在一位阿訇的主持下进行。首先是简要诵经，全场的穆斯林肃穆聆听。十分钟的经诵完了之后，阿訇号召新郎在真主见证下要好好待新娘，并向真主起誓。

这一切完成后，穆勒在父亲的引导下，捧着一个装着东西的绿绸袋子递给新娘。新娘过目，转身交给父母。父母亲打开看了，点头表示认可，并向双方祝福。两人这才在众人的欢呼声中牵手，拥抱，欢快的音乐随之轰鸣四起，婚礼进入舞会狂欢环节。

音乐是非常欢快的本地音乐，很多人围着中庭的乐队和大鼓开始跳舞，也是欢快的桑岛本地舞——“姆威塞”，强烈地扭摆腰胯、抖动臀部。几个动作看似简单，可王美清医师怎么学也学不上。克拉克则跳得非常欢，不过他那是在蹦迪，大呼小叫。

李奇微对跳舞不感兴趣，也没有任何这方面的天赋。他在一边喝啤酒，吃糕点。此刻，他以为这些点心和啤酒就是婚宴晚餐的全部内容，一不小心就吃饱了。完全不知道两小时后月亮高升了，大家要簇拥着新人到屋外的旷野上席地用餐，那时，才是正餐。克里斯蒂娜没有跟着男友克拉克一起疯，她围着场边拍照，很享受这个异国婚礼的异域风情。

舞会进行到一半，大家要稍作休息。新郎穆勒拉着新娘为大家唱歌。穆勒歌喉不赖，也是个有感染力的业余歌手。他用斯瓦希里语唱了第一首歌，是桑岛一支非常传统和流行的、节奏明快的《Waka Waka》。他边唱边轻轻起舞，曲终博得掌声如雷。接着轮到新娘献歌，她居然唱了一首迈克·杰克逊的名曲《危险》。新娘嗓音独特，像极了迈克，几乎以假乱真。李奇微和克里斯蒂娜起初都以为那是电脑原声伴唱，仔细一听，发现新娘是在用真声演唱，震惊得目瞪口呆。新娘的献歌，令全场欢声雷动。

找王美清医师打听，李奇微才得以知晓，原来新娘是桑岛一位小有名气的女歌手，难怪一鸣惊人。李奇微不禁羡慕穆勒厉害，娶了个女歌星。

新娘唱完之后，狂欢的气氛极好，一伙年轻人又起哄建议，新婚夫妻共同献歌，而且要有难度。穆勒就拉着新娘到庭院中央，他深情地用英语发言："今天，我很荣幸，能邀请到来自中国的朋友参加我的婚礼。在刚刚离开的那支中国医疗队里，有我的一位好兄弟——朱。他和我一样，疯狂热爱音乐，却很憎恨医生这份职业，可他仍鼓励我，男子汉要有责任和自由，不要怕任何偏见。是他支持我勇敢地追求莎娜的，今天我终于梦想成真。遗憾的是，朱回中国去了，不能见证我们这一生最幸福的时刻。所以，我和莎娜决定唱一首朱教给我的中文歌曲。”

音乐响起，李奇微和王美清立刻集中精力去猜想会是哪一首歌。前奏未毕，李奇微已经听出来了，居然他最热爱的Beyond乐队的歌曲：《光辉岁月》。欣喜之中，听着穆勒夫妇用非常生硬、模糊的中文粤语唱起那个熟悉的旋律：

“钟声响起归家的讯号 在他生命里仿佛带点唏嘘

黑色肌肤给他的意义 是一生奉献肤色斗争中

年月把拥有变做失去 疲倦的双眼带着期望

今天只有残留的躯壳 迎接光辉岁月 风雨中抱紧自由……”

全场都在静默聆听。李奇微倏忽回到了第一次听这首歌的那个乡村中学时代，纯粹因为怀旧而忍不住热泪盈眶起来，嘴里轻轻地跟着哼唱。

这时，克里斯蒂娜走到他身边轻轻拍拍他的肩膀，故作神秘地小声问他：“Ridgway，你猜猜，刚才新郎送给新娘的绿包里是什么？”李奇微顿生好奇，忙问是什么。克里斯蒂娜捏着两粒豆子一样的小东西，轻轻地放在李奇微的手掌心，说：

“是豆蔻。他们这里，把豆蔻看成是‘证婚果’，给爱情和婚姻以祈祷与祝福的。送给你，哈哈，新郎官的中国朋友！”

第十一座岛：雨季之岛

1

每年到了十一二月，桑给巴尔群岛度过了花季，又一次进入了雨季。

桑岛处于赤道以南，它的第二个雨季正对应着中国的冬季。漫长连绵的雨水，伴随着强烈而致命的海洋飓风，侵袭着岛上五十万居民。11月还好，雨水是断断续续的，风潮也是波澜不惊的。进入了12月，风雨日渐张狂，风景秀丽蔚蓝的印度洋变得深不可测的暴躁。年度十七号印度洋赤道飓风“恩戈罗恩戈罗”，强有力地穿过桑给巴尔海峡，给大家带来了今年最后一次噩梦。

用桑岛古老的传说来讲，此时，海洋之神要与天空之神进行战斗，总是打得你死我活、不分胜负，凡人自然就要跟着遭罪。这是登岛以来，李奇微所遭遇的第一个雨季。在长达半年的时间里，他一直听桑岛人讲述着这场恶战的厉害。但可恶的两个凶神真正打起来的时候，他忙碌得超乎自己的想象：

最为明显的，是病人陡然间多了几倍。连绵的雨水除了带来潮湿之外，还带来很多的疾病。李奇微已经没有时间帮助病人们做针灸、推拿、拔火罐之类的理疗了。他更多地承担起中西医结合医生的使命。岛人的中医情结很深，特别是贫苦病人，因为无力负担西医的验血、化验、透视检查之类的费用，都首选中医。李奇微事实上承担了一个全科医生的角色，坐诊，为病人号脉、听心脏、量血压、开药，处理各种疑难杂症。每天找他就诊的病人都排成了长队。

另外，医疗队里的事务日渐增多，疾病也同样开始打扰全队。队里身强力壮的厨师大老黄，竟是第一个患上疟疾的。作为退伍兵，他一向自诩是“铁打的汉”。到了桑岛，完全忘记了出国培训时要求的严格慎防蚊虫叮咬。睡前，总喜欢打赤膊练长跑，然后用冷水冲凉，大呼过瘾之后，一不小心就感染上了疟疾。

铁打的汉子也会生锈，老黄起初觉得自己是感冒了，寒战“打摆子”，然后就持续发热。幸好，对在非洲的中国医疗队来说，疟疾的确也跟感冒一样，是常见病。在老黄之后，孙颖、王美清、魏明雯等五六个人陆陆续续患过疟疾。

为了给大家治病，队里不停地将分拨到奔巴岛的副队长吕北海调了回来。他是感染病学的一把好手，在国内学术界还颇有地位。之前，他正在奔巴岛的韦提镇做霍乱防控、艾滋病病人筛查等工作。调他来诊治大家的疟疾，几乎都是手到病除，加上国内定期援捐的大批特效复方青蒿素制片，所有患病的队员都能很快康复。

大老黄生病、休养、康复期间，李奇微一直负担着他买菜的责任。除买菜之外，要还去拉水。桑岛的水质受海洋影响，偏涩、偏咸、偏硬，群岛自来水公司净化程序又大打折扣，沉淀物太多。用队员的话来说，除了有补充丰富的矿物质好处外，长期饮用对身体绝非好事。因此，大家食用水都要到固定的纯净水商店去拉。

周伟军便安排李奇微和同样年轻的邓涌负责拉水。作为心内科医师，邓涌承担着ICU的急诊急救工作，还要执行周伟军队长和马加院长之间的周马约定，把掌握的心肺复苏技术悉数教给他的助手。总之，邓涌很忙。能做到风里来雨里去，定时去拉水的，还是李奇微。

一个人做一天好事容易，连续做两个月，是不容易的。大老黄完全康复后，特地趁着一个雨过天晴后的加布海滩满月节大集，请李奇微大吃了一顿海鲜烧烤以示感激。

雨季的到来，使得玛吉—玛嘉旅馆漏洞百出，像一艘大风大浪中的破船。宾馆的屋顶、墙壁漏雨连连，淋坏了电器、线路，以及里面逐渐适应环境安居乐业的队员。旅馆虽是中国援建的，却由桑国政府管理。要想全面修葺，得由旅馆管理层向政府住建部门提出申请。

漫长的公文旅行，在世界任何角落里都是一种似醒非醒的噩梦。于是，只能向旅馆申请小型修整。周伟军想方设法联络旅馆经理，亲自登门找，命李奇微围追堵截。每次，见到经理的面，对方总是带着微笑爽快而干脆地回答："哦，呵呵，明天，明天一定。"明日复明日，等了十万八千个明天之后，大家决定，自费修葺。李奇微又得满城地联络工程队修葺旅馆。桑岛本地的建筑工程队，他实在没法联系上，他联系了几家，都说"明天到"，但明天鬼影都没有。为此，他非常苦恼。

偶然，骨科的钱明医师通过领事馆翻译梅樱得知，有一支中国工程队正在援建桑岛一座体育馆，刚刚帮领事馆修葺了漏雨的房子。这个任务落到了李奇微身上，他连忙骑着他的凤凰车，火急火燎地赶去联络。

那只建筑队也的确很牛气。四十来号人，正在石头城北的阿玛尼村援建一座体育馆。体育馆就以阿玛尼村命名，十分低调的奢华，据说是为来年桑岛的国庆日阅兵准备的。桑岛疯狂雨季和飓风的到来，迫使工程队的这个项目处于暂时停工状态。

那位援建项目的负责人问清了李奇微的来意之后，二话不说，同意帮医疗队这个忙。他只提出一个小小的要求，就是有机会请医疗队到工程驻地来，双方搞点联谊，顺便，请医生们帮队里所有的工人师傅们做做体检。大家都困在雨季的群岛上，实在太闷了。

2

雨季狂躁而漫长，整个桑给巴尔群岛终于在海洋之神和天空之神的斗争中付出了惨重的代价。12月中旬，连接大陆和群岛的海底电缆出线了致命性的故障，电力输送的负荷过大而爆炸。

为了保护桑岛的海滩生态，坦桑尼亚政府没有在桑岛建大型发电站。整个岛的电力全凭桑给巴尔海峡中的海底电缆输送，好似一根脐带连着小胎儿。风雨侵扰，电缆夭折，桑岛陷入了长达三个月的停电状态。

刚刚修葺好住所，电又断了。李奇微虽暗自叫苦，但感觉对自己的影响不是很大。受海洋飓风的影响，雨季的桑岛并不是很闷热，空调、冰箱都可以不必用。李奇微在乡村中学读书时，曾饱受停电的困扰，所以他对断电的耐受力可长达半年。除了上班、忙差事和出游之外，李奇微平时大部分时间都耗在了写日记上，要么就是闷头读中医学方面的书，继续准备考研。

跟他一个宿舍的邓涌医师不一样。邓涌是个从小到大都在大城市里生活的人，对幼年停电的记忆已经非常模糊了。他是个电子控，也是个网虫。他把自己的笔记本电脑、平板电脑、单反相机、小型摄像机和三个移动硬盘从半个地球外带了过来。他新婚半年，要依靠网络与新婚妻子联系，还要在博客、论坛、微博上，向国内的驴友们同步直播他在丁香群岛上的浪漫之旅。电一断、网一断，他满世界诉苦，说“自己一下回到了石器时代生活”。

然而，李奇微并不完全是不需要通讯和网络。他随身有一部在政府登记了的坦桑尼亚号的手机，往国内打电话要500先令/分钟，也就是人民币两块钱一分钟，不是很贵的价格，可以让他每个月都给妈妈挂个平安电话。通讯中断，他很担心他母亲为他担心。此外，他还在ICQ上加了克里斯蒂娜做好友，克里斯蒂娜则把他加入了“脸书”网好友。通过网络，他还能时不时跟克里斯蒂娜聊上一两句，尽管聊得不是很深入，起码可以给他的日记提供更多一点的素材。这一切，都因雨季的高潮而中止。

雨季的确真使整个桑岛都进入到水深的石器时代。电断了，网络断了，通讯断了，连生活用水也断了，天神的降水却绵绵不绝。桑国全国进入了防洪抗洪的状态中。医疗队考虑再三，决定购置一台发电机，并通过领事馆向国内申请，获得了一定量的柴油配给。每天可以供应一到两个小时的电，算是正常生活有个基本保障吧。

事有利弊，雨季的侵扰，使得在纳兹莫尔医院援助的各国医生关系变得空前密切。连一贯深居简出的克拉克，都喜好上了串门。他利用停电期间一次偶然的机会，跟王美清、刘以巧和魏明雯三位女士学会了两种国内非常流行的扑克打法：斗地主和掼蛋。特别是“斗地主”，克拉克是一把破手，却大呼过瘾，没有电点上蜡烛也要打，风大雨大把屋子擂得震天响也要打，脸上的纸条贴满了往屁股上贴也要打。他从此就变得一发不可收拾，对中国的纸牌游戏充分上瘾，像个鬼鬼祟祟的间谍一样，整天盯着旅馆里中国队的那栋专属宿舍楼，天天晚上伺机腻着中国队员要打牌。

王美清医师被自己这个“王二”助手搞得有点头大，下班后就想着躲着他为好。此事被周伟军博士及早发现，及时喝止，为全队上升到了一次“国际形象”的角度，就没人敢跟克拉克玩牌了。于是紧接着不久，几位瑞典、埃及、意大利和印度的医生就学会了用中文说“一杆枪”“逼枪”，以及用英文争抢嚷嚷着要“斗地主”。他们唯一不好理解的是，中国人为何对“地主”这么苦大仇深，他们觉得若要说斗，还是集中精力斗该死的海洋风暴。于是他们不惜侵犯中国人的专利，把

"斗地主"改名为"决斗恩戈罗恩戈罗"。可以想见，只需假以时日，这项纸牌游戏将在法意瑞埃印等国充分发扬光大。

这种在狂风暴雨中打牌的热潮，在另一位来自瑞典的神经外科医师安德里亚斯学会了围棋之后发生了逆转。安德里亚斯号称是一位有通灵感的人，做医生只是他的副业。这位瑞典人说，经常被高纬度的太阳等离子流冲击，被北极光感召，充分发掘了自身的第六感，能与自然和谐对话。他自称，当初学医，就是为了弄清楚自己是否在生理上真有沟通宇宙的能力。

按理说，这么有心的医生应该跟李奇微沟通。李奇微是中医师，学医的一开始，就被灌输了一脑子的天人合一之理，而且有理论有实践：阴阳两气、五行三焦、周身穴脉，用以解释安德里亚斯的通灵感再好不过了。可是李奇微方知慕少艾，一门心思在国内的丁简和眼前的克里斯蒂娜之间打转，没空跟瑞典同行探讨那些云里雾里的问题。

队里的钱明医师倒是有空。他四十出头，跟安德里亚斯是同龄人。两人一聊投缘，钱明毫不吝啬地向他灌输有关东方神秘主义的种种说法，掺杂着他从小在田间地头得来的种种诡秘的道听途说、各种野狐禅。虽然是似是而非，但说进了安德里亚斯的心坎里去了，他视钱明如知音。

其实，钱明只是嗜好围棋，在雨季漫长的无聊中，这一嗜好尤其强烈。队里没有好围棋的，他借机把安德里亚斯培养成了棋友。围棋这玩意实在好，黑白分明，只要点上一支蜡烛就可以对弈，而不必像打牌那样至少点上三支蜡烛。围棋非常适合夜战。

钱明只为培养一个棋友，至于说安德里亚斯是否从中悟出了中国文化那无边无际的通灵感，那就在其次了。在安德里亚斯的努力下，几位“斗地主”牌友，在雨季结束前，又相继变成了中国围棋爱好者。他们皆拜在钱明医师门下，害得他不得不嘱咐太太从国内寄上几副围棋来。

3

雨季将去，如它来时的汹涌，去得也雷厉。雨季灌饱了桑给巴尔岛上数量繁多的猴面包树、芒果树、香蕉树、菠萝蜜树、莲雾树、榕树、黑檀树、露兜树、无花果树等各种树木以及大大小小传统农庄里的香料作物。天空之神让它们有充足的储备，用以在接踵而来的旱季里再度开花结果，维系岛屿繁盛的绿色和野蛮的香气。海水暴涨，填满了很多珊瑚岛四周茂盛的红树林海滩，红树林可以在宽阔的浅滩海床上无边蔓延，形成蔚为壮观的海岛栅栏。

在雨水骤停的间隙中，身材修长、像猫一样长着耳廓的桑给巴尔倭丛猴在树枝间跳跃，寻找果实与昆虫。白胸青长尾猴机智又灵敏，在热带独有的绿色冠盖顶层攀爬，行走在藤萝密布、交织遮天的丛林高速公路上。懒洋洋的桑给巴尔赤疣猴成群出没，逛荡在桑岛乔萨尼森林公园里，从容地啃吃各种热带水果。它们不但机敏而且高明，是自己的保健医生。成群结队流窜，到被雨水冲刷出的红土层啃吃碱土，到炊烟四起的村庄和农园盗食木炭，以排解体内啃食果核和种子而积累的毒素。身材娇小的桑岛麂羚低头啃食着被暴雨冲刷下来的果实、嫩叶和鲜花，发出呦呦的低鸣，文静而从容。

阳光乍现，海滩上爬满了招潮蟹求偶繁殖，还有非洲鳗和各类小鱼苗。它们邀请了一群群非洲朱鹮、白鹭、篦鹭、非洲杓鹞来就餐。非洲朱鹮清高傲慢，气定神闲地漫步，白鹭鹤立鸡群，伫立不动，坐等上钩。篦鹭张开修长如篦的喙，在海水中来回拨撩，遇到小鱼，一口叼起，囫囵吞下。非洲杓鹞体态灰暗、臃肿，却轻盈飞翔，飞翔中长而弯曲的喙轻挑水面，像鱼叉一样，迅速干脆地插入水面，捕捉它的美食……

众神偃息，雨水销声匿迹后，桑给巴尔群岛气温急剧上升。万里外的家乡已经降了霜、落了叶甚至下了雪，李奇微却还要跟着队友一起在断水断电中，度过余下两个月闷热难耐的光阴。

本来，风雨过后，四野太平，海洋上风平浪静。按理说，修理好海底电缆也用不了这么久。那是我们不了解东非的时间。在东非，时间被放置在另一维的空间里。相对论表现得非常明显。时间绝对慢于世界通行的原子钟，只在太阳和月亮之间流淌，一年也只有旱天与雨天两天。人们生活在慢镜头里。雨季开始时，李奇微受命找人修葺宿舍，等来的只是无尽的“明天”。日久知人俗，李奇微后来听到了他们的自嘲“说话永远不算数、办事永远在明天”，也就见怪不怪了。

若论全世界生活的悠闲，没有人能和这儿的人比了。他们善于把时间拉长，然后用无尽的悠闲打磨它。悠闲当中，他们把大部分时间用来闲聊。桑岛的房子可以不大，可以茅草为顶、泥巴为墙，但房前都必须有来闲聊喝茶的水泥台。水泥台很宽大，沿门而砌，人既可以坐在上面，也可以睡在上面。两头翘起来一个小坡，可当枕头。大部分的门枕使用频率很高，表面都被磨得很光滑。坐在上面聊天的人，一聊就是一个下午。要是太阳光照过来了，他们就再挪个位置到背阴的地方继续聊。没有这个条件的，就在高大的榕树下或芒果树下，或坐在简单搭建的木凳上聊。

为了满足神聊的需求，路边还专门搭建很多草棚。李奇微外出时常见这种草棚子，一开始以为是公交车停靠站。才知道那些是最原生态的聊天平台和社交网络，无线、不耗电、相当低碳，一股子漫不经心，跟雨季里频频爆发的海洋风暴形成鲜明对比。

谈到漫不经心，老派的桑岛人自诩道：“除了开车和祈祷，其他任何时间都可以用来发呆。”休闲时如此，做工时如此，这种漫不经心的气质，跟李奇微是非常投合的。单身的他不温不火，被中医学调养出来很有架势的气定神闲，甚至把谈恋爱这样的事都拖到三十而立以后才办。一直到了桑岛的雨季里走了一趟，他才觉得自己这样很不好。的确像老妈说的那种“懒蚂蟥”。他每每想起那些出没在抽水马桶里、又大又肥慢慢吞吞的非洲蚂蟥，就浑身起鸡皮疙瘩，就下定决心参加《相亲&相爱》。

在节目中，十九号女嘉宾、自由职业者、身材微胖的邱桂芬对他说：“男嘉宾，我不同意刚才二十二号白露露的观点。通过短片介绍，我发觉你这人其实是蛮有责任感，也蛮诚实的。我是一个平时生活挺随便的人——哦，就是有点懒懒散散，你别误会。希望能跟你有更多的交流。谢谢。”

一向反应迟钝的李奇微，听到“懒懒散散”这四个字，头立刻就大，脑子嗡嗡响，心中早把十九号那盏没有熄灭的灯摁熄了一万次。他发誓要把这个词从他的人生词典里删去。这，就是桑岛雨季的飓风带给他最重要的改变。

第十二座岛：欢庆之岛

1

李奇微一共在桑给巴尔岛上度过两个中秋节、两个春节。两个中秋节都在温古迦岛度过的，一个春节在奔巴岛度过，一个春节在坦桑尼亚经济首都达累斯萨拉姆度过的。为了保证工作量，整个医疗队实行单休制，就是每周只休息一天。过节对大家来说，也等于是额外增加的休息日。

受“满月节”的影响，李奇微的两个中秋节，都跟海岛上狂欢的气氛搅和在了一起。过节的内容无非是踢沙滩足球，吃海鲜大餐，参与当地狂欢直到月亮升起，然后周队吹哨收队回驻地睡觉。每次医疗队这一组总要被彪悍的桑岛人灌个大比分落后，把中国足球那种糗态全带来了。

由于踢沙滩足球，两个中秋节李奇微都没心没肺地过。直到回驻地吃上领事馆送来的慰问月饼，才想起来该挂个国际长途给老妈。电话那头，周遭都在噼里啪啦放鞭炮，两头喂喂嗯嗯地听不清，也不知老妈嘱咐个啥。说起来，他还是个单身汉，暂时还是无法理解王美清、刘以巧、孙颖等女士跟自己孩子通上话、泪如雨下的那份相思的。

除此之外，两个公历9月，李奇微还过了两个坦桑尼亚的中秋节——“月圆节”。9月的月圆日晚上，从大陆到群岛，所有人都参加庆祝，打开大门，围坐在旷野静候月亮升起，直到高高的九天之上。然后，开始狂欢。规模比桑岛每月一度特有的满月节要更大，更隆重。李奇微一直弄不清，东非人为什么对满月这么有感情，很难充分融入到月圆节的狂欢中。

2009年12月，“恩戈罗恩戈罗”飓风的雨季结束后，足足两个月的光景，桑给巴尔群岛的电力供应一直没有得到恢复。然而，南半球的群岛已经实实在在进入了夏季。赤道附近的夏季一点不是闹着玩的。12月份的雨水浇灭了夏季应有的炎热。但雨水退后，比北半球亮一倍的太阳，毫不留情地拿群岛当烧烤摊，气温急剧上升至四十余度，并保持漫长而残酷的恒定，直至四五月。这就是热带的性格，不服不行。

李奇微是在上一个旱季结束时到达群岛的，还没见识过烧烤般热辣的桑给巴尔之夏。尤其还是在全岛停水、停电的情况下。起初，李奇微还乐颠颠地在日记里记录着给克里斯蒂娜疗伤的点滴。很快，他就发现自己这一身膘肉，即将成为他挥之不去的梦魇。

进入新年的1月，纳兹莫尔医院照常欢度元旦，气氛丝毫不受停电的影响。医院小礼堂里简单的一次晚宴，马加院长遵守约定，请太太给大家做了几份桑给巴尔式鸡。这种鸡也是桑给巴尔的一道特色菜，其特色在于，全世界没有一个地方能像桑岛人这样，毫不吝啬地在鸡肚子里填上那么丰富、那么昂贵的香料来炖。最后，李奇微觉得吃到嘴里的完全不是鸡味，而是一肚子丰富的香料味。

晚宴上没有李奇微期待的乞力马扎罗啤酒，只有在飞机上喝过的那种“布希包布”饮品，也就是兑了点糖的猴面包树果汁。护士孙颖没吃鸡，只把“布希包布”喝了个饱——她第一次跟着厨师老黄去见识传说中的猴面包树，完全被它那超级大酒桶般高大伟岸的身姿给吓坏了。她感觉自己看到的不是一棵树，而是一尊佛像。

新年晚宴上，医疗队员们借助着欢快的新年气氛，纷纷都向马加院长提出，应该尽快解决停电、停水的问题。马加院长双肩一耸，笑着说道：“我也很着急啊。不过，你们知道的，这就是非洲啊！”大家就都无话可说了。

晚宴只进行了一个小时，马加院长就倡议举杯共祝新年好，特别祝来自北半球各国的朋友们享受接下来如此热烈的非洲之夏。

大家就跟着他举杯欢呼：“新年快乐！”这一瞬间的无

忧无虑，把烦恼都抛到了九霄云外。

欢庆完了，马加院长就四下催促大家快点吃，特别要求跟穆勒絮絮叨叨说话的克拉克“节言”一点。为了这次晚宴，医院特地在下班后多发了两个小时的电。医院有一台德国产的二手中型“曼牌”发电机，运行起来吼声如雷，震天动地，能吓死最吵闹的非洲狒狒。

在这个台时不时闹点小故障的发电机的支援下，两个月以来，纳兹莫尔医院还马马虎虎能称得上运行如常。有急诊病人、需要动手术时才发电，其他时间，大家低碳操作，尽可能少地借助电力机械工作。

就工作而言，没有人比李奇微更低碳的了。他只要一个人、一支笔、一把针、一套火罐、一套不用电的按摩床、牵引床。唯一的问题是，没有电，空调不来电，电扇动不了，他每天在四十度的高温中以汗洗身，要是帮病人做推拿这样的耗体力的治疗，一定跟从印度洋里捞出来似的，天天过泼水节。

欢度“泼水节”当中，他还暗自庆幸，至少给克里斯蒂娜做治疗时，天气不那么热，电也没有断，自己看起来还不是那么狼狈不堪。

2

停电继续，丝毫不影响桑给巴尔的各项庆祝活动。过了新年后不久，全岛又迎接来了一年一度的1月12日革命纪念日。这个日子在群岛等同于是国庆日，要格外隆重纪念的。另外，整个坦桑尼亚还有一个联合的国庆日，是4月26日，以纪念坦噶尼喀和桑给巴尔组建成联合共和国。不过，对于这一天，桑岛上下并不是非常热衷，政府主要还是在1月12日举行纪念。

桑岛国庆举行阅兵典礼的地方，是低调奢华的阿玛尼体育场。正是雨季里，李奇微临危受命去联系的那家国内建筑公司援建的。整个体育场主体已经完工，受风雨影响，还有些附带工程尚未完工。但革命日阅兵还是在这里如期举行，经历过“水深”、正沐浴在“火热”之中的医疗队也收到了邀请函。

等到了1月12日当天，桑给巴尔群岛全岛放假。下午，李奇微跟着大家一起参加了阿玛尼体育场纪念日庆典。在群岛两年，李奇微两次参加过这样的革命日纪念典礼，都是在这样极度炎热的天气里。

天奇热无比，但所有参加庆典的官员、学生和军人都是正装出席，西装、制服纹丝不乱——桑岛的官员在任何公务场合都是如此，令大家钦佩不已。总统先生首先发表了官方致辞，感谢了民众，感谢了联合共和国，感谢给予桑给巴尔提供源源不断支援的国际社会。在桑岛的中国人自然也在被感谢行列里——“他们坚定、全面、几十年如一日的提供着无私的帮助，是桑给巴尔群岛最可信赖的朋友。”

总统如是说，虽说是一种外交辞令，也让坐在嘉宾席上的医疗队员很是开心。

总统致辞之后，就是阅兵式。桑给巴尔的海陆空三军、警察、特种部队、士官生、民兵都排着个小而紧凑的方阵，端着插着刺刀的中国五六式半自动步枪走过观礼台。其中穿着传统英式红军装的步兵，在队伍中格外显眼。

走在最后的，是一群中学生。他们举着五颜六色的旗子，一边走一边高呼“桑给巴尔万岁”。之后，礼炮轰鸣，军乐隆隆。与大国阅兵的场面相比，这场典礼更像是纯粹意义上的欢乐庆典。一国上下，在一个大学体育场大小的方寸里欢聚一堂，人们欢声笑语，大声高呼，丝毫不见全岛停水停电的踪影。李奇微便突然想到马加院长的话“这就是非洲啊”，觉得充满了意趣。

更令李奇微开心的是，克里斯蒂娜也参加了这次庆典。她坐在距离李奇微并不算远的地方，还穿着WWF的白T恤，戴着一顶白的鸭舌帽。起初，用一架拍野生动物远红外相机在拍摄阅兵。拍着拍着，她就看到了李奇微，就起身向他挥手，大叫“Ridgway”招呼他。其时，李奇微用一本画册给自己降温，却越扇越热。他端坐观景台上，头顶虽有凉棚遮阴，但还是热出一身汗，之后水分蒸发，只剩一层盐屑，恨不得伸出一条两尺长的舌头，像小狗一样喘气降温。白花花一片阳光中，克里斯蒂娜像雪白的冰淇淋一样招呼他，他却视而不见。

还是王美清医师提醒了李奇微，她敲了敲他的胳膊说：“嘿，小李子，那个白白的小姐好像在向你招手唉！”李奇微回过神，手搭凉棚一看，竟是克里斯蒂娜，陡然一阵小小的眩晕。他下意识地左右看了看，发现克拉克没有来，就跟王美清解释道：“哦，她啊，哈哈，她是我的一个病人，美国人，到这里找豹子的。哈哈！”

王美清也没在意，她也诊治过很多病人，走在街上，经常有病人大声跟她打招呼“王女士”。因此，她就跟李奇微开玩笑说道：“找什么？哦……病人啊，你不错嘛，怎么没见你在队里的博客上写啊？……是不是有什么想法？怎么不跟人家打个招呼！”

李奇微连忙说：“怎么会，她是你助手克拉克的女朋友……克拉克医师今天没来吗？”

王美清医师恍然大悟一般：“哦，不错不错，我想起来了，王二的那个白美人，是她！王二他到大陆的多多玛去了，参加他们‘无国界医师组织’的一个东非论坛去了……我老要他说呢，怎么就找了个小白妞的——不过，最近好像两人一直在闹分手。你快给她回个招呼哈，注意国际礼貌！”

王美清最后的几句话给出的信息很重要，顿时让李奇微心怀鬼胎地如沐春风，浑身的燥热如旋风般立即无影无踪。在如此人多的地方，他一点不想掩饰自己的幸灾乐祸，差一点就要兴奋得跳起来。不过，这一情绪终没有到达他腿部，而是全窜到了他的脸上，他变得神采飞扬，满脸的喜气，一股子掩饰不住的开心。此时此刻，整个体育场里的桑岛人都在兴高采烈地欢呼，李奇微的表情很符合“国际礼貌”。

正在这时，李奇微的桑岛本地手机震动了起来，他掏出来一看，是克里斯蒂娜在打给他。

3

十五号女嘉宾有个很文雅而古典的名字：韩凝鹭。人如其名，凝霜白鹭，并非很艳丽，却有一股子天然的端庄。她做了个日韩版的披肩小波浪卷，一身翠绿色旗袍，抿着嘴，一直在凝视并观察着李奇微。等耐心地看完李奇微的三段视频，也安静地听过其他女嘉宾的发言，直到这个点上，韩凝鹭才悄悄地举手发言。

因为在节目录制中很少发言，主持人立刻给予她以机会，并提醒李奇微道：

“男嘉宾，十五号女嘉宾是位古典型的女士。她已经参加了我们三期的节目录制，今天是她第一次发言！”李奇微听了，忙说：“谢谢，谢谢！”他忍不住眯起眼盯着她看了看。毫不夸张地说，他看到了一位林黛玉，像见到任何有眼缘的女孩子一样，心里都“咯噔”一声响。

韩凝露说话细声细语，但声音很清晰，眼睛低垂，并没有看着李奇微说，而似乎在自言自语：

“你好男嘉宾，我在大学里教书，教汉语言文学。我也看了你的介绍，用心感觉，觉得你这人很敦厚，可能是学中医的缘故，有很多的传统气质在里面。你在前面说，‘每个人都是一片宽广的海’那话，我当时听了，就觉得特别好。的确如此，我和你，今天站在这里，其实之间也隔着一片看不见的海，因此我想问，这片海能否跨越得过去，你认为主要是看缘分，还是真的看另一个人的勇气呢？”

主持人听了，不禁赞叹一声道；“你听听，人家说得这有多好——男嘉宾，她说什么你听懂了没有？”

李奇微汗流浃背，目瞪口呆中沉默了很久，才说：“呃，她说得好像有点慢唉，我……”

他的回答引得哄堂大笑，沉默的场面又一次变得欢庆起来，一片笑语喧哗。韩凝鹭也被惹得满脸飞红，她也掩面低头笑着，意识到自己似乎说得太过于文艺了一点，简直是在参加诗歌朗诵会。羞涩中，慌忙伸出手，熄灭了面前的灯。

李奇微是真的不知她所云，他一直试图认真去听韩凝鹭的话，不过当他听到她提起了克里斯蒂娜的那句话，就忍不住开始走神了。

1月12日，李奇微很清楚地记得，也就是自己和克里斯蒂娜关系转变那个革命日。

革命纪念典礼结束后，桑国政府在阿玛尼体育馆附近的一家“金色海滩”酒店，举办了一个小型的招待酒会，答谢各国嘉宾和庆典工作人员。

酒会将是那种简单的自助餐加无酒精饮料型的简单招待，且要在日落后举行，对李奇微的吸引力并不大。他正好利用等待的时间和克里斯蒂娜碰个头。他帮着她拎摄影器材，按她的建议，到酒店附近海滩一家名叫“田纳西冲浪”的酒吧去坐了一会儿。

酒吧不大，是一栋英式风格的三层老楼房改造的，窗户都是绿色的百叶窗，漆迹斑驳。门口挂着一块铁皮英文招牌。一台小型的汽油发电机接在门外的总电闸上，发出响亮却沉闷的“嗡嗡”声。

酒吧老板是一个头发花白、系着一个马尾辫子胖胖的白人。克里斯蒂娜进门就跟他打招呼：“嗨，托尼，你好！”

这个叫托尼的老先生看到她，立刻春风满面问美女好。他也看到了跟着进门的李奇微，连忙高声惊呼：“哦，天哪。米歇尔，你怎么做到的，完全换了个肤色？”

李奇微一听，就知道他在说克拉克，十分尴尬。克里斯蒂娜不甚愉快地说：“别提克拉克！这可是我的中国朋友，李，Ridgway！他是一个艺术家，用一些针治好了我的肩伤。”

托尼这下看明白了，哈哈大笑，与李奇微握手道：“很高兴认识你，除了肤色，你和米歇尔简直就是一个人。哈哈！”李奇微悻悻然，懒得搭理他。

克里斯蒂娜要了杯柠檬加冰的朗姆酒，李奇微则要了杯他心仪已久的乞力马扎罗啤酒。克里斯蒂娜付了账，带着李奇微挑了一个靠门小桌坐下。门口正对着蔚蓝无限的大海。

克里斯蒂娜告诉李奇微，托尼也是个美国人，以前做国际贸易生意的，到桑岛旅游后就迷上了这里，就停下生意定居此地，买了这栋房子、开了这家酒吧。克里斯蒂娜总结道：“美国佬，他们总是这样，哈哈！”

李奇微不禁对托尼刮目相看。托尼听到他们谈论自己，特意打开音响，放送出了爵士乐大师艾灵顿公爵一连串的经典作品：《幸运》《我不懂你》《芳心之歌》等。他给了李奇微一个友善的微笑，高呼道：“幸运非洲，哈哈！”李奇微向他举杯致敬，冲着他高竖大拇指。

李奇微在帮克里斯蒂娜治疗的过程中，两人已经聊了很多的话，全是关于兴趣、成长的烦恼、两种文化差异之类纯笔友性话题。李奇微还带她逛过菜市场，他们已很熟悉了。

再次见面，李奇微还是习惯性询问：“你的豹子，找到了没有？”

克里斯蒂娜摇摇头，说：“没有。或许，真的没有了。我还在做一点别的研究，还能继续申请经费支持。顺便等着我一位老师从美国过来。这里需要保护的，不仅仅是豹子。”李奇微还是习惯性地鼓励她：“你一定会找到的。研究点别的也不坏。”除了豹子，李奇微一时还真想不起来该跟克里斯蒂娜说别点的什么好。

克里斯蒂娜岔开话题，突然很认真地对李奇微说：“Ridgway，你是我在这岛上认识的新朋友，对吧？”李奇微点点头，说那当然，我很荣幸能成为你的朋友。克里斯蒂娜自然很高兴他的答复，两人碰杯。她爽直地说：“我非常喜欢你的直率！”要是一个中国女孩说“喜欢”，李奇微肯定要脸红的。美国女孩克里斯蒂娜对李奇微“Like”惯了，他并不经心。

克里斯蒂娜又问李奇微：“Ridgway，你这么多年没有女友，怎么度过这漫长无聊的单身时光？难道有其他原因，方便说说哈？”

李奇微愣了一下，立刻摇头说：“没有没有。读书，一直在准备考研究生。”

克里斯蒂娜困惑不解道：“那个，很难办到吗？”

李奇微说：“那个，在中国有难度。主要难度是英语考试，我很不擅长！”

克里斯蒂娜更为疑惑：“你在中国考试，跟英语有什么关系？哦，我不知道，真可怜。”李奇微来了个美式的耸肩，说：“没办法。这是我们的考试要求。”

克里斯蒂娜做了个鬼脸，说：“但，这怎么能叫生活？难道除此之外，你没干点别的：女孩，汽车旅行，飙车，醉宿，色情电影，电子竞技或者更热辣的？”

李奇微不禁脸红，道：“有的干过，有的不喜欢，有的没条件干，有的做不成，有的不敢……我是个贫穷的闷人，宅男。女孩子不喜欢，但我不放弃。”

克里斯蒂娜又问他：“Ridgway，你骗我了！哈哈，你认为，世界上的男人都一样，还是差别很大？比方说白人、黑人、法国人，或者美国人？”

李奇微一时不知她所指，想了好一会儿，才说："一个好问题。不过，我怎么知道，这应该全世界女人来回答！"

克里斯蒂娜不禁哈哈大笑，说："你太有趣了。我很喜欢。我的爷爷曾经跟我说过，'每个人都是一片海，只有你经过了，才知道他有多宽广、多美丽或者多危险'——你就是一片有趣的海。哈哈！"

李奇微也跟着笑，夸奖克里斯蒂娜的爷爷说得好。他不禁感叹："我很小的时候爷爷就去世了，他留给我的只有这个名字，还有一把针。而我父亲，他只会呵斥我好好学习，以后变成一个医生。"

说到这里，两人谈兴渐浓。这时候，李奇微的手机不合时宜地响了起来。他接通了。是火急火燎的周队长在清点人头，要他迅速归队。

第十三座岛：酷暑之岛

1

《相亲&相爱》节目在“相亲连连看”环节之后，按惯例进入“相亲点点通”环节。

这个环节是这样设计的：男嘉宾的资料短片被做成了拼图菜单以供女嘉宾们指点。感兴趣的女嘉宾可以在“亲人给力”“朋友\同事作证”“非常嗜好”“亮点密码”“绝对隐私”和“真心任意门”六个选项里，随意选择一个项目进一步了解男嘉宾。

依然保留着灯的三号女嘉宾、一家公司的会计蒋霜洁，首先向主持人提出申请。她点了一个项目：“朋友\同事作证”。现场的电视大屏幕立即应声切换，画面上出现的人竟是王美清——这令李奇微都有点意外。

王美清笑眯眯地对着镜头说话：

“嗨，李奇微，你好，我们又见面了！我叫王美清，是李奇微在非洲的队友。我和小李不在同一家医院工作，所以，我们不是同事，而是朋友。作为朋友，我和李奇微相处的两年时光里，充分了解了他的为人。他这个人平时不怎么爱说话，好像傻愣愣的有点孤僻。我印象最深的，是他吃饭非常快。还有每天跟我们一起吃饭，从来不主动说一句话，桌上就他最安静——我留心观察了，两年时间里了，他真的一次都没有。呵呵，但我可以向你们保证，他是个非常好的男孩子，很聪明、肯吃苦。李奇微，你放心，这段录像要是播出去的时候，我肯定在电视机前为你加油呢！加油，小李子！”

主持人看了这段介绍，笑着给李奇微解围道：“瞧这位王女士说的，食不言寝不语，吃饭时干吗非要说话呢？她真是你的队友吧？”大家一阵哄笑。

李奇微忍不住解释了一下：“是啊，她人很好。哦，不过，我要补充一下，她说的有点问题，我吃饭时也说话的，我不喜欢跟他们说话，是因为……”

主持人不禁问：“因为什么？”

李奇微抬起头想了想，表情很僵硬地说：“还因为‘食不言’吧。这是我爷爷小时候就这么教训我的。还有，我可能的确有点孤僻！”

主持人点头笑道：“可以想见是一个非常严厉的祖父，现在，对这么大的孙子还有这么强的威慑力。”场上观众又笑了起来。就闹哄哄的笑声中，蒋霜洁悄悄地熄灭了面前的那盏灯。

李奇微当然是撒了谎，他懒得争辩。王美清显然是印象有误，比如遇到吃自助餐的，李奇微就很爱跟人东拉西扯说说话。他只有在团队聚餐上不说话，也的确有其苦衷。医疗队的大夫们几乎都是学究式的专家，凑到一块，从来没有一次能好好吃口饭的，全在唧唧喳喳地议论业务。而且简直有点上瘾的感觉，不分场合、不分情况地研讨。

李奇微最受不了的，就是这点。这些西医专家们，特别是外科的大夫们，说起话来，够人受的。对医生来说，经验比黄金还宝贵，因为东非的疾病谱情况跟国内大不一样。无论队长周伟军、钱明、王美清、邓涌、裴五一还是影像医师魏明雯和麻醉医师刘以巧，都喜欢利用吃饭时间交流经验。他们一旦说起自己接诊的病人来，都一股大开眼界、乐此不疲的味道。

这主要还是队长周伟军起的头。全队上下都很忙，特地召集大家开经验交流会，显得非常奢侈。作为一队之长，尽管为人迂腐，他也注意到要尽量减少对大家日常生活时间的占用。毕竟，大家都累。于是，他就选择大家聚在一起开饭的时候开腔说：“我今天只做了一个腹腔引流手术。这个手术貌似难度不大，但真是奇怪啊，患者腹腔积液多得惊人……”

队长这一开腔，大家就开始议论纷纷。于是王美清就说她做的那巨型子宫肌瘤手术，钱明就说他的粉碎性骨折的，裴五一说他的特殊小儿肾母细胞瘤……话题一旦起头，这帮专家们就说个没完没了。

有些人是奇人，比如队长周伟军博士，他这人的脑子绝对当医生当坏了：七八年前开了某台手术，手术各个步骤，患者各项生命指标，像报户口那样张口报来。然后，还能像电脑自动资料索引一样，把某年某月某个相近又略不同的手术和对应方法一一说来。饭吃得津津有味，高谈阔论起来也毫不耽误。在这样极端人士的示范下，大家谈兴几乎是无限的。遇到一些比较棘手、需要多科会诊的病人，说起来，那更是没完没了。不可否认，这帮医生谈论起对付疾病的工作来，就如同单身汉谈论某个心仪已久的女人，有那种巨大的乐趣在里头。

两年的时光，李奇微就只有一边吃一边听着他们谈工作了：一堆的数据、一堆的生理指标、一堆的药品、一堆的身体器官、一堆的症状和痛苦。听着听着，他就感觉到饭有点吃不下去了。

在国内，李奇微就发现这个问题，他很少跟自己的同事，特别是那些外科医生们一块吃饭。最怕听他们没完没了地聊手术，把饭局变成了一个手术台，用筷子比划手术刀，拿餐品当五脏六腑。如今，又遇到这一帮子大神，用长达两年的光阴慢慢凌迟他的好胃口，他只恨自己没胆量申请开个小灶，远离这些喋喋不休的工作狂。

李奇微回国后，经常能梦到自己跟克里斯蒂娜一起共进非常温馨的烛光晚餐。隔着模糊不定的烛影，对面的克里斯蒂娜像玉琢一样，发出迷人的、莹润的光芒，露出迷人无比的微笑，像仙女一般。然而，吃着吃着，就不断有戴着口罩的人挤到他们中间，一开始是一个，然后慢慢有人加入，变成了一大队的人马。他们开始高声喧哗、高谈阔论，聊手术、聊病程，聊着聊着就把李奇微搬到饭桌上比划。他们开始辩论，谁也说服不了说，就摘了口罩争吵不休。

李奇微就这样被吵醒了，回想起来，那些人其实都是自己的队友，不禁哑然失笑。然后，心中一阵阵酸楚：那远方群岛的生活，无论是队友还是克里斯蒂娜，此生一去再不复返了。

2

在群岛，受本地物产所限，队里的伙食供应很简单。大米必须要从国内买，漂洋过海，身价翻倍，五块人民币一斤。

大家不吃本地米是有原因的。桑岛所产之米很有个性，粗犷、原始：在入夏前，李奇微随队到石头城以外的约扎尼乡村去义诊时，见过桑岛人的稻田和收获。所谓的稻田里稀稀拉拉地长着矮小的稻穗，一亩地也收获不了多少。妇女们裹着头巾，用手把稀疏的稻穗拔出来，用大木棍子捶打脱粒，用杵在石臼里捣着去壳。因为没有经过持续的育种和改良，桑给巴尔的稻米还保持着原始面貌，生硬、缺少糖分，即使如此，价格还很昂贵。岛上的普通穷人家，每日只能吃两餐，宁愿每餐吃些木薯，也不愿吃这样的糙米。

大家都知道，岛上菜市场的菜品主要是牛、羊、鸡肉加番茄、土豆、洋葱和包菜“四大金刚”任意组合搭配而成。厨师黄成元“打摆子”时，李奇微替他买菜，觉得这活太简单了，只要准备五个筐，红、黄、紫、青四种菜各买一点丢进去，打上两包牛羊鸡肉另搁一筐，一刻钟全搞定。两年下来，即使食神下凡，就这么多的菜，也翻不出什么名堂了，大家味蕾的幸福指数急剧下降。

此外，传说中的群岛热带水果的可口程度，也远不及大家想象的那么好。种类的确繁多，随处可以买到柑橘、椰子、香蕉、芒果、番木瓜、红毛丹、菠萝、爱情果、番石榴、甘蔗、柠檬……但还是受群岛农业技术所限，品种改良跟不上，大部分水果口味生涩，吃起来不如看起来、闻起来那么好。

到了大停电时期，大家才知道原先乏味的生活并非那么糟。全岛停电，本来匮乏的物资，陡然变得更加紧缺。肉类供应直线下降，大家伙食里的蛋白质成分逐渐以鸡蛋为主。桑给巴尔的鸡很怪，下出来的蛋连蛋黄也是白的，吃起来跟蛋白一样无滋无味，咄咄奇蛋，或许是热带的鸡生产积极性不高的缘故。就这样，天天吃月月吃，无论大厨黄成元如何动心思、搞变化，不重样地搞组合搭配，吃了半年，大家都觉得已经把快世界末日吃到嘴里了。因此大家一致决定，得自己动手种植点蔬菜。

有关开荒种菜，查考几十年中国医疗队在桑给巴尔的生活史，其实是一种优良的传统，也的确是为现实所迫。从上世纪六十年代到新世纪，每一届的中国医疗队员都会发现上一届队员留下的一块长满荒草的菜地。一开始视而不见，然后某一天，陡然间明白了前人的良苦用心。大家冥冥中好似有了默契，集体商议开荒种菜。

这种默契在这一届的医疗队出现得比较迟，只有到大停电的匮乏期，大家才想起来种点菜改善伙食。蔬菜的种子不难找，领事馆有。领事馆的工作人员也是自己动手种菜，桑岛上的种种难事，对他们而言一样是个问题。

整个菜地足有一亩。前一期、前前期以及每双年度的医疗队都在这块地方做了耕种，所以土壤松软，开垦起来难度系数非常低。于是，旅馆中国楼旁边那块荒芜、杂草丛生的地不再沉默。只半天工夫，便被大家开垦出整齐的唇齿，全队男女齐上阵，乐呵呵地像玩网络游戏那样划分出地块，埋上各种蔬菜的种子。他们是真的乐呵，用医生特有的精细，把地整得四方四正，好似种下的不是蔬菜种子，而是一包一包定时炸药。只等某一天“轰”的一声，炸出漫天飞舞的青菜、南瓜、豇豆、韭菜来让大家大快朵颐。

这一帮人当中，只有李奇微是真正在乡间帮老妈种过菜的。他只是看着，并不觉得这块地能给大家带来如何重要的惊喜，不然上一期的队员也不会最终让它荒芜着。

果不出其所料，不到一个月，蔬菜长出苗来了，可非洲的地主们比中国客人的动作更快。无数不知其名的毛虫集结菜地，一夜间把各类蔬菜啃了个精光。大家的辛劳立刻全部化为乌有。很多人那种愤懑，只恨不能找点“滴滴涕”来冲洗土地——不过，真有“滴滴涕”这样的农药的话，倒也无所谓害虫了。群岛的植物种、作物很天然、很环保。农药这玩意，在这里非常不易买到。

3

进入2月，炎热的热带终于对无辜的小胖子李奇微狠下杀手了。日均气温高居到摄氏四十二度，最高时，能攀升到四十五度。这样的气温，不断刷新李奇微对高温承受的极限。他坐着干活常常有眩晕感，把浑身的汗出干，然后以为自己肯定要中暑了，但眼一睁，还活着。只有想办法喝点水，再淌汗，促进水循环。

群岛的电力供应的恢复，依旧像遥遥无期的神话。与此同时，岛上的储备用水也日渐告急。群岛生活变得无与伦比的沉闷。石头城的居民们每天晚上都要排着长长的队伍到清水供应点领取清水。供应医疗队的清水也一天比一天量少。这个问题非常致命，政府也发出通告，称政府供应点所提供的清水按人头限量配给，希望大家注意节约。

水资源的重要性，一夜之间便展露无遗。队里所有人必须节水，按配给量，每天吃喝拉撒用水只有一脸盆。刷牙洗脸、日常饮用加上晚上冲凉、冲马桶、洗衣服，全凭这一脸盆水。越到后来，这“一脸盆”越浅，以前马桶一拉，“哗”地冲掉的水，都比这“一脸盆”还要充裕。这时候，要是传播“洁净淡水是地球最宝贵资源”之类的说辞，人人都是好教员，天天都在翻教科书。

炎热、缺水，是一连串问题的酵母。群岛的气温居高不下，空调、电风扇、冰箱，所有能够降温的东西都无法运转。连海洋都停电了。一直能够调昼夜气温的海洋，也开始吝啬于晚间将清凉的风吹向群岛。在桑给巴尔，凉席是全岛人从未听说过的奢侈品。即便再热，旅馆的床也不会撤下厚厚的被褥和床单换上凉席。晚间带着一身臭汗，在三十多度的厚被褥上睡觉。心无论如何再安定，也不会发出清凉的。大家把这种独特的睡眠都叫做“烤眠”，很少有人能在这种烧烤的状态里连续睡上一个小时的。

炎热对人来说是大问题，但对非洲热带的虫子来说，却是黄金时代。它们骄傲地鸣叫、疯狂地繁殖，家族一天比一天繁盛，强大到无孔不入的地步。

桑岛的虫子给所有造访者都会留下深刻印象。医疗队里经常发生这样的事，大家吃饭吃得好好的，突然有女队员“哇”地高叫一声，一蹦而起，连哭带叫地跳到椅子上直跺脚——不用说，肯定那是一只“非洲列车”驶过。“非洲列车”是大家对非洲千足虫马陆的称呼，它们在桑岛通常可以长到二十厘米，又黑又壮，爬行得虎虎生威。应了那句俗话，长得可怕并不是它的过错，但这么隔三差五地“行驶”出来吓唬人实在太可恶了。

除了“非洲列车”之外，就是无边无际的蚊虫。还有那些不知名的，同样吸人血、餐人肉的各类虫豸，身材比蚊帐的孔洞还要细小，几乎无可防御。在这种情况下睡觉，如果关上窗户，原本沉闷的夜晚会变得奇闷无比。一旦打开窗户，那些看得见的看不见的热带虫子就会无所不至，绝对不会放过任何人。与它们相比较，温带的虫子简直太君子也太讲礼仪仁义了。

闷热、群虫、干渴，大家无计可施，只有集体失眠，带着扇子到院子里数星星，反而能充分欣赏到与北半球大不一样的南半球星空，好似另外一个星球上的夜晚。

酷暑是整个群岛居民的生活。对于土生土长的桑岛民众而言，这样的情况也不是一年两年的，所以他们安之若素，视为日常。四十五年前，第一批中国医疗队来到这个岛时，大家也是能安之若素的，那时候群岛长年缺电和清水。四十五年后，群岛还是那一片充满丁香气息的群岛，只是中国人变了，对群岛的抵抗力变弱了。大家失眠夜中讨论得最为丰富话题，就是发挥想象力，猜想几十年前的人们是怎么挺过来的。

停电到了2月上旬。岛上的发电机全部卖光，油料供应也日渐枯竭。大量走私油品涌入群岛，即使被兑入了海水依然供不应求。医疗队的发电机用了兑水的柴油，总是开开停停。运行一天，故障两天，邀请“明天就来”的桑岛工程师来修，又要等上一周。

队长周伟军索性到桑岛国家图书馆找来发电机相关书籍自学，一下班就穿着个大裤衩、赤裸上身摆弄机器。队里所有的男丁都围作一团，跟他一起会诊。一边就听他吹嘘自己想当年在澳洲时，某年某月某日开车跟太太到西南沙漠去看大红岩，半路抛锚，如何勇斗彪悍的红毛袋鼠和剧毒无比的内陆太攀蛇，修好越野车，开出绝境的。吹牛归吹牛，他修机器的功夫的确毫不含糊，捣鼓捣鼓，总能把发电机修好，轰轰地吼上两个小时，发点电，带动电扇转上一阵子，能让大家闭一两个小时的眼。

直到今天，李奇微也说不清自己是怎么熬过那样的酷暑的。关于这段光阴，他的日记本里只是写满了“奇热无比”“酷热难耐”。但当时，他却比所有成了家的队友更耐熬。他比其他人更怕热。气温低一点，就数他最头大。当温度升到了谁都难熬的酷热，他反而变得从容了，像一个伤亡经验丰富的老战士行走在战场最深处，非常从容地热着：每天流干了汗，尽可能多地喝水，抓住稍有清凉感的十分钟、一刻钟打个盹补充睡眠。然后，继续在白天接诊越来越多的病人。

某一个闷热的夜晚，他突然想起了什么，发了个英文短消息给克里斯蒂娜：“克里斯蒂娜，我很好奇，你是如何度过如此匮乏又炎热的夜晚的？”

直到第二天中午，他才收到克里斯蒂娜的回复：“我正陪同詹姆森教授和他的小组在丛林里。我们追踪一群猴子，拍纪录片。我很喜欢这金星（维纳斯行星）般的夜晚。另，为什么现在才想起我？”

李奇微一怔，就不敢再回复她了。不过，那一刻，他内心陡然感受到了“想念”“相思”和“牵挂”三个词的真实区别。

第十四座岛：自由之岛

1

所有去桑给巴尔旅游的人，都会被推荐去一下监狱岛（Prison Island）。监狱岛在石头城西北五点六公里外的海上，李奇微到城北去时，常常会在海滩上看到这座岛。它像一艘帆船那样横亘在海的边际上，清晰可见岛上郁郁葱葱的植被和白色的楼宇。

在19世纪以及更早的一些年里，桑给巴尔一直是东非黑奴贸易的中转站。葡萄牙人、英国人、德国人以及阿拉伯人，在桑给巴尔大量运转过从非洲大陆贩卖出来的黑奴。感谢南部非洲的发现者、伟大的英国探险家利文斯通先生。他发现南部非洲，也竭尽全力阻止这里日益猖獗、惨无人道的贩奴贸易。他和他盟友们的努力，导致横行世界的大英帝国萌发了一丝良知，宣布在非洲贩奴为非法，并向当时统治桑给巴尔的苏丹武力施压。苏丹不得不放弃对奴隶贸易的保护，最终导致了包括监狱岛在内的一大批奴隶中转站的废弃。今天，废弃的监狱岛被设立为景点，以供游客们参观。从这意义上来说，监狱岛应该被称为“自由岛”更合适一点。

既然到桑给巴尔岛来了，监狱岛绝对值得一看。所以，与国内同步的五天春节假日期间，医疗队队长周伟军决定组织大家去参观一下赫赫有名的监狱岛。说是组织旅游，其实带有安慰性质的放风，只为了大家能从这段沉闷的氛围里稍稍逃逸出来，放松一口气。

雨季过后两个月的停电，已经把全体队员折腾得个个都人不像人、鬼不像鬼，正如邓涌在给朋友发的短消息或者是电子邮件里调侃的那样：“老家的冬天冷吗，大过年的注意保暖。不过我要是过年时给活活热死了，你们每年大冬天追悼、回忆这事的时候，只拜托一点，千万别发笑。”

所以，当队长周伟军博士拿出去监狱岛一游的计划后，全体队员精神随之振奋。不仅如此，连纳兹莫尔医院其他国家的医生也振奋了。他们同样在炼狱中煎熬，日子过得一点不比中国人舒坦。中国医疗队还是一伙人，还可以互相安慰，他们三三两两，尤为孤独。他们很多人来群岛之前，都拟定了非常详尽的游览计划。然而，到了纳兹莫尔医院投入工作后，繁忙的工作令所有的计划都搁浅。现在，中国人有这样的安排，他们自然是欣喜若狂、奔走相告，申请自费随队前往。

正巧，医院的“曼牌”中型发电机又坏了。除了急诊ICU

和手术室依靠两台小型发电机支持工作之外，其他不负责人命关天的部门只有放假了事。马加院长爽快地批准了外籍医生们的请求，给予他们一天时间去监狱岛一游。外事无小事，周伟军又向领事馆申报，答复是“保障好安全，促进国际交流，好事”。于是，他又临时成为国际医疗队的队长，做东带着来自中、埃（及）、德、古（巴）、瑞（典）、南非、法、印（度）、意的“联军”远去监狱岛一游。

单个游客去监狱岛可以租本地的小木船，而旅行社安排中型渡船是清晨六点定时从石头城北的码头出发。因为大停电影响到群岛的旅游业，整艘渡轮只有这么一批二十来个游客，大家都落得个轻松。即使天还是很热，心情与前一天的干熬是不可同日而语的，大家纷纷在宽松的甲板上畅快聊天。

钱明医师的高足、瑞典医师安德里亚斯，依然缠着钱明切磋围棋，他的进步令钱明感到恐惧。短短一两个月，下了二十年围棋的钱明已经渐渐不敌自己手把手教出来的徒弟了。这人悟性实在高，钱明恨不得立刻到国内调一些老棋友来挫挫他的锐气。尽管如此，安德里亚斯对他的崇敬依然无限高涨，他说：“钱先生，你知道，围棋实在太神奇了，这么热的天气。我躺在床上，只要脑子里下一盘棋，就丝毫感觉不到炎热。下到了极致，我甚至感到全身冰冷。老师，你能为我解释，这是为什么？”钱明心里直嘀咕：天知道为什么！

其他一些医生凑在一起讲笑话，大家一致约定，要讲关于中国人和另外某个国家人的笑话。来自印度的萨米特医生，率先拿总是板着一张脸的德国医生赫斯开涮，他讲道：“我听说有一次，一个德国女衣经销商委托中国做一批胸衣。中国人不小心把标签上‘女士用’印成了‘男士用’。随后，这批胸衣正式在德国一个城市上架销售了。那个城市男人以为这就是权威衣着的新风尚。于是没几天，他们全都去买了一件‘男士用’胸衣，个个胸口鼓出了一块。”

萨米特讲完，大家都被逗笑了，连赫斯医生也笑了。他是一位六十五岁的老绅士，留着一口漂亮的山羊胡子。他是受“德国退休专家组织”派出来志愿服务的，退休前，担任美因茨大学附属医院的心脏科教授。

赫斯教授说：“哈哈，我们德国人可没有你们想象的这么死板。我听来一个关于印度的故事，说中国人在印度搞了一套新的电话系统，据说山寨了上帝的技术，所以可以任意拨打，无所不能至。系统装机成功了，印度老板来验收。他首先拨通了天堂，跟上帝聊了一会，发现话费奇高无比。中国工程师耸耸肩说没办法，天堂太远，得按国际长途收费。印度老板表示理解。他又拨通了地狱，跟魔鬼聊了足足半个钟头，结束后发现只有非常少的一点话费。他立即对中国人肃然起敬。中国工程师解释道：这没啥，到地狱是按本地通话计费嘛。”他的笑话有点冷，讲出来好半天，才有人陆陆续续笑了起来。一旦笑声响起，就像打哈欠一样四下传染。很多人笑得前仰后合。

萨米特医师也笑了，他顺带调侃了一下身旁笑得最开心的意大利医生安德鲁：“还有另外一种可能，就是在计费收钱这方面，上帝是个德国佬，而魔鬼是个意大利人。”

安德鲁医生也不介意。他是来桑给巴尔实施“微笑列车”慈善项目的口腔科医师，为贫穷的唇腭裂儿童做面部修补手术。他笑着说：“欧洲人都这么说，意大利人就是欧洲的中国人。说明我们跟中国人很像，那我就为你们说一个意大利人和中国人钓鱼的故事。一个意大利人和一个中国人合租一条船去钓鱼，一下子钓了不少鱼。中国人很高兴，拿小刀在船上刻了一个记号，说：哈，下次我们就在这里钓鱼！意大利人听了就骂他：你真是笨蛋，你以为我们下次还能租到这条船吗？”安德鲁的笑话其实不怎么好笑，但他讲笑话时，那种自嘲的神态很滑稽。几位中国的女医师被他逗得前仰后合。

裴五一医师一直听大家这么损中国人，决定拿克拉克开开玩笑：“安德鲁讲的笑话，中国很早就有了，我们叫‘刻舟求剑’，肯定是马可·波罗先生带去意大利的。既然你们这么逗我们中国人，那我说个中国人到法国发财的故事，很短，很有趣：一个中国人到了法国做生意，他发现一个很好的致富门道，比贩卖海洛因还高的暴利，就是按实价买进一个法国人，然后按这个法国人自己估价把他卖出去！”他的英语口语不是很好，讲这样简洁的笑话还是绰绰有余。大家也被他的简洁形象给逗乐了，整艘船都挤满了笑声。

裴五一医师讲完笑话看了看克拉克，发现他并没笑，而是独自趴在船舷上发呆，不禁寻思：这个平时爱说说笑笑的小黑哥，是该不会对我的笑话有意见吧？

2

十二号女嘉宾李冬的职业是一位新闻记者，她是一个娇小精致的女子，戴着一副金丝框的眼镜，扎着马尾辫子。身为职业记者，她有足够的好奇心点播“绝对隐私”一项。出于现时代的社交礼节，这一项在以往的节目中很少被人点击。李冬点击了，现场响起一片善意的哄声。窥隐私、看热闹的心，四海之内，谁都不缺的。

应着李冬的点击，大屏上出现了一张脸。李奇微眯起眼一瞧，不是别人，正是李奇微的队友邓涌。在非洲两年时光里，他们两人基本上同住一间宿舍。李奇微因此周身一阵燥热，真无法想象这位天天睡一个屋的家伙，要爆他的什么“绝对隐私”。

邓涌笑眯眯地向电视机前的观众打招呼：

“大家好，我是李奇微的队友，跟李老弟在非洲度过两年同吃同住的光阴。所以，我绝对掌握着他很多的‘绝对隐私’哦。绝对隐私之一，李奇微睡觉会打呼噜。不过，我听了他两年的呼噜声，也就习惯了；绝对隐私之二，李奇微这人太抠门，他花每一笔钱都要记账，我记得他有一个笔记本上记得密密麻麻的，连每天打的电话的话费都要统计进去；绝对隐私之三，李奇微这人做事很有韧性，非洲两年，每天起早，打太极拳、跑步，锻炼身体，风雨无阻。据说是为了减肥，不过，我观察，两年的成效实在太有限。原因是他食肠大，闷头吃饭光吃不说话。我记得大停电时，那么热的天，他的胃口一点不减，我很服他。”

说到这里，邓涌陡然神色一变，故作严肃相，正声说道：“绝对隐私之四——各位注意，到这里，才是真正绝版绝杀绝色绝对无双的绝对隐私！别看李奇微这人平时沉默寡言，但他这人很有女人缘的，而且还是超级国际女性缘——我记得其一，他帮一个去桑岛玩的浙江女孩做过治疗。治疗结束后，这个女孩居然看上他了，她爸爸托人找到队长打听‘Bwana Lee’(斯瓦希里语，李先生)的情况。哈，只不过这件事被我们队长给回绝了。队里除了李奇微不知道，人人都知道……”场上顿时响起一阵愉快的起哄之声。

邓涌依然在大屏幕里继续爆料说：“还有，最最关键的，其二，李奇微，你就恕我直说了，有一个美国来的女孩，叫做……克里斯蒂娜，中文名叫柯丽雅——哈，李奇微，我没有记错吧，是一个个子挺高、金发碧眼、非常非常白的女孩子，人家一定也是看上了‘Mr Ridgway’。不过，这件事，全队除了我没人知道。至于具体细节嘛，李奇微，你自己交代吧。我只能说，你真是个不敢面对现实的胆小鬼（他做了一个鄙视表情和动作），不要不承认……哈哈，录完节目后，记得到我家来拷一下我笔记本里的东东啊。”

邓涌表情夸张的发言，惹得主持人哈哈大笑，问李奇微：“看来我们的节目组找对人了，爆起隐私来还真没完没了。男嘉宾，他说的，可真有其事？”

李奇微很尴尬，他支支吾吾一阵子，也说不出个所以然来。十二号女嘉宾、他的本家、二十六岁的女记者李冬，便发话了：“跨国恋如今早不是什么不稀奇事情。不过作为一个记者，我还是对男嘉宾的故事突然非常感兴趣了。所以，我依然保留着这盏灯。”她微笑满面，言语的轻柔中透露着一股俏皮的温情，令场上卷起一片轻快笑声。

除了遭遇邓涌之外，李奇微还意外遭遇了克里斯蒂娜的名字。后者，让他平静的内心，掀动了波澜，无限离愁，晃晃悠悠。便好似又回到了奔赴监狱岛的那艘小渡轮上。那天，他登船就晕船，没精力去听医师们讲笑话，独自趴在栏杆上看风景。他一直注视着石头城“珍宝宫”高耸的钟楼。

“珍宝宫”是前桑给巴尔苏丹的王宫，现在是桑岛的国家历史博物馆。它是一座非常漂亮的、带有混血气质的白色宫殿，临海而建，并不大，却很精致，有别致的走廊和立柱，在白亮亮的日光下熠熠生辉。洁白高耸的塔楼，在远远近近灰色的天主教堂、基督教堂、清真寺的尖顶或是穹顶中很是耀眼。

李奇微看到珍宝宫的白，就想起克里斯蒂娜，想起那条酷热中无法回复的短信。同时，也会想起丁简，并想着如何面对克拉克。他觉得自己活得真累，“监狱岛”这个名字都令他烦躁，累得连燥热都感觉不到了。

李奇微正发着呆，忽然背后被人一拍，竟是一脸不愉快的克拉克。躲也躲不了，只有招呼他。克拉克依然用他那口法式英语问：“嘿，兄弟，想什么呢？”

李奇微说：“没有，没有，就是发愣！”

克拉克笑了笑说：“你有空回答我一些问题吗？”

李奇微一阵紧张，忙问：“什么问题？”

克拉克眺望着那越来越小的珍宝宫，说：“多漂亮的房子！你知道，那里曾经是一座王宫？”李奇微说知道。

克拉克说：“其实，那也不算多大的宫殿……哦，兄弟，你是中国人，黄皮肤的；我是法国人，却是黑皮肤的。不过，你能告诉我，我们，所有人，白的，黑的，黄的，高的，矮的，中国的，法国的，非洲的，是不是都一样孤独，嗯？”

李奇微毫无防备，无言可答。克拉克依然自说自话般地问：“我们，是不是都一样，在乎一些东西，无所谓，悲伤，大笑，疼痛，寻找过去，对未来不知所措，或者，看到自己的弱点，准备得到一些什么，丢失一些什么。我们，除了身体和家乡，相差会很大吗，嗯？”

李奇微盯着克拉克足足五分钟，张口结舌，完全不知该怎么回答他。这时，渡船上的汽笛响了起来，导游以及周伟军博士分别用英文和中文一起在喊：“诸位，监狱岛到了，准备上岸！”

3

监狱岛是一个不足零点二平方公里的小型珊瑚岛，长满了郁郁葱葱的树木。岛的周围是一整圈白沙海滩，像加布海滩一样，都足有五六十米宽。海滩上修着长长的木栈桥，可以观海景或者垂钓。

为了提防搁浅，渡轮在距离海岸几百米的地方停下来。大家在导游带领下，陆续登上三艘帆布顶篷的小驳船开上海滩。

木船其实也无法开到海滩上，到了距离海滩百十米的地方，大家又都被撵下了海，得卷起裤脚、光脚蹚着走上岛。

沙滩松软细密。一群人吵吵嚷嚷、大呼小叫走上了监狱岛。本来，在阳光这么好的天气里，沙滩上应该躺满了晒太阳的欧美游客。这段时期由于断电，他们都不见踪影，倒让这一帮医生们落了个清净的痛快。

上了岸，踏上台阶进入景区，胖胖的黑人女导游就用英语介绍道："监狱岛，又称龟岛。岛上除了海滩之外，只有两处看点，监狱和乌龟！"周伟军同声翻译成中文。队里有人就问："是关在监狱的乌龟吗？"

沙滩背后的树林里藏着一个巨大的游泳池，浅蓝如镜。游泳池四周都有草棚，有原木钉成的座椅。没有人想游泳或者休息，大家匆匆地往前赶，到了小岛公园的指示站。一根大木桩上钉满了指示牌，上面指了很多方向，但大多是无用的，比如向北指示"此去伦敦：1607英里"。可惜这里并没有人有力气跑那么远，往那个景区去参观。

一块木牌指向"龟园"，是有效路径。大家就排成长队过去。岛上的地陪很久没接待过这么多一批人马的团了，说起来格外卖力，滴滴答答如吹小号一般。他满嘴桑给巴尔英语，是英语跟斯瓦希里语的混血，比洋泾浜英语还难懂。周伟军翻译不过来，就根据手头的英文材料，大致上说说：

“1919年，就是中国‘五四’运动那一年，当时的英国总督给监狱岛送了四头阿尔达布拉（Aldabra）岛上来的阿尔达布拉巨龟。到了1955年，岛上就有两百只左右。后来，人们开始偷拿这些龟出去卖掉，到1990年仅剩七只。桑岛方面觉得有问题，紧急进口了八十只小龟。现在岛上又有一百只了。”

导游说得是眉飞色舞，想来一定在讲什么异常有趣的故事。李奇微还是能听懂不少桑岛英语的，他听出导游是在说最大巨龟有七百岁大，最小也有两百岁大，能载人环岛游，逼退大战船之类。像任何景点的导游一样，吹得太离谱。而周队长的亲口翻译，又犹如读一篇病理报告，听罢让人兴致全无。

龟园的确是陆龟们的监狱，周围用特制的栏杆围了一圈，大家从一个门检票进入探监，行走在木板搭造的曲折走道上，走了没多久，就见一只只的阿尔达布拉巨龟前来迎客，大者如小牛犊，小者也如京巴狗。龟壳灰黑，密布见证岁月的螺旋纹。

于是联合旅行团一行二十七人，人人都购买了一把工作人员推销的非洲大菠菜，在周伟军博士的率领下，亲切上前慰问这些慢吞吞爬行的巨龟。陆龟们都是见过世面的，每年接待的游客，并不比每位医生们接待的病人少。所以它们宠辱不惊，不慌不忙，只把脖子伸得长长的等着吃菜。

女医生们平生头一遭看到这么大的龟，开始都感到胆怯。

挨近些，发现它们比家猫温顺得多，便争相献菜。各国的男医师们一边喂着陆龟，一边就开始讨论如何分辨它们的公母，有说看头的，有说看尾巴的，有说要翻过来看腹部。现场研讨，现场求证，乐趣非凡。

看完了陆龟，就要去看“监狱”了。周伟军队长的同声翻译介绍道：“这个监狱是19世纪的监狱。大概中国第二次鸦片战争时，桑给巴尔的苏丹赛义德送给两个阿拉伯商人，协助关押桑岛上敢于造反的黑人的。这两个万恶的家伙，都把这些犯人从监狱里当奴隶偷偷卖了出去，前后有数千人之多。随着时代发展，监狱被改造成了传染病隔离医院。后来闲置，直到今天开发成了旅游景点。”

大家眼看到“监狱”的确与桑岛随处可见的白色建筑风格截然不同，酱黄色的围墙、红色的屋顶，最多是三层的小楼，其余多是围墙，很是古朴。据说，都是在建于19世纪的建筑物上原貌翻新的，现在已经很难看出一所监狱的影子了。倒像纯粹的光阴艺术品，门、窗、土墙及墙上盘根错节的树根，都有不错的艺术视觉效果。庭院内的亭子、茅草房及其内的桌椅、吊灯等，都古色古香的。到监狱后门，推开了，又可以瞭望蓝色的大海、白色的海滩，风光无限好，着实能让大家淡忘了几个月来的甘苦。

监狱原有的建筑里开了几家酒吧和餐厅。作为桑岛的化外之地，岛上能开设一家海员酒吧已很稀奇。更稀奇的是还有一家中餐馆。旅行社为大家预订的餐饭，就在这家名曰“居客隆”中餐馆。它是桑岛一家赫赫有名的华人餐馆的分店，门口有一棵冠盖蔽日的皂角树，遮天蔽日，结满皂角，蔚为壮观。

店里只有一个华侨大厨，两个服务生都是当地黑人。这位大厨居然也姓黄，他已经多少天没有看到黄皮肤的游客了，看到这一大队的人马高兴坏了，连忙招呼服务生开机发电。自己却将饭菜搁在一边，先是散烟攀老乡。他的老家在广西南宁，这一行人还真没有嫡亲老乡。但他还是高兴，满嘴云山雾罩的广西白话，连周伟军也翻译不出来，攀了半天老乡，鸡同鸭讲。

黄老板掌勺弄出来的饭菜都是地道的粤式菜：广式清蒸桑岛产的昌古鱼，用烧菊花鱼的办法烧石斑鱼，白汁非洲鲳鱼，盐焗桑给巴尔鸡，生炊大龙虾，姜丝梭子蟹，用龟岛沙滩摘来的“紫面包”“黄鸡蛋”“冬杜”等贝类烧油爆鲜贝……所有的食材都是监狱岛周围的海产，分量很足价格又便宜，惠而不费，入嘴的味道却都是地道的中国香。一行人分三桌坐，无论中国医生还是外国医生，皆大欢喜，个个猛夸不虚此行。

这一行人中，唯有李奇微和克拉克两人最闷。克拉克似乎在渡船上的问题意犹未尽，总找机会想跟李奇微搭讪。李奇微总是避着克拉克。于是，两人谁都玩得不尽兴，从上岛到吃饭，一直在互相躲猫猫，说不出的累。

第十五座岛：奔放之岛

1

十七号女嘉宾洛小雪是《相亲&相爱》节目的“明星”。她是一位平面模特，身材高挑，披着长发，身穿一件修长的晚礼服，貌美，犹如一本杂志的封面明星。

这一段时间的《相亲&相爱》节目里，洛小雪是众多宅男的重要看点。她是网络空间里新闻不断的名模，尽管什么样的新闻都有。与任何一位平实出场的女嘉宾不同，在时代消费与作秀的盛宴里，她是追光灯下的主角，是话题的引擎，是经纪公司和文娱传媒的产品，是节目收视率的保证。显然，相比较其他二十三位女嘉宾，她并不是这档节目真正意义上的主角。“名模”身份里的她，并不是男嘉宾相亲的“那一个”。

在剩下的“亲人给力”“非常嗜好”“亮点密码”和“真心任意门”四个选项里，洛小雪向主持人申请点播了“亲人给力”一栏。画面切播，是李奇微的母亲。李母今年五十有四，样子倒不显很老，头发黑多白少，只是脸很黑，穿着一件李奇微淘汰了的阿迪达斯运动服，运动服领口露出一件花格衬衫的领子，一位让人一目了然的乡村妇女。

她先左顾右盼，然后正襟危坐，说："……可以了啊？……好好，嗯，我们家的奇微，是李家第一个正正规规读大学的。他父亲四十出头就走了，也没看到那一天。他很不容易，跟着我吃辛受苦。他这么大了，该成个家。又刚刚支援亚非拉耽误了两年。不过，他一回来，我们家就在城里买了房。我儿子吧，人实诚，不怕苦，勤俭节约。做儿子，是个好儿子，将来一定能做个好男人……今天他上电视找对象好。我听他说一直盯着一个女孩子，也没成。没成好，到电视里找好。我一直看你们这个节目来着，大奇，你一定要带一个回来！"

没有人的话能比李母说得直白、动容。在节目里，这样的桥段的确能煽动观众情绪，通常被称为"泪点"。于是，导播适时地配上了一段歌曲《母亲》的背景乐。李奇微心里却直嘀咕，怨他妈话多没见识，也不跟他事先打个招呼。

洛小雪也被感动了，她说："看到了男嘉宾的妈妈，我也想到了我的妈妈。很深很深的感动。可怜天下父母心，祝愿天下的父母都能平安康泰。所以，男嘉宾，为你和你慈祥的母亲，我的灯，亮着。"现场一片掌声。李奇微依然表情木讷，他总觉自己找对象这事，完全不是母亲说的那个味，更跟洛小雪的灯毫无关系，尽管她的的确确是位“白高美”。

他只想像挨过桑给巴尔岛上的大停电那样，挨过母亲过于郑重的嘱托，或者立刻上前去灭了洛小雪面前的灯。

大停电时，李奇微断断续续给远在国内的丁简发过三四封邮件。像在国内一样，他都通过电子邮件向她吐露衷肠。曾经相隔万里，他比任何人都深刻体味到何谓咫尺与天涯的辩证：桑岛虽远，他毕竟还是去了又回；而如今回到了国内，纵然只与丁简面对面，但他发觉今生似乎永远不能再走近她一步了。这恰如洛小雪这样的女孩，永远不可能走近他一步一样。

出国之前，除了在“白岛咖啡”，李奇微与丁简见面的次数并不多。他只请她吃过两回饭。或许，是怕李奇微纠缠着自己，丁简向他提要求，希望李奇微那些不注意分寸的话，最好不要通过手机发送给他。电子邮件作为一种低碳、安全、高效、隐蔽的方式，被她隆重推荐给了李奇微。

除了写专业的学术论文，李奇微的写作水平实在有限，正好被丁简点中了死穴。每一封电子情书，他都要绞尽脑汁，最终词不达意，弄得跟儿童文学差不多。其实，情书也不过另一种形式的论文，核心不过是向对方充分论证三点：自己充分的真心实意，两人建立感情的对称性和可能性，展望两人结为夫妻的美好未来——当然，不为结婚为耍流氓的情书除外，那属于玄幻类作品，没有任何忠贞可言，可以上天入地随便乱吹。

李奇微一点不懂当中的奥秘，每次他都写得要吐酸水。到后来，他不得不一边抄袭、拼贴，满腹怨恨别人成双成对容易，而自己的恋爱何其之难，连情书都写不好，实在无能至极。

群岛大停电时期的最后一个月，是2月。那一年的2月14日，恰好是农历的春节。游完监狱岛之后，大家安安心心熬日子，迎接这个浓郁丁香气息的情人节春节。

炎热的春节期间，奔巴岛分队的九名队员一直滞留在温古迦岛，整队欢度春节。说是欢度，也就是腊月二十八晚大家共游了一趟监狱岛；小三十，一起到领事馆拍个视频，在春节联欢晚会上向全国人民拜个年；年三十，白天看春晚，晚上到中餐馆“居客隆”的石头城本部吃饭，跟“居克隆”的资深华人老黄老板全家共贺新春。守岁过夜后，个个大汗淋漓地给家人打电话，电话的那头，国内已经是大年初一的早晨，全国普降瑞雪。

春节后第二天，奔巴岛分队吕北海副队长就接到电话，说漫长的炎热天已造成了疟疾、霍乱之类的传染病悄无声息地流行，加之水电全断，工作很紧。整个奔巴岛分队要即刻归岛。队长周伟军放心不下，带着李奇微，跟随着分队，第三次亲赴奔巴岛。

2

日后，在写给丁简的“情书”中，李奇微向她详细地介绍了这第三次赴奔巴岛的情况。像他写给丁简的每一封信一样，事先写在了自己的日记里，抽空借用邓涌的笔记本，打成一个文本文档，乘着有电的间隙，上网发出去：

JANE，上一封信，你应该收到了吧。参加过穆勒的婚礼后，我渐渐跟他成了好朋友，发现我们两人蛮聊得来的。也有可能，桑给巴尔人从小就爱聊天，在聊天的草棚子里练出来的。像我这样非常不善于跟人聊天的人，遇到每一个桑给巴尔人都聊得来，真是怪了。不过，我很开心。

对了，这封信隔了这么久，原本想在过年那一天发给你的，想送给你最好的祝愿。可是那天太忙了。我们队里全是人，还有很多的事。我连跟我妈通一个电话给她拜年的时间都没有。其实，我也想打个电话给你拜年的。不过，你好像说过年在家相亲，想想，就没敢打搅你。过年期间，我主要协助队长再次修好了发电机。他批准每天发电四个小时，所以机器负荷更大，修修停停，烦死人了。晚上，大家又到华人的饭店里聚餐守岁，实在抽不出空来。

一过完年，我就跟着队长去了奔巴岛。我这是第三次去那里了，在那待了一周，昨天刚刚回来。我们还是乘着渡轮过去，挤在二等舱里，晕船得厉害。奔巴岛在我们这个岛北边，是群岛里的第二大岛，900 多平方公里，接近 30 万人口，有 400 万棵丁香树。桑给巴尔的丁香，一大半是那里长出来的。不过，尽管我们这个岛不算先进，但在我们这个岛人看来，那里是乡下。实在搞笑。

我这次去奔巴岛，还是带着药品、器械、糖果、小点心什么的，也带了不少的蔬菜种子。到了岛上，我们在姆卡尼镇（Mkoani）港口上岸，主要在姆卡尼中心医院服务，这家医院是我们国家援建的，历史悠久。除此，还乘坐小货车公交车‘达拉达拉’，去过查克查克和韦提两个城镇义诊。

因为霍乱和疟疾流行，大家都变成了传染病医师，主要为很多的病人治这个病。其实，我并不很擅长治疗这个，但队长说我是队里唯一能算得上是全科医生的，全科当然包括了传染病，要负起责任来。我虽然是中医学院毕业的，但也学中西医结合，所以还是能顶上用的。

我很佩服在奔巴岛的这些队友，他们生活条件更简陋。他们住的是那种活动板搭成的房子，而且在姆卡尼镇的郊外，围成了一个大院子，周围全是野田，养着一条土狗，名字叫‘华仔’，还是上一支队伍留下来的。院子里有口井，能打上水，有点咸，洗衣服洗澡没问题了。他们还有一台性能比较稳定的发电机，比我们的大，每天可以发上三个小时的电。这点要比我们那儿好。奔巴岛似乎比我们那凉快一点，供电时间又长，晚上可以多开一会儿电扇，好过一点。尽管我又忙又累，但觉睡得比在我们这儿好多了，运气好的话能从晚上一直睡到天亮。

在奔巴岛，我遇到了两个女孩子。一个是从中国来的，叫小洁的女孩子，打扮得怪怪的。她号称自己是‘背包穷游一族’，已经走遍了东非六七个国家，很厉害。我真挺佩服她的，这么大胆，想到哪儿就到哪儿，只不过，也不知道她钱从哪里来的。她说感觉自己不舒服，害怕自己被传染上了艾滋病。检查结果其实很正常，什么异常也没有，我被她盘问得没办法，签了个字给她，保证没有问题，神神叨叨的。

还有一个，就是我以前跟你提过的美国女孩子克里斯蒂娜。克里斯蒂娜的老师，叫詹姆森，跟电视台合作，就是我们在国内常见的那个‘探索频道’的电视台，带着一个科研组和摄制组到这里拍纪录片，拍桑给巴尔猴子的。很不巧，他们也遇到了热带传染病，一个小组的很多人得了疟疾。我就又碰到了克里斯蒂娜。她的豹子还没有找到，不过，能研究研究猴子，也算是成果吧。她研究的那种猴子很奇特，有四个胃室，会偷木炭给自己解毒。克里斯蒂娜也怀疑自己得了上疟疾，我给她检查了一下，并没有发现疟原虫，是多日劳累，造成了一点脱虚和轻微的炎症，给予补液和抗感染治疗，很快恢复了。她的老师詹姆森教授，有肩周炎和腰伤，我顺带也帮他治了治。

总之，在奔巴岛的一周，还是挺忙碌的，挺充实。虽然忙，我觉得对我来说，却好像是一次避暑和休息。更令人高兴的是，就在我们准备回温古迦岛的时候，海底电缆修好了，同时，还吸取教训，架设了一条备用的应急电缆。试送了几天，生活一下子恢复如初。不过只是试运行，明天还得要停电，所以我抓紧把这封信发给你。

另，从奔巴岛回桑给巴尔岛路上，不知是船行驶得平稳，还是我情绪比较好，居然没有晕船。我这是第一次发现奔巴海峡真的不错。奔巴海峡好宽啊，印度洋好大啊，我一看见就惊着了。印度洋的海水好蓝，天也很蓝，水也很蓝，天更蓝，好多的蓝。蓝色的波涛好平静啊，就是起了风，也没有波浪。在船上，甚至可以看到海豚从水面下跳跃出来，好像也是蓝色的。真的，印度洋的海水是那种特别蓝色的。蓝，很蓝，非常非常蓝的蔚蓝。像玻璃一样的蓝真好。我来桑给巴尔的时候，一路上，都在飞机上看着蓝色海洋过来的，但没有一段比得上这里的蓝。终于，回来了，美好的蓝啊，我不知道以前到奔巴岛路上都干了些什么。蓝色的海真令人心情高兴，很想和你一起看看这里的蓝啊。那美好的蓝色令我想起了一句话：

每个人，其实都是一片海，你没有跨越过，就不会真的知道它有多宽阔！

最凉快的问候！

你的朋友，李奇微

3

到奔巴岛的第三天，李奇微与克里斯蒂娜在奔巴姆卡尼镇中心医院见面时，两个人都吃了一大惊。

那天傍晚，克里斯蒂娜正在走廊外的院子里抽闷烟。李奇微跟着吕北海刚从查克查克回来，匆匆忙忙查房。克里斯蒂娜知道这里有中国医生，却冷不丁地看到了李奇微，连忙大呼小叫：“Ridgway，Ridgway！我在这儿！”

李奇微向走廊外一看，竟是克里斯蒂娜，吓了一大跳，忙走到院子里。克里斯蒂娜晒得很红，蜕了一层皮，头发松松地挽在头顶。仅仅一个多月，却比上次见面时瘦了很多，抽着“非洲人”香烟，满脸的焦虑和疲惫。

克里斯蒂娜的那支科考队伍中了疟疾的埋伏，她不得不放下手头的工作，一直在医院里张罗着给他们治病的事。在热带地区，疟疾犹如感冒，是防不胜防的常见病。在吕北海医师的主持下，他们同整个传染病区近三百来号病人一起，得到了非常及时的救治。

到了院中，李奇微惊诧地盯着克里斯蒂娜手中烟卷看。看到了李奇微，克里斯蒂娜惊喜之余，精神一振。她忙丢掉手中的烟，尴尬地说："本地人都说这种烟能防治疟疾，我就试试。"她那尴尬的表情，明显是在掩饰撒谎，但李奇微并没注意，说："不可能，没听过哪种烟能防治疟疾的，别信！"

克里斯蒂娜笑笑，将小半包烟丢掉了，说："是的，我不会信。你为什么到这里，这里可都是传染病人！"李奇微说："暂时在这儿，帮忙！队长说我算是全科医生，全科医生，你知道？什么都能治一点，但都不精通，所以哪里忙，派我到哪里支援。"克里斯蒂娜不禁钦佩有加："Ridgway，你简直太神奇了！"李奇微不禁脸红，道："只是工作而已，没什么。"

克里斯蒂娜的科研和摄制组一共七人，其中五个人都住了院，正接受着青蒿素的治疗。国内所支援的青蒿素药效非常好，副作用远比奎宁小得多。

克里斯蒂娜的老师詹姆森教授也在医院探视他的两位研究

生，克里斯蒂娜便把李奇微介绍给他。詹姆森教授是一个白头发白胡子的老先生，宽宽的方形脸，长得有点像美国著名作家海明威。所以介绍时，克里斯蒂娜特意开玩笑说：“教授最高的学术成就，就是基韦斯特城‘模仿海明威大赛’的冠军。”

李奇微不知何意，只是跟着一起笑了笑。詹姆森教授很认真地握了李奇微的手，感谢他的医疗队天使般的工作。

等到李奇微下了班，克里斯蒂娜便约他到旅馆去坐一会儿。

李奇微犹豫再三，最终还是答应了，乘着摄制组租来的那辆脏兮兮的越野车，随她和詹姆森教授一起到旅馆去了一趟。

他们住在整个摄制组包租的一家旅馆里，条件并非上佳，但在姆卡尼镇，已是归于豪华级别的了。旅馆自备着发电机，24小时送电。摄制组前期的录制和剪接工作，都可以在旅馆里完成。

克里斯蒂娜请李奇微喝啤酒，又是他喜欢的乞力马扎罗啤酒。

大家喝着酒，随意聊天。詹姆森教授则饶有兴致地打开投影仪，把他们一个月来的工作展示给李奇微看。他跟踪研究拍摄的，是一种桑给巴尔群岛特有的猴子——桑给巴尔红疣猴。詹姆森一边抽着自己的烟斗，一边说：

“伙计，这就是我们的主角，红猴子。这些红猴子可不是孙悟空。他们是这里特有的物种。你看，脸是黑的，肚子是灰的，只有背部和长长的尾巴是红色。它们跟世界上大部分的猴群不一样，群落里没有等级，没有猴王，也没有反对者。这种猴子，一大半生活到了人类区域，一小半生活在群岛最后的热带雨林——乔萨尼森林里。这次我们到奔巴岛，跟踪的是生活在人类农庄里的一个猴群，干完这些，我们还要到温古迦岛，到森林里再看一段时间。它们很有趣，热情奔放，已经习惯跟人类相处了。他们跟牛一样，有四个胃室，可以消化粗纤维的植物，所以会偷吃人类栽种的果树叶子、果实，还偷吃村庄里的木炭排解体内的毒。这里的人们因此都叫他们‘毒猴’，认为他们浑身是毒，很少去惹他们。据我们观察，最近几年，它们族群数量在持续增长，真是一件令人高兴的美好事情。”

李奇微对上蹿下跳的猴子其实一点兴趣都没有。他听教授的介绍，就跟听队友们吃饭聊天那样，忍不住打了个哈欠。

克里斯蒂娜也察觉到这点，笑着把教授拉了起来：“詹姆森，你快去洗个澡吧，说起自己的研究来没完没了！”詹姆森尴尬地笑了，说：“哦，我得去自己的房间洗澡了。不介意的话，李医生，你就留下来，我们一块吃个晚餐！正巧，我个人有点小困扰，也要向你求诊呢。”

第十六座岛：珊瑚之岛

1

李奇微向队长周伟军请假，说自己的病人、美国科考队队长的詹姆森教授盛情邀请晚餐。周伟军想了一小会儿，最终还是批准了：“晚上九点前回驻地。保障好安全，促进国际交流，好事！”

获准留下吃晚餐自然是件开心的事。李奇微开心，詹姆森开心，克里斯蒂娜也开心。三人的晚餐就是在旅馆的餐厅用的，很简单的烤牛排、蔬菜沙拉和红香蕉烧羊肉。

其中红香蕉烧羊肉的味道，给李奇微留下了深刻的印象。非洲的香蕉有黄青红三种，只有黄香蕉被视为水果，青红蕉都被视为蔬菜。李奇微吃的，正是这家旅馆的招牌菜，舌尖上的异香令他非常受用，暗自想归队后建议大老黄做做看。

有詹姆森在，克里斯蒂娜跟李奇微聊得很少。用完餐，詹姆森请李奇微到自己的房间来。他到桑岛后肩周炎发作，腰部大学时代参加橄榄球赛落下旧伤也复发，困扰不已，睡眠难安。李奇微给他做了简单的推拿，缓解缓解，并邀请他明天到医院去做针灸治疗。詹姆森也是第一次接受中医治疗，欣然应允。

忙完了这些，三人依然开着越野车回医院。詹姆森还要去照顾他的研究生和合作者们。到了医院门口，詹姆森下车，换了克里斯蒂娜到驾驶舱，继续送李奇微回分队驻地。在坦桑尼亚开车如同在中国香港，遵行英制，靠右行，打右舵。克里斯蒂娜没有换考坦桑尼亚的驾照，属于无照驾驶。所以，詹姆森一再嘱咐她小心行驶。听了他们交谈，坐在左边副驾驶位置上的李奇微，不禁暗自捏了把汗。

两人开的车在姆卡尼镇狭窄、曲折的街道上行驶。不得不跟牛车、驴车、末班的“达拉达拉”挤在一起，缓慢前行。克里斯蒂娜问李奇微：“詹姆森这人如何，是不是有一点老俏皮？”李奇微诚实说：“他口音怪怪的，吃饭时讲的那些有趣事，我实在听不懂。”克里斯蒂娜笑笑说：“哈，威尔士英语。”

两人都沉默了。堵车堵得令人心慌，克里斯蒂娜摸了摸汽车的储物槽，查看是否有口香糖之类，却没想，竟摸出了一支烟。她叼在嘴里，歪过头，用嘴努了努李奇微面前的储物箱，来了句经典的“劳驾”。李奇微打开储物箱，翻了翻，翻出一只佐普打火机，为她点上烟。

李奇微突然想起什么来，问克里斯蒂娜：“嗨，克里斯蒂娜，能问你一个问题吗？”

克里斯蒂娜深深地吸了一口烟，笑着扭头说：“当然可以。”

李奇微问：“我就是想问问，所有人，白的，黑的，黄的，高的，矮的，中国的，美国的，非洲的，是不是都一样感受，孤独，欢乐，痛苦之类的……嗯？”

克里斯蒂娜侧过脸，眯起眼看了李奇微一眼，用左手小拇指挠了挠眉毛尖，说：“当然，当然如此了。你刚才按摩詹姆森身上的那些小点，还有我的，跟你们中国人的，不一样吗？”

李奇微知道她说的“小点”是指“穴位”，便笑了：“当然一样了，都是人嘛。不管哪种人，五行经络气脉都是一样的。”

克里斯蒂娜点点头，又吸了口烟说：“我看来也是如此。”

李奇微就问了：“肤色啊，民族啊，就一定是两人之间很大的差异吗？你觉得做白人好还是黑人好？”

克里斯蒂娜又挠了挠额窦，转过脸，很认真地说：“哦，Ridgway，你太搞笑了。我从来没有从自己的肤色中看待过我自己，从来没有。我唯一能看得到自己的，就只有自己的内心。再从自己的内心看到别人，难道大家差别很大吗？斯拉夫人、盎格鲁—撒克逊人、中国人、桑给巴尔人，有多大的不同？”

李奇微也挠头说：“是啊，我也这么想的。那么诸如宗教啊之类的呢？”

克里斯蒂娜猛抽了一口烟，烦躁地按了按车喇叭，说：“嗨，别跟我提什么宗教。我的爷爷的父亲带着爷爷，从欧洲到犹他州，把家传东正教一起带来。爷爷死后，我一向正统的父亲突然宣布改宗，信奉摩门教，而且是加入了‘根本教派’——我们都知道他的信仰是什么，他只不过希望母亲能包庇他无度的情欲和他可耻的情人们而已！宗教没有问题，问题只是人。我永远都不会原谅他！”

李奇微听不懂她话中诸如“摩门”和“东正”之类词的意思，但最后一句话还是能听懂，顿时觉得十分尴尬，只好翻着打火机盖玩。

克里斯蒂娜依然愤愤然地自言自语：“克拉克到了这里不久，就越来越多地跟我谈论本地伊斯兰人的信仰问题。他难道是对娶四个老婆感兴趣？把别人看成无知，是最大的无知，也是最大的无耻——我想，我们完了！”

李奇微一怔，觉得要接上她的话非常困难，只有保持沉默为妙。两人又开始无言可对。

2

车终于开出了姆卡尼镇。

驻地在镇子西北方，距镇子也就只有五六分钟的车程。李奇微心事重重，以至于导航有误，带着克里斯蒂娜往正西方走了足足一刻钟，才猛然发现走错了路。两人只得下车，费了好大的力气找农夫问路，再往回走。

李奇微玩着打火机，跟着克里斯蒂娜一起在乡村的公路上颠簸。他突然想起了什么，惊呼一声："克里斯蒂娜，你抽烟可不是为了防疟疾，而是平时就爱抽烟，是不是！"

克里斯蒂娜生着闷气开车，冷不丁被他一吓，手一抖，车滑行到了左侧，与迎面来的一辆小皮卡擦身而过，又吓了一身冷汗。待开回右侧后，她哈哈大笑说："Ridgway，你要相信我，戒烟很容易的，我已经戒过一百回了。谢天谢地，我又不是在抽大麻！"

李奇微摇摇头说："很多东西上了瘾，自己也说不清什么是对，什么是错。只有瘾头大一点，更大一点。"

克里斯蒂娜又正色道："我坚信，我一定能克服它！算了，来听听托尼的碟。"她把一张光碟塞进了车载音响，正是他俩在冲浪酒吧里听到的艾灵顿公爵的爵士专辑。

音乐响起，克里斯蒂娜又不说话了，她在想些什么，时不时扭头看看李奇微，终于说：“或许，你说的对，Ridgway。我们这一生能用以改变自己的时间实在太有限了，以至于根本来不及想想自己什么是对的、什么是错的——这话也是我爷爷说的。对不起，我总是提起他。当我父亲在拉斯维加斯做他的花花公子的时候，爷爷努力想对我扮演父亲的角色——其实，他在世时，我像我父亲一样反感他。但是，我很爱他。”

李奇微就有点抑郁了：“你很幸运了。我不一样。我爷爷和父亲活得都不长，都死于小脑萎缩。50%的遗传概率。嗯，所以我记不得他们任何的事情。哪怕是责骂我的，也没有。”

克里斯蒂娜突然把车停下了，注视着李奇微，结结巴巴地说：“Ridgway，非常抱歉，我并不是故意的。听到这些，我太……对不起，非常抱歉。你也太……”说着，她用搁在挡位上的左手握住了李奇微的手，目光中满是同情。

李奇微抽出手，淡淡一笑：“没事，真没事，我只是偶尔才想起这些往事——快开车吧，我们得快赶回去呀。”

终于到了驻地大墙外，距离近百米，李奇微就让克里斯蒂娜停下车。汽车马达声，则惹得院子里的那条叫“华仔”的狗汪汪叫个不停。李奇微下车，向克里斯蒂娜告别，走了十来米，克里斯蒂娜突然从越野车窗探出头来喊他名字：“嘿，李奇微，你能告诉我，中文里一见钟情是什么意思，嗯哼？”

说完，克里斯蒂娜呵呵一笑，道了声晚安，猛地挂挡踩油门。越野车嘎一声拐了大弯，扬长而去。李奇微转过身，愣在那里，瞠目结舌……

“男嘉宾，你能否大胆地告诉我，刚才‘绝对隐私’里，你的队友所爆料的那段异国恋，究竟有没有结果？还有，外国的女孩，跟我们中国女孩子，难道差别很大吗？”

——二十一号女嘉宾名叫薛丰，二十五岁，职业是一位空姐。经过节目组的挑选，理所当然的美女，高挑身材，高鼻梁，披肩发。她跟七号和九号女嘉宾争来了这次问答的机会，选择了“真心任意门”。

按照《相亲&相爱》节目“相亲点点通”环节规则，“真心任意门”可以给女嘉宾提供一次玩“真心话大冒险”的机会。她可以任意询问男嘉宾一个问题而不受约束，男嘉宾限时三十秒内回答完毕。这个环节很绅士，也给男嘉宾制造过很多的尴尬，比方有女士问过诸如“你月收入到底有多少”“你是不是处男”还有“你究竟觉得自己对我是一见钟情吗”之类，越怪异、越赤裸裸，则越有杀伤力。由于高清晰的摄像机聚焦，能给出男嘉宾最精细的面部特写。所以，任何“非真心话”，在紧急状态中，都能通过其面部表情暴露无遗。

李奇微发愣了足足十秒钟。在主持人催促下，他才慢慢开口回答：“女嘉宾，我很负责地回答你第二个问题：外国女孩和中国女孩没有任何差别，大家都一样，都很好！我要告诉你的是，没有笼统的外国女孩子或者中国女孩，只有很具体的某个人。至于第一个问题，首先，我们队里的六十六条军规不允许；其次，我们没有……”

三十秒时间到。主持人叫停，笑着说：“尽管我们的二十一号女嘉宾已经违规，一下子给出了两个问题。男嘉宾还是很绅士地都给回答了。可惜时间到，我们得把宝贵的时间留给下一位。七号、九号，刚才，你们想选择哪一项？”

七号女嘉宾摇了摇头，说：“我也想选择‘真心任意门’的，但被二十一号选去了。我没有了。”随之，她熄灭了面前那盏灯。九号女嘉宾稍稍犹豫片刻说：“刚刚听了男嘉宾的回答，我决定放弃了。”她熄灭了灯。唯有二十一号留下了那盏灯。

3

回到驻地宿舍后，李奇微开始了失眠，他想得太多太复杂，以至于真的一夜都没能合眼。

第二天，克里斯蒂娜早早带着詹姆森到医院找到李奇微，并说她也感到不舒服，很害怕得疟疾了。李奇微带着她去找吕北海医师就诊，吕医师查了查，并不认为有任何害疟疾迹象，只认为是疲劳过度，建议稍稍补液抗感染，注意休息就成。李奇微则给詹姆森做了腰肩部的针灸治疗，效果比推拿显著，让这位专攻生物学的科学家惊叹，非常有兴趣要跟李奇微探讨其中的道理。

克里斯蒂娜到姆卡尼镇医院输液治疗的最后三天时间里，李奇微一直躲避着克里斯蒂娜。他觉得自己真累，绕了半个地球跑来躲着另半个地球外来的一对情侣。他有时很后悔，后悔打了这一张“泰坦尼克号船票”，换来现在无尽的烦心事。而且，他只会感到很烦很纠结，从不敢想其他什么，比如坚持“一见钟情”到底。他根本不敢去想，克里斯蒂娜或者克拉克两人，到底是否懂那句中文。

在奔巴岛最后一天，吕北海带着李奇微渡海去一趟奔巴岛附近的密萨里岛巡诊。

密萨里岛在姆卡尼镇西北部，乘坐桑国海警的缉私快艇在印度洋里飞驰，不到一个小时就到了。这个岛是一个非常典型的珊瑚小岛，是奔巴主岛的小小延伸。沿途风景非常好，海天一色的蔚蓝，海水清澈见底，可以看到海底层层叠叠的珊瑚群，直如同梦幻般招展。

可是无论吕北海还是李奇微，都没有心情看风景。岛上的国家公园的工作人员间爆发了霍乱。一支桑国卫生队已经进驻隔离治疗，还需要更好更有经验的医疗专家入驻指导。医疗队的传染病专家吕北海义不容辞。

密萨里岛被密密层层的原始森林所包裹，几乎没有经过任何的人工雕饰。四周的树主要是红树林。红树林的叶子仍然是绿色的，只是落叶颜色像枫叶。这些树木耐盐，不怕海水的腐蚀。涨潮时，树干三分之二都淹没在海水里，却依然郁郁葱葱，枝繁叶茂。由于海水长年的冲刷，许多的树根裸露在岩石之外。可见它们根系发达，盘根错节，牢牢地拴住树木，像海上的栅栏一样护卫着小岛的生灵。

从快艇上下船后，在岛上工作人员的带领下，吕北海和李奇微穿越这厚厚的红树林向隔离病区进发。他们两人都用大旅行包背着重重的药品。树木郁郁葱葱，脚下的落叶纷纷，走在上面感觉很松软。穿行于林中的，感觉就像是在原始森林中探险，奇形怪状的藤蔓重重缠绕，树影婆娑间，长着蓝色阴囊的桑给巴尔公倭从猴到处吼叫跳跃。不时，还可以撞到一条条斑驳狰狞的蛇。

穿过外围的树林，岛内还有白沙滩和珊瑚礁。海水很浅，但需要蹚着水走过去。水下全是各类硬珊瑚、软珊瑚、海胆、五彩的热带小鱼和各种蟹类、贝类。因为从无人来惊动这些生物，它们一如几万年来那样活得自由自在。

两人很小心地蹚着水。岛上工作人员提醒他们千万小心，别踩到那些有毒的海胆，不然要用木瓜汁涂上半个月才能解毒。

穿过这一片浅滩，两人进入搭满了帐篷的隔离区。隔离区四周都被用网拉着，很像监狱岛上的龟园景区。两人进入后，卸下背包里的药品，穿上防护服，戴上口罩。岛上原有十五位工作人员，已经有八人被感染，都在帐篷里接受补液治疗。吕北海仔细看了桑国医生交给他的报告：只有两人是重度感染，其余皆是中度、轻度感染，也都是最常规的O1群霍乱弧菌感染。

看完报告，吕北海就进入帐篷病房，对每个病人仔细巡诊了一番，并完全认可了桑国医生的报告。由于在这个岛上工作的都是些非常精壮的中青年男子，没有老弱幼残，抵抗力都很强，他心里也安定了不少。巡诊完毕，他走出帐篷，笑着对李奇微说：

“没吓着你吧，小兄弟？其实，只要是从‘非典’那年走过来的，看这些小霍乱也没啥，是最熟悉不过热带的老对手了。不要紧，常规输液治疗就成了，你就不用跟着我留下了。下午，你要回温古迦岛。这样，你去消一下毒，现在就跟海警们回去吧。这里有我在，就没问题了。”

李奇微有些感动，还想申请留下帮帮吕北海，可最终，还是听从了他的安排。出国之前，所有医疗队员身上都接种过至少20种传染病的疫苗，但李奇微周身消毒后，仍然按吕医师要求又口服了灭活弧菌的联合菌苗。

他在隔离区的隔离网外向吕北海挥手道别。刚跑出几步远，吕北海就在身后大声喊话：

“慢点走唉，小兄弟，步子别太急！这里真是好风光。跟这岛上的美景相比，小小霍乱微不足道。哈哈，你走回头路，正好可以稍稍慢点，欣赏欣赏。美景难得，一定要懂得好好欣赏啊！”

第十七座岛：重生之岛

1

李奇微跟着周伟军从奔巴撤离的时候，心里无端地恋恋不舍。他品味到了醇厚的牵挂，这种恋恋不舍，甚至比他从国内出发时向妈妈和丁简挥手作别还要强烈。他不知道自己放心不下的，是吕北海医师，还是克里斯蒂娜。然而，有了这种牵挂，他的心情格外豁然开朗，渐渐发现自己没有了晕船感，可以趴在船舷上，欣赏一直被他所忽略的印度洋美景，而且一看就是两个小时，完全醉在了桑给巴尔印度洋那种宝石般的碧蓝当中。

渡海回到温古迦岛的石头城当天，海底电缆已初步修复，全岛迎来了三个月以来的第一次送电。强劲的电流从桑给巴尔海峡穿过，再一次点亮群岛。医疗队队员们听到广播送电的消息，简直把它当做一次盛大的节日来临。个个奔走相告，闻者无不手舞足蹈，好似群岛从恶名昭彰的印度洋海啸挣脱出来，获得重生一般。

到了晚上，终于可以放开手脚用电：开空调，开电扇，开冰箱，上网，为所有需要充电的电器充电。百十天来，大家是第一次感受到三十度以下的室温，蓦然发现，时隔这么久，很多人的皮肤已经忘掉所谓“清凉”的感觉了。空调不过设定到二十八度，就感到浑身起鸡皮疙瘩，好似一下子跌到了寒带。

电送到了，李奇微也很高兴，但感觉并没有自己的队友们那么强烈。跟整个群岛上生活着的人们一样，“酷热”已经融化到了他的毛孔里，变成了一件隐形的外套。吃饭睡觉，工作生活，乃至洗澡，都这么捂着，不以为意。

他等着电流，只是有其他迫不及待的事要做——发一封电子邮件给丁简。由于距离发送上一封邮件的时间太长了，李奇微的迫不及待都有点病态了。他蛮不讲理地赶走邓涌，霸占了他的笔记本电脑，将自己在奔巴岛上记录的日记翻出，打了一封长长的电子“情书”发给万里之外的丁简。

丁简打开邮箱查看李奇微邮件时，窗外正下着那一年冬天的最后一场鹅毛大雪。午夜十一点钟，漫天飞舞的雪花，时时撞得玻璃窗扑扑响。

备完一天的课，丁简将厚厚一叠学生作业簿垫在膝盖上，支起胳膊端着一杯冲好的热气腾腾的奶茶，上网，浏览新闻，看看英文电影，看看最近热播的《相亲&相爱》节目。最后，她感觉困了，准备休息，某种就这么不经意地打开邮箱，看到了来自“Liqiwei522”的邮件。

她点击打开，看到的是李奇微记下的流水账。讲述了非常遥远的一片群岛，非常遥远的一群人，非常遥远的一些事。虽与自己毫无关系，但很令人向往。雪落的寂静，倾诉着遥远群岛生活的纷繁，起初令丁简充满了羡慕。她就手托着腮，把奶茶搁在一边，一句一句地往下看。不知为何，看着看着，丁简觉得自己眼眶酸楚并慢慢湿润了。

她可以听见李奇微说“蓝，很蓝，非常非常蓝的蔚蓝”，并为他的那种欢愉所感染。她又听见了李奇微的大声倾诉“蓝色的海真令人心情高兴，很想和你一起看看这里的蓝啊”。鼻子一酸，眼泪似落雪般悄悄落了下来。

女孩子，就这么容易被打动。是内心的柔软，与李奇微本无关。一直以来，丁简对李奇微没有动情的感觉，无论从理智还是情感，甚至总觉得他这人可笑。她和他面对面，永远只有一种感觉：就是这个人跟自己有什么关系？不喜欢就是不喜欢，丁简从来不会欺骗自己，也从不愿委屈自己。

她曾经常常设想，如果某一天，自己与李奇微可以重新相遇一遍，不是在“白岛咖啡”那局促和不知所措的，而是相遇在《相亲&相爱》节目的录制现场上，面前有一盏可以做二进制选择的灯。大概不到两三轮，她就会毫不犹豫地灭掉了他的灯，连同一年来的那百味陈杂的纠缠不休，一起轻轻熄灭。一了百了。

2

令她突然感伤的，主要还是因为她自己。受李奇微来信的触动，像剥竹笋一样，丁简慢慢剥落自己的青春年华，忽然，觉得它似乎太过于空空荡荡，除了里面所包裹着的一块坚实的寂寞。她已经相过很多次亲，见过很多的男士。若光阴倒转到进入大学读书的那会，她绝不会想到过，与一个人相爱，将会这么困难，成了青春时代最累赘的记忆：

二十三岁毕业工作，师范大学里隐秘而懵懂的感情告终，和高大英俊的体育系男友相互祝福，各奔东西。短暂的忧伤过后，渐渐开始忘记了男友胡茬子的坚硬，连梦到他的脸也变得模糊。在父亲的安排下，进入这所学校任教，完成她一直以来的梦想，成为了一个英语老师。

二十四岁，依然无忧无虑。收到父亲的生日礼物，开动人生中第一辆小汽车上班。拒绝了很多男同事的盛情邀请。面对女同事们的飞短流长，被谣言吓哭了。突然有一天，也就意识到自己已经很大了，不再是小女孩，成长只在一瞬间发生了。

这一年，她越发喜欢外出旅游，也不断参加大学舍友的婚礼，每一次的欢闹过后，都凭空添了一丝落寞。

二十五岁，渐渐发现自己脾气变了，慢慢“愤青”了起来，对工作和上司的微词渐渐多了起来，被父亲斥责。突然有一天，连母亲也斥责她时，就猛然体味到了什么叫“孤单”。非常想搬出家去住，又没有勇气提出来，便慢慢感受到了生活的硬度。学生们评出学校年轻老师中的“四大美女”，她并不在其列。虽是小孩子们间玩闹，但她在乎了，第一次发现，自己并非很多人盛赞的那个“白雪公主”，其实只是一个很平常的女孩子。就很想和谁牵一牵手，可眼中的“帅哥”已经越来越少，非常害怕自己讨厌异性。同学舍友们不断发孩子的照片给她看，她也第一次觉得，孩子其实比宠物可爱多了。

二十六岁，第一次在母亲的催促下相亲。在一个叫“开心”餐馆见面，度完了紧张的三分钟，笑呵呵地看着对方，像演戏一样完成整个过程。开车回家后洗完澡，才想起来发个短信说拒绝。坚持把汽车让给了母亲使用，自己花钱买了一辆小巧的电动车上班。在学校申请了一间小宿舍，陪学生上完晚自习后，闷在里面听歌看电影，陡然间把孤单变成一种享受。奶奶病逝，临终前拉着她手说不想死，怕到那个地方看到已逝世多年的爷爷。这一年的下半年，小小地恋爱了一阵子。只有不到一周的甜蜜感，只剩下两人无尽的角力。最终，对方先于她几秒钟说出了“分手”两个字。

二十七岁，已经陆陆续续相了六次亲。到一个叫“罗马皇庭”的高级商务会所，与父亲战友所安排的第七位优质男士相见。感觉是一如既往的差，依然硬着头皮聊下去。听到伤感的情歌，禁不住落下泪来，让对方手足无措。坦然地被人叫做“大龄剩女”，开始慢慢关注婚恋网站、相亲节目，成了《相亲&相爱》的忠实观众。享受一个人逛街，怯于在镜子里看到自己背影，也越发怯于批评自己的学生早恋是错误的。这一年的冬天，她听同事的介绍，本城有人倡导“斯文英语”运动，建立了一个“英语角”，据点在“白岛咖啡馆”。她就怀着好奇心到“白岛咖啡”去，冒着那一年入冬的第一场大雪，乘出租车到“白岛咖啡”去，与二十九岁的中医师李奇微认识了，开始一段更加烦恼不堪的情感旅程；

二十八岁，花了大半年的工夫，努力摆脱李奇微的纠缠。父亲行将卸任区长，退入了二线。有一天，他突然跟她说，眼睁睁看着母亲病逝，女儿一直这么孤孤单单，觉得自己欠她们太多。那一刻，她发现他也老了。她告诉父亲，没事，爸爸，那是我自己的事。第一次主动约李奇微出来吃饭，只是想告诉他不要等了。李奇微感伤不已，于是说出了相识以来最煽情的话：“你放心，我要走了，到遥远的地方，到非洲去，当我回来时，希望看到你幸福。”她就开玩笑说，你总算有点文艺范了，可为什么这个不说去欧洲或者美洲，巴黎或者纽约，难道你要去开普敦看世界杯啊？李奇微一脸茫然与无辜，说，没有啊，我就是要去非洲啊。她笑得更开心，总算在李奇微的谎言中发现他一点点可爱的地方——可当得知他真走了，陡然间，她感到了一丝歉意，很后悔没有去送他。

二十九岁，上班下班。年初，陪父亲去打保龄球，无意当中，认识了现任男友。这件事，父亲不说破，她也不说破。三十三岁的他光环夺目，知书达理，成熟稳健。两人像设想的那样恋爱了。青春被幸福轻轻揽住了腰。陆陆续续收到了李奇微从遥远非洲发来的电子邮件，还有附带的大量风景照。忽然很羡慕他。

这一晚，雪是如此繁丰，以至于让她重遇了李奇微。她忽然想到，这个一年来，这个一直与她最无关的男子，其实，给了她最多的慰藉。她有点愧疚，有点幽怨。愧于对他太冷淡了，害怕将来或许没有别的男士，会在这么遥远时空上怀念自己。怨怼自己的不幸，想要的那个人总是迟迟未至，以至于自己越来越弄不清自己究竟要什么了。

这一晚，丁简的内心，像纷纷扬扬的落雪一样丰盛，一些莫名情愫在蜕变与重生。她觉得自己已经无法战胜刻骨的孤独了。

3

炎热过后，另外一个雨季在群岛上空充分酝酿。酷暑也在渐渐消退，遍布群岛的丁香树在千枝万枝上悄悄结蕾。这些花蕾饱满、结实，如钉子般钉满了树枝，牢牢地把一个热季所吸纳的似火热情攒住。只等两三场酣畅淋漓的大雨过后，就会全部开放，再一次用野蛮而霸道的香气君临群岛。

纳兹莫尔医院内那棵丁香树也结满了花蕾，八米多高的金字塔状的树冠犹如长满花骨朵的绿云飘在头顶。某一天，李奇微经过树下时，注意到了整棵树充斥了叽叽喳喳的鸟雀叫声。他仰头看去，都是些麻雀般大小的鸟儿在飞来飞去地叼着草叶在筑巢。没过多久，整棵大树上挂了不少像倒挂的绿袜子一样的鸟巢。倘若阳光充沛，大树就像圣诞树一样熠熠生辉。

李奇微看得发愣，忽然想起小学课本讲过的一篇课文《缝纫鸟》：坦桑尼亚，海岛，勤奋缝纫的鸟儿，风雨中摇落的鸟巢，一字一句，历历在目。当年在小教室里的想象，陡然就变成了眼前所见。那个灰蒙蒙小镇边上的乡村课堂，却变成了非常遥远地方的想象之物。连同被父亲追着打所跑过的那道乡村土堤，一下子被这一树的非洲灵雀给翻倒出来了。

这令他有些激动，开始知道想家的滋味，什么叫往日重来，开始深深想念在乡村小学校里奔跑的那个自己。他也因此有了一种珍贵的体味：

想念起什么，一定是件互为因果的事。因为当年那个捧着课本的那个胖小子注视过万里之遥的现在，所以，此时此景的李奇微能把当年唤起，从懵懵然变得百感交集。

李奇微因而联想，自己曾唤起过谁，丁简，或是克里斯蒂娜？他非常难以确定。

试送电只维系了两天。电真正全部恢复，还要明日复明日地等。又等了整整一周，群岛方告复明。电力恢复真是一件好事，有电到则有水到，物资也不再变得紧缺。整个群岛一下子变得秩序井然，政府不需要费尽心思地到处调度物资。也没有了每晚排着长队驮水的拥挤与混乱。群岛变得安静很多，任何一处仿佛都在努力充电蓄能。

李奇微回到石头城后，同队的护士孙颖被派去了奔巴岛支援。不久，他又接到了克里斯蒂娜的电话，告诉他整个小组的疟疾已痊愈了。他这才放下心来。

医院的中医科不能缺少中医师。李奇微去奔巴岛的七天，他的重要性油然凸显。一些疑难杂症的患者，从桑国的政府官员到一些老华侨、在桑岛经商的华人还有当地许多普通居民，已经排了长长的号等着他。李奇微一回来，就变得相当忙，忙得几乎忘记了去查看丁简有没有给他回信。

医院也看到了李奇微的忙碌，给他新配了一位助手——高大英俊的帅哥医助沙雷。沙雷是个典型的东非人，皮肤黑得发亮，身材魁梧，比李奇微高上一头，穿着一件浆洗得有点发白的绿衬衫和陈旧牛仔裤。沙雷是桑岛上的少数民族人，细看之下他长相跟大部分桑岛人还有所别的：鼻子不扁平，嘴唇也不太厚。

沙雷毕业于桑给巴尔卫生学校，是一位助理医师，对中医怀有浓厚的兴趣。跟李奇微性格倒很一致，他是个平素沉默寡言的人，光干活不说话。两人相处得非常融洽。从第一面开始，他就称呼李奇微为师傅，是非常清晰的中文，也不知道他从哪里学来的。

初到李奇微的诊疗室时，李奇微请他把两只经常入室骚扰的热带斑蜥蜴打死。沙雷挥挥手说，“不不，它们不咬的人，不能杀死他们，赶走就成。”说着，把两只形神可怖的蜥蜴给抓出窗外放走了——这件事给李奇微留下深刻的印象，一下子对沙雷感觉亲和了很多。

电力送到了，丁香花又将要开放了。李奇微带着沙雷忙碌了一阵子，某一天，发现前来就诊的病人突然变少了，搞得他很是纳闷，一问沙雷才知道，原来群岛正进行着一次总统大选。

群岛的大选尚未结束，根据中国总理去年在沙姆沙伊赫与非盟签署的援助协议，国内新近援助一批价值20万元的药品和医疗器材，已践诺由中坦航公司的船运抵石头城的码头。

连同这些援助物资过来的，还有国内的一纸公文。吸取了大停电期的教训，国内决定出资改造一下石头城医疗队的驻地，装修一下居室，增建蓄水箱和太阳能电板，以让队员更好地生活，整个工程就由修建阿玛尼体育场的那家老相识的工程队来做。

李奇微跟着周伟军到码头上签收了物资。同时，得知了驻地要重新装修的消息。他是非常高兴的，心想，至少不用熬着停电给丁简写信了。想及此，他才记起，自己已完全忘记了查看丁简的回信了。

第十八座岛：奥秘之岛

1

与刚才二十一号、九号及七号女嘉宾一样，二十三号女嘉宾与十四号女嘉宾都同时申请选择了“亮点密码”。二十三号女嘉宾是一位二十七岁的女警察，名叫肖何珊，是一个瘦高个、高颧骨的女孩，她说：“我是搞刑侦分析和法医工作的，觉得和男嘉宾工作蛮接近的。不过，我是看死人，他是治活人。所以想深入了解一下。”她的话引起一阵笑声。十四号女嘉宾名叫戴涵，圆圆脸，短头发，很精明强干的样子。她说：“我是做外贸工作的，去过世界很多地方，见过很多的人。感觉男嘉宾性格上实在、可信，所以想再了解一下。”

这是“相亲点点通”环节的最后一次点播机会了。导播已向主持人做出了暗示，时间稍稍超长，需要赶快进入下一个环节。不过，主持人注意到了女嘉宾们刚刚被激起的勃勃兴致，因此发挥了自主的控场力，挥手示意播放李奇微的“亮点密码”。

“亮点密码”是李奇微在大屏幕上最后一次亮相。他在节目组安排下，精心录制了一些片段：

其一：李奇微悠悠然地打了一组太极拳，并用画外音解说：“我是一名中医师，中医之道，在于调和阴阳，扶正五行，施仁术以解病痛。书中说，大医精诚。不过，我认为，小医也没有理由不精诚，做人没有理由不精诚。精，就是专注，诚，就是认真。在非洲时，我跟我的助手沙雷说过，没有专注与认真，是不能诊治任何一个病人的。中国国医，虽说博大精深，但真正的奥义就在这里。”

其二：画面切换，李奇微打开了一只象牙雕的银针筒，向大家展示道：“这是我爷爷传下来的一套古银针：镵针、圆针、鍉针、锋针、铍针、利针、毫针、长针和小针刀，一应俱全。这套针很好用，肯定比一次性的针好得多。不过老要消毒，不方便，我很少用。这些针中，我比较擅长使用毫针和小针刀——这些针都装在这个象牙筒里的，我有个美国朋友指出，用象牙制品做针筒太残忍。这个问题是历史遗留问题，我努力向她解释过。”

其三：画面切换，李奇微闭着眼在一个陶瓷质地人偶的头顶上触穴用针，每一针都扎得很镇定。他介绍道：“我刚才运行的是‘快乐之针’，在双侧合谷、双侧太冲、百会、印堂用针，能治情志不舒、气机郁滞——当然，真的治疗时，我是不会闭着眼睛的。这一套针法，主治现在越来越多的抑郁症。我们中医一直认为，抑郁症是因为心肝脾气滞血瘀而导致的病变，绝非简单的心理问题。我很希望大家能知道，若有抑郁不可怕，伸出手，我的‘快乐之针’会精诚排忧解难！”

观众中响了一阵掌声。主持人适时地调侃李奇微道：“果然是亮点。三言两语，向我们有效推广中医知识。男嘉宾，你其实很会说嘛。”

现场的李奇微摇头道：“没有，呃，你同事找我录这段时，我先打好稿子的。”这句话惹得大家一阵哄笑。主持人也笑说：“我说嘛，那你这是属于表演性质。哈哈，演得不错。9号女嘉宾，你有什么话要说？”

九号女嘉宾叫董至知，三十一岁，看起来显得比其他女嘉宾更成熟一些。她不是很麻利地说：“我也是一名医生，心内科的医学博士，也是出生于一个医疗世家。刚刚灭掉了男嘉宾的灯。可能是同行相轻的缘故，我一直对中医不尽苟同。但听到了男嘉宾说‘精诚’两个字，突然有点感动。所以，我想对嘉宾说，尽管我们学医一直被灌输这两个字，但是从你嘴里说出来，让我觉得值得信赖，谢谢！”她的话，显然也是打着腹稿说的。

二十三号女嘉宾肖何珊说；“我每年会遇到很多抑郁患者因过激行为而引发的案件。所以，很好奇，男嘉宾，你的‘快乐之针’真的很有效吗？”李奇微想了想说：“正在临床观察中哦，可能对我来说有用。”

十四号女嘉宾戴涵立刻好奇地问：“是啊，你能给自己扎针啊？真是太亮点了。”李奇微回答是的，这没什么，熟能生巧。两位女嘉宾几乎同时问；“难道你有抑郁症吗？”李奇微想了想，很认真地说：

“有的，但不能说就是抑郁症。抑郁感，或者轻度抑郁吧，像感冒发热一样，每个人都会有的。有时候低落的情绪持续太久，就容易有吧。我也见过很多的人，无论是白人、黑人还是我们，都会这样。曾经，我准备告别的时候，发现自己就有点难过得过了头，就有点抑郁。抑郁是一种生理感觉，人像是全身被困在一潭叫抑郁的死水中……”

两盏灯在悄无声息地熄灭。主持人立即抓紧时间进行引导：

“好，‘相亲点点通’环节到此为止。让我们一起进入下一个环节，就是‘相爱’环节。这个环节有两项内容：‘相爱相知’和‘相爱相牵’。各位观众你正在收看的是海滨卫视为你直播的大型公益婚恋节目《相亲&相爱》，我是主持人知非……”

2

“你感觉怎样，不晕针吧？”李奇微慢慢将一只毫针插入克拉克的“百会穴”，一边询问他。

“好多了，就是那个地方。好像一下子被你炸开了一个口子，哦，天哪，那些抑郁的积水一下子排掉了不少。嗯，伙计，你真棒！”

克拉克依然是那么大大咧咧地说着，丝毫看不出身上有任何如他所说的抑郁的影子。依李奇微临床经验来看，他这种情况反而更需要重视。

李奇微板着脸，认真地为克拉克头顶的穴道上送入每一针。李奇微的非洲徒弟沙雷，则在一旁精诚观摩，态度比李奇微还要认真。克拉克因此而嚷嚷：“嘿嘿，两位兄弟，轻松一点。我只是有点抑郁症，你们好像在治疗一个癌症病人！”

两人被他逗笑了。克拉克絮絮叨叨地说：“真该死，我跟我女朋友克里斯蒂娜说将皈依真主，她就不开心，要和我分手。分手就分手。同时，她还指责我，从没有爱上过她，只是喜欢玩弄一个白人女孩的感情——哦，我得向真主忏悔……”

李奇微正在往他的印堂上扎最后一根针，忍不住问他：“为什么说忏悔？难道，你真的是……”他非常想表达出中文里“想一夫多妻”的意思，但苦于词汇量有限，终还是没说出口。

克拉克有点气急败坏地说：“我越反省，越觉得她说得对，我是个坏人。一直以来，我根本没有懂得爱情，只是像那些白小子那样爱刺激，或者别的什么……”

说着，他停顿下来来，耸了耸肩，然后突然“啊”地大叫一声——李奇微这一针扎得有点偏，针头竟斜着刺进肉里。这种情况，对这位“针灸王子”而言很少见。

李奇微立刻帮克拉克用消毒棉签给额头消毒，说：“对不起，我刚刚手有点抖了。不过，这种情况，你的确，应该向真主忏悔！”

为了帮助克拉克彻底治好抑郁症，在沙雷的建议下，大选结束后的周末，李奇微和沙雷带着克拉克去了沙雷的老家一趟。

沙雷的老家马昆多村（Makundo）是石头城南部的一个临海的小渔村，乘坐“达拉达拉”不到一个小时就到了。沙雷有五个兄弟姐妹，他在家排行老大。听说沙雷带着中国医生来了，他的小弟妹们早早带着全村的小孩子在村口等着。他们嘴里大呼“吉以纳、吉以纳”（中国），兴高采烈地簇拥着他们进村。这让李奇微受宠若惊，让克拉克称羡不已。

沙雷全家靠海吃海，依赖捕鱼为业，在村里算是富裕户了，有一栋铁皮顶的房子，鹤立于一大丛草顶泥屋当中，非常显眼。沙雷的父亲是村长，个头不高，有一撇小胡子，精壮结实。他的爷爷也是个精壮结实的老渔夫，笑脸迎客，让人联想到海明威笔下的桑迪亚哥。沙雷全家对中国医生非常有感情，据沙雷说，他奶奶在世时，以往的医疗队给她义诊过白内障，顺带治好过沙雷的小儿疝气。李奇微也就理解沙雷为何这么热情地向往跟他学医了。在桑岛，中国医生受到的尊重，在国内是难以想象的。

李奇微和克拉克一起到沙雷简陋的家中喝茶聊天。通过沙雷，他们才得知这一天是渔村的传统节日——驱魔节。这个传统节日并不属于整个群岛的穆斯林。这是因为渔村里的人不都是穆斯林，而更多的是原住民，村民保持着更古老的萨满传统。

到了中午时分，不知谁在屋外高高地吆喝一声，沙雷立刻带着李奇微和克拉克来到村子中心的一块红沙广场上。全村的男女老少都来了，大家不停在绕圈奔跑跳跃，有人很高地跳起，有人自在自得地扭动跳舞。广场中间一个高而瘦的老太太口中念念有词。全村人分成两队，互相用绳索抽打着对方。沙雷介绍说，这是为了驱病除魔。沙雷说：“我能知道你们怎么想，不过克拉克先生，你也不妨试试。对你的抑郁症，这是我们祖先最古老的办法。”

克拉克听了后，并不拒绝，反而兴高采烈，连忙跳入了人群中狂欢，和一个小姑娘用长绳抽打对方。一边高高跳起，呼声雷动。等到正午，太阳高照，克拉克已经大汗淋漓，浑身湿透。这时，广场中心燃起一堆大火，仪式到达最高潮。众人围着火堆跳跃欢呼，异口同声地叫着“哇咔、哇咔”，并跳起欢快激昂的舞蹈来。东非人几乎都是天生的舞蹈家，很多人只是拍着塑料的汽油桶，也能跳出很好的舞步来。据沙雷介绍，这是说病魔已经被驱除出来，被巫师逼迫到篝火里烧死了。

克拉克尽兴地跳了一个中午后，才跟李奇微一起到沙雷家吃了简单的海鲜午饭。虽然很累，但他的确感到浑身前所未有的轻松。他连声向沙雷表示感谢，并欣然接受了沙雷的邀请，乘着下午的风平浪静，出海捕鱼。

3

沙雷的爷爷是马昆多村里唯一能制作传统独木舟的高手。他制造小舟不需要图纸，也不需要电动工具，只需要一把斧子、一只锤子和一把凿子。完全凭脑子制造这种人类史上最原始的小船。船虽然小，看似简单，但沙雷介绍，要保证船身平稳，做到左右对称，前后轻重匀称，要考虑木纹走向防止船体开裂，要保证鱼虾蟹的容量等等，其实一点不比针灸容易。所以，现在已经没人能继承这门虽原始、却异常复杂的手艺了。

沙雷、李奇微、克拉克和沙雷的爷爷，就是驾驶着两条小独木舟出海捕鱼的。沙雷的父亲不放心这帮老小，便驾驶着他家中也是村里唯一一艘带有柴油引擎的宽大机帆船，远远地跟着他们。

三艘小船在印度洋明媚的阳光下，出海向西南而去。沙雷带着老师李奇微和克拉克划桨，沙雷的爷爷独自一人驾舟。众人皆奋力拍桨，可能是技巧不熟，三个青年六只船桨，并不比沙雷爷爷一人两只桨更快，惹得沙雷父亲哈哈大笑。印度洋里，从赤道源源不断而来的莫桑比克暖流悄无声息把他们推得更快、更远。

沙雷告诉李奇微，要带他们到一个无名海岛附近捕鱼。那里的鱼很多，却没有人敢去那里。村里人传说，因为那是魔鬼岛。沙雷念书出去后，怀着好奇，查阅过图书馆里的古地图，知道了另有隐情，所以敢带着家人去捕鱼。

沙雷说得很神秘，吊足了李奇微和克拉克的兴致。到了沙雷口中的“魔鬼岛”附近一看，不过也是一座非常稀松平常的珊瑚沙滩小岛，长满了一片郁郁葱葱的椰子树。唯一特别的，不过岛上有一座废弃了的古阿拉伯灯塔。

沙雷介绍说，这座岛之所以叫做“魔鬼岛”，其实是印度商人命名的。在古地图里，印度人叫它“修罗岛”，传说岛上住着一个恶魔“路修罗”，专门吞噬过往商船的商人。沙雷考证，其实这个“路修罗”，说的就是东非历史上一位赫赫有名的海盗头子：蒂皮·蒂普。

蒂皮·蒂普是东非海盗的传奇人物，亦商亦盗，贩奴，贩香料，贩卖象牙，无恶不作。1870年，蒂皮·蒂普得到情报，说一支十二艘船组成的印度船队，满载香料和一百桶金银，将经过东非沿海。他便率领海盗阻截。不料，暴风雨抢先一步洗劫了船队，侥幸活命的水手在这附近海域藏好金银，然后逃生，却都被随后赶来的海盗抓获。因为自信对这一带了如指掌，蒂皮·蒂普拒绝了水手们“一半金银换性命”的请求，残忍地将他们全部杀死。当他自信地来到这一片海域寻找时，竟完全寻不到线索。蒂皮·蒂普悔恨交加，觉得是上苍在警告自己，很快就退出海盗界，从此无影无踪了……

“不过，”沙雷说，“村子里的爷爷们，有的说他隐居到了这个修罗岛上，至死都在寻找那笔藏宝；有的说他驾驶一艘鬼船浪迹天涯。我觉得，好莱坞电影里的杰克·斯派洛船长，就很有他的影子。”他说着把船停在了魔鬼岛不远处，随着海浪左右摇摆，伸手指向魔鬼岛。

克拉克忍不住讪笑着询问沙雷：“你有没有到岛上找过宝藏啊？”

沙雷摇摇头说：“我从来不踏上这座岛一步，但非常喜欢在这个附近捕鱼。我们把这里捕上来的鱼叫做‘蒂普的眼泪’，哈哈。我们马赛人谚语说：金银并不能带来快乐，心脏知道你怎么去微笑，魔鬼知道你为什么哭。”

克拉克突然放声大哭道：“哦，我的天。我的过去岁月真够狗屎：被圣路易港区的混蛋白小子们骂成‘带着金项圈的猴子’。后来，我只不过想跟他们比试谁更聪明，我考上他们考不上的大学，泡他们泡不到的妞，比他们更酷地花钱——哦，狗屎，我只是一个劲地把自己变成一泡光荣的大粪。的确，我的心脏知道我怎么会笑，魔鬼岛在看着我哭。”

李奇微和沙雷面面相觑，不知其所云。克拉克嚎完了，闷闷地说：“克里斯蒂娜离开我是对的。我就像那个蒂皮·蒂普，从来没有珍惜过任何改过自新的机会……”

李奇微不住停地安慰克拉克道：“没有的事，克拉克，你是个男子汉，很优秀。我们都一样，都是从内心看到自己，然后再看到别人。我们都一样……”

他还没说完。隔着不远的沙雷的爷爷高呼一声，向他们连连招手。原来他已经拉了头一网的鱼。阳光中，金灿灿的海鱼在老人的网中扑腾翻滚，犹豫拉上了一网金子。沙雷连忙脱了上衣，跳入海中，游向他的独木舟。沙雷的父亲远远地坐在机帆船船头笑着看父亲和儿子，抽着烟，身体随着海浪而上下颠簸，安静又从容。

这一幕，李奇微看在眼里，心头阵阵发酸。

第十九座岛：闪耀之岛

1

一般而言，节目转入“相爱”环节，就算渐渐进入了高潮。几轮展示结束，尽管大部分的灯已经熄灭，依然有七盏灯为李奇微留着，她们分别是二号、六号、十一号、十七号、十九号、二十号、二十一号女嘉宾。

在“相爱相知”项目中，选择权由女嘉宾交到了李奇微手中。李奇微可以向任何一位留着灯的女嘉宾施问，以确定自己留下谁，努力双手“相牵”。在此过程中，男嘉宾的问题太有失水准的话，女嘉宾依然可以灭灯。他有三次提问的机会，也就是说有三次熄灯的机会，每次最多可以熄灭三盏。不过，节目组把“熄灯”，称为“谢灯”。男嘉宾必须感谢女士们的青睐与美意，虽然缘分不足，但相亲一场，能守候至今，应该致谢与感恩。

李奇微已经非常疲惫，情绪低落，沮丧失望。时至此，他已经是硬着头皮将节目进行到底。但他还是很认真地提出了第一问题：

“各位女嘉宾，你们好。有一件事，我很想知道：如果说喜欢上一个人，你真正能为他或者她做的到底是什么？”

他的问题漫无边际，几位女嘉宾面面相觑。许久，六号女嘉宾、化妆师黎春明才说：“喜欢一个人，喜欢就够了啊，还要干吗？难道喜欢不是在做事啊。”

李奇微听了一愣，抬头看了看六号，不禁点了点头，说：“谢谢，你说得对。非常感谢！我原来想复杂了，其实你说得对……”

主持人不禁好奇地问：“那么男嘉宾，原来你自己有什么看法呢？”李奇微坦诚相告：“我原来以为，答案应该是：喜欢一个人，可以为她而等待！不过，我真心觉得黎女士说得更对。非常对。喜欢这件事本身就足够了。”

李奇微的话，说得明显有点情不自禁，沉浸到某种回忆当中去了。因此，十九号、十七号两位女嘉宾悄悄熄灭了自己的灯。

李奇微刚刚的情不自禁，瞬间把他自己穿越到了半年之前：

在丁香花即将再次收获的时节，他恍然想起，自己忘记阅读丁简回复的电子邮件了。匆忙打开邮箱，丁简的信一如其人那样，简洁明了，单刀直入地说：

“你好，李奇微。你的来信已看到。今天天很冷，窗外飘着很大的雪。今年国内特别冷，到了 3 月份，还在下雪，真是很奇怪。看了你的信，我很感动。我最近很忙，主要在准备自己的婚事，忙得近乎繁琐。我是闪婚，婚期就定在下个月，春天来临之时。遗憾，无法邀请你来了。很遗憾，也不能和你一块去见证印度洋的蓝了。祝你在桑给巴尔工作愉快。”

李奇微是在群岛日渐浓郁的丁香香气中读到这封信的。凉爽的清香，并没有使他好受多少。他的失望，跟现在站在《相亲&相爱》节目舞台上是一模一样的。在一瞬间，失望到了抑郁的程度。

他不停安慰自己：出国前，本来就跟丁简说好的，希望看到她幸福，尽管这是一句相当违心、并刻意煽情的废话——他当然更希望她依然“剩着”，被自己的“精诚”所感动，两人的感情发生一点惊天的逆转——然而，她将闪电般地幸福了，自己应该像自己说的那样心安理得，并真的为她高兴。

可李奇微还是很失望，很悲伤，他甚至懒得再给丁简回信了，连虚伪的祝福、客套的恭喜之类的话都不想说了，全身心投入到自己的抑郁当中。他给自己用了两三天的“快乐针”，一点效果都不见。然后，他又把自己全身心地奉献给桑给巴尔的丁香事业，直到铺天盖地的足球和喧嚣不已的“呜呜祖拉”骚扰这个东部非洲最安静的群岛。

大选结束后，群岛上万千棵丁香树含苞待放。这是整个群岛最忙碌的季节。花农们、农场主们以及提炼丁香花油的工厂一改其懒散悠闲的风格，全岛轰轰烈烈地总动员。丁香花一旦完全开放，既不易采摘，花瓣又容易散失，因此所有人都必须要抢在丁香花充分开放之前，不分昼夜全力以赴抢收花蕾。花蕾抢收到手，要及时晾晒成丁香花干，防止它腐败。正是晾晒丁香花蕾，使得群岛的香气达到了这一年中的顶峰，群岛的每一缕清风都氤氲着世界顶级香水的气息。

医疗队员里，老家在农村的，都熟悉这一场景，类似于“大忙”和“双抢”（抢收抢种）。平时闲惯了，“忙”和“抢”得厉害，容易导致生产事故频发，不断有人从高高的丁香树上摔下来，断腿断胳膊，或者是折了腰、扭伤了脖子的。于是骨科医师钱明和擅长推拿的中医师李奇微也“大忙”起来。

他们两人老家都在农村，对这种状况一点也不陌生。只有跟着忙得热火朝天，也算是全力以赴支援群岛的丁香“双抢”。钱明每天至少要开五台刀。穿着厚厚的手术服和雨靴（为防蚊虫，必须浑身穿得严实实），站在闷热手术室里给病人接断骨，旁人看来简直像一场噩梦。不过，他总算挺过来了。

李奇微带着徒弟沙雷，每天都要工作十一二个小时。不过，他也因之得福，很好地消磨掉了失恋的抑郁，而不需要像克拉克那样去村里跳大神。

2

原住地装修，整支医疗队都得搬到另外租住的一栋居民楼去住。租金不算低，条件更简陋，却更接地气。这栋三层的居民楼紧挨着加布海滩，周围都是一些矮小的本地居民住宅。桑岛虽不富裕，但在伊斯兰教规的规约下，民风淳朴，治安尚好，整个医疗队极少有失窃、入室抢劫之类的事情。

因为更接近加布海滩，也为大家踢沙滩足球提供了充分便利，一有空，大家就都溜到海滩踢球玩。周伟军队长起先睁一只眼闭一只眼，后来他独乐不如众乐，也从球盲慢慢变成了足球爱好者，踢起来渐渐上瘾。

由于这段时间医疗队经常在加布海滩踢球，这一块无名且并不十分优美的公共小海滩变得热闹起来。

丁香“双抢”结束以后，每天都会有不少的少年和青壮年涌来踢球。别看桑岛人平时优哉游哉的，运动起来却个个彪悍，肥者横行霸道，瘦者机敏灵巧，攻防有序，控球沉稳。队里自称“小罗纳尔多”的邓涌，在无数次的拼抢中，眼镜撞碎过两回，却没进过一个球。在桑给巴尔，眼镜这类商品被视为一种奢侈品，价格奇贵无比，令邓涌叫苦不迭。

李奇微是业余球迷，或者说一个标准的“伪球迷”。既无天赋，也无志向，只喜欢跑和踢，把浑身的蛮劲发泄一空。凑热闹凑久了，最主要还是跟一群桑岛青少年们结下深厚友谊。每天傍晚，他们都会凑在宿舍楼前坐等医生们下班，一见到他们的影子，就争先恐后地嚷嚷：“吉以纳，吉以纳！”

某日，踢完足球，晚饭结束。邓涌突发奇想，要给这帮球场小兄弟们放映电影。他找到影像医师魏明雯，把队里用来放映幻灯片的投影仪借了出来，搬到宿舍楼下的空地上，接上电脑和音箱，在墙上扯开投影幕放影片，播放的都是些武打功夫奇幻电影，国产的、好莱坞的都有。语言是肯定不通的，但丝毫不影响这些小朋友的兴致。他们被身手不凡、漫天飞舞的中国人弄得如痴如醉，没想到打架也这么好看。

不止如此，放映了三次之后，连周围的居民都被吸引了过来。一旦夜幕落下，投影幕拉开，大家齐声高呼：“吉以纳，点硬（电影），吉以纳，点硬！”像鸣放礼炮一样欢迎义务放映员邓涌登场。然后，里三层外三层，把露天影院围得水泄不通。

邓涌一点开始正式播放影片，很多人高呼：“哇咔邓！哇咔邓！”把他捧得飘飘然。

此举，周伟军博士大为赞赏。全队上下收获了意外的欣喜。像钱明这样年长的医师，很有回到童年乡场上看电影的感觉，几乎是每场必到。王美清嫌武打片、枪战片乌七八糟的，不适合那些跟自己女儿一般大的孩子看，找了不少卡通片给放映员邓涌和李奇微播放。

就这样热闹了两三周，电影里有趣的中文对白，开始被日渐吵闹的“呜呜祖拉”声打搅。这些中国制造的塑料小喇叭出现在群岛，令医疗队员们颇感意外。桑给巴尔的环保主义法规严格到了苛刻，有极为严格的限塑令，要求公民尽可能少地使用塑料制品，特别是使用塑料袋，被视为非法行为。如此情况下，“呜呜祖拉”还是不可阻挡地吵吵闹闹地袭来，只说明一种情况——南非世界杯足球赛来了！

对于群岛居民来说，南非世界杯的如期举行，犹如一场超级飓风席卷大地。纵然南非距离桑岛也有千里之遥，但对于酷爱足球的东非人来说，足球的热闹也是势不可挡的。特别是平日比较安静的群岛居民，在丁香花开的季节忙碌之后，有这等全非洲级的狂欢，自然不容错过。

世界杯每挨近一天，岛内欢乐的气氛就增添一份。这种气氛，让日夜冥思爱情问题的李奇微身不由己地裹入其中，情绪想坏也坏不起来。拉丁歌手夏拉奇唱响了一曲《Waka waka》，像一架重型轰炸机一样炸遍了群岛。这首歌的斯瓦希里语部分，对于李奇微来说已经是耳熟能详了，他多次听到群岛居民原生态地唱过。不过，当他第一次听着世界杯把这首东非斯瓦西里民谣唱得风靡全球，不由得感叹：这个世界的确只有足球一般大小。

3

“Waka”在斯瓦希里语里有“光辉”“光荣”“万岁”的意思，也有“冲啊”“闪耀吧”的意思，很接近于俄语的：“乌拉”。

世界杯开幕之日，自早祷结束后，呜呜祖拉和“哇卡”之声就不绝于耳。那天，群岛放假，整个南部非洲几乎都在放假，全都在为属于非洲的世界杯欢呼。现代娱乐资本与艺术灵感，加上一点本土化策略，三者结合，的确煽情得厉害。当女歌手高唱起：“你好，此时此刻属于非洲！你好，我们都属于非州！”整个非洲的确都在高声喊叫：“非洲时刻！”他们从未体会到如此璀璨的闪耀。

没有人能比身在非洲更好地理解何谓“此时此刻属于非洲”。邓涌和李奇微的电影放映队，已经抗不过众多球迷的压力，每天都要努力上网下载一些球赛讯息放映给大家看。不仅是加布海滩附近的居民，连医院各国的医生们都来凑热闹。各自国家有球队参赛的，自然是狂欢得不得了。没有的，就放开心胸，关心起一个大洲来，为本洲的球队呐喊助威。

世界杯开幕这天，李奇微一早起床，就哼着“哇咔、哇咔”，心境明亮，便觉得自己已经充分被这南部非洲的狂欢气氛所感染，总算从失恋的阴影里走了出来。早饭前，他突然涌来一股子的冲动，发了个消息给克里斯蒂娜，问她是否在托尼的酒吧看世界杯。直到打着嗝吃完大黄做的葱花油饼，李奇微才收到克里斯蒂娜的回复道：“我在南非休假。假期结束后回国交报告。过一段时间回坦桑履行新项目。”

李奇微立刻羡慕嫉妒恨起来，想这个美帝姑娘真会挑地方度假，便问：“看世界杯了？”克里斯蒂娜回复说：“没。在南非高原上考察猎豹。这里到处是你们中国人。”李奇微就不知道该回复她什么好了，只有客套一句：“那一定要保重！”

足球虽有趣，但还不至于把全世界人都发展成球迷。过了许久，克里斯蒂娜又回复她：“谢谢，我很想念你，Ridgway。吻你。”简单的几个词，看得李奇微面红耳赤，握着手机犹如烙铁，不敢再回复她任何话了。

吃完早饭，李奇微继续哼着“哇咔、哇咔”，急匆匆地赶往医院。即使今天放假，李奇微也不能休息。对于中国医疗队的医生而言，休假只是一种假设，紧急的病情，经常让他们二十四小时满负荷地加班。他有一些预约的病人要处理。

李奇微来到医院，一位病人早在等候着。他是一位在东非经商的浙江人，姓茹，五十岁左右，有严重的腰椎间盘突出。在国内时，就一直接受着针灸治疗。到群岛来之后，通过本地华人朋友打听到纳兹莫尔医院有中医科，连忙赶来就诊，已做过两次治疗。

通过攀谈，李奇微了解到这位茹先生在东非做废木料生意。专门收集一些不起眼的废树干、树根，很多是当地人准备当柴火烧的。他告诉李奇微那些木料都是东非黑黄檀，包括黑檀、乌木、黑紫檀、紫光檀、犀牛紫檀。他不买原木，只在东非收购那些看似灰头土脸、毫不起眼的废木料，运到国内，制成各种工艺品、根雕，可以卖出很大的价钱——利润之高，不便透露。这是一个真实的“我的财富在非洲”的故事。

李奇微是由衷地佩服这位精明的浙江人。这次，他还带着一个头上扎满了小辫子的女孩子。又黑又瘦，像一个小难民。一进门，就安静地坐在一边，拿着一个智能手机看有关世界杯开幕的报道。

李奇微为茹先生腰部穴位插满了银针，并和他聊了半天。

那个小姑娘突然高叫一声：“啊！大老李！”把李奇微和茹先生都吓了一大跳。

她兴高采烈地自我介绍起来：“我是茹小洁啊！你在奔巴岛的朋友，被你救了命的！”李奇微这才想起来，这个日渐形似非洲女孩的瘦姑娘，就是在奔巴岛诊治的那个“背包穷游一族”，连忙跟她握手，却被她热情地拥抱一把。

茹小洁正是茹先生的女儿，跟着做生意的父亲到非洲玩。可这位小姐似乎对学非洲鼓和舞蹈的兴趣，远远大于做生意。大部分时间都在东非游逛，名曰“穷游”，实质是“穷尽东非游”。李奇微在奔巴协助吕北海医师时，正好在病区里遇上这位酷酷的女孩。

茹小洁是个小神经，认为自己已经感染疟疾快不行了，连遗物和遗书都交给了李奇微。但李奇微给她检查了不下三遍，一再向她说明，不过是水土不服的头疼脑热罢了。他用了比给她治病还要多上三倍力气，才说服她确认自己死不了。如今不死的茹小洁果然又到他面前活蹦乱跳的，拉着他的手“大老李”地叫个不停，开心得要命。

茹先生对女儿茹小洁能结交李奇微这样的朋友感到很高兴，紧紧握住李奇微手，用浓重的浙东口音说：“李医生给我治疗，就很感谢你了；没想到还是那位救过我女儿的恩人，实在是太感谢你了。你真的是年轻有为啊！”

李奇微被他说得无地自容，努力想跟他解释清楚，从没有救过茹小洁的命，自己仅仅是治好了她的小毛病。结果，他越说，茹先生感激之情越深，到最后，他的脑子里涨满了吵闹的“呜呜祖拉”和激昂的“哇咔、哇咔”之声。

第二十座岛：斋月之岛

1

李奇微向依然亮着灯的几位女嘉宾提出了他的第二个问题：“假如，我是说假如，因为种种情况所限，你必须要等着一个你喜欢的人。在心中，你可以为他等多久？”

李奇微的问题让大部分人感到无从作答。二十号女嘉宾，现年三十岁的余水清反问李奇微道：

“你好，男嘉宾，我的职业是律师。我觉得你在这种情况下提出这种问题有点怪。因为这不是一个真正的就事论事的问题，而只是一种假设。根据假设作出的答案，也是假设的——就如我们女人经常问男人的，母亲和老婆掉到水里你会先救哪一个那样。你觉得这可以作为了解一个至今还为你留着灯的女士参考吗？那么，换成你，你觉得可以等多久，一年，两年，还是八年十年，还是一辈子？”

场上的情感专家忍不住也为余水清的话叫好，插话道：

“男嘉宾，我非常赞同二十号的话。她的头脑真的清晰得不一般。说话单刀直入，很值得一听。我们很多时候，不自觉地为我们感情设定‘否定陷阱’。你这种假设式的否定，就是一例。我们都知道你去了非洲两年。我们也来假设，有这样一个女孩子，在你出国前和你相恋，但她因为害怕这两年的等待，离你而去。你觉得她是对还是错呢？”

李奇微拂了拂额头的汗水，说：“她不错。只能说明我们不够相爱。”

情感专家和余水清几乎同时开口要反驳他。最终，还是情感专家说了下去：“错，你这样说，似乎很悲情。但你是错的。你依然没有看到，爱情是对称的，如果你爱她，为何要把她置于这样假设中？在你的假设中，她变成了你的实验品，而你可以作壁上观。请你告诉我，换成你，你愿意等待她多久？”

李奇微沉默了一会儿，说：“我，可以为她等上两年吧。我没觉得很长啊。”

情感专家笑着说：“你心中真是这么认为的吗，能够等待两年？那么，怎么解释，刚才你队友所爆的料，那位，那位异国恋？”

李奇微低下头，他的方寸立刻有点乱了，道：“那个，只是玩笑……我和她的确也没有……我们……”

情感专家轻声地笑了笑。二十号女嘉宾也果断地熄灭了自己面前的灯，把李奇微孤零零丢在尴尬的独白当中。迷惑中，他听到一个声音在对他说话——

“嘿，兄弟。人们往往只根据他们愿望去闻闻他们愿意相信的事实，而不愿去认真看看现实究竟是什么。大部分时候，他们连自己究竟从哪里来也搞不清楚！”

在美国人托尼的“田纳西冲浪”酒吧里，克拉克邀请李奇微和沙雷一起喝葡萄酒，一边侃侃而谈。葡萄酒是他法国老家普罗斯旺地道的粉红葡萄酒，据说充溢着阳光和紫薰衣草的香气。可惜李奇微和沙雷一点都闻不出来。

“我跟我老爸说我要留在这里。他简直要气炸了。他从来都自己视为纯种的普罗斯旺马赛人，而从不愿正视自己的根，一个在马昆多渔村跳来跳去的东非马赛人。”

隔着三个月，克拉克宣称自己再度陷入了抑郁中。不过这一次，他既没有借助于“白兄弟”李奇微的神针，也没有借助于沙雷村子里的绳索，而是凭借自己战胜了抑郁，战胜了那个黑皮肤的法国老爸。

“我做任何事，这个自以为是的法国佬都会反对：反对我去学习戏剧表演让我学医，反对我到美国去，反对我和克里斯蒂娜交往，反对我因为桑给巴尔的丁香而背叛普罗斯旺的薰衣草……哦，天，我终于可以战胜他了。”

克拉克喝了一大口酒，继续说："我告诉他，我都调查清楚了，我爷爷的爷爷根本不是这儿的什么贵族，他是一个流浪的马赛人。被人从东非大草原上掳掠到桑给巴尔，再从监狱岛被卖到法兰西——但这一点不重要，重要的是，他从一个一无所有的奴隶变成一个富有公民，生出了一连串有骨气的子孙。我们的家族连纳粹都奈何不了，为什么害怕回到这里，认真地面对我们的过去呢？所以，我跟他说，我将留在这里，一直待到我想清楚所有问题为止，可能三年五年，或许十年八年，一辈子！"

李奇微和沙雷都不知如何回答已是微醺的克拉克，但吧台后的托尼这时却高叫一声，说："耶，好样的，伙计！"他微笑着向克拉克竖起了大拇指。

李奇微和沙雷后来才知道，克拉克请李奇微和沙雷豪饮的理由之一，是一年一度的伊斯兰斋月要到。根据《古兰经》中的指示和伊斯兰的教历，今年最尊贵的斋月将从公历8月11日到9月9日，9月10日将为开斋节。这将是克拉克人生中的第一个斋月。进入斋月，他就下定决心要跟酒永别了，所以特邀两位兄弟见证他喝完了人生中最后一滴酒，走上一条全新的道路。按穆斯林的说法，这叫"举意"。

整个世界杯期间，克拉克在抑郁和亢奋中喝下了十几公斤的啤酒，长肥了不下十斤。作为资深的伪球迷，他为南非队、法国队都欢呼过，最终，看着一条大章鱼把金杯判给了西班牙人。世界杯上法国队糟糕、涣散的表现，或许也是令他痛下决心的缘由之一。

2

群岛的斋月，对岛上所有的穆斯林来说，是非常神圣、非常荣耀的一个月。当这个月的新月从墨蓝的印度洋上冉冉升起，看月的阿訇就向全岛宣布，“斋月来临了”。

斋月来了，每天从黎明前吃完封斋饭开始，穆斯林们整个白天都不能吃东西，也不能饮水。同时，禁止一切娱乐活动，直到日落后马上吃开斋饭，算完成了一天的斋戒功课。按照教律规定，封斋的人，必须做到眼不视邪、口不言邪、耳不听邪、脑不思邪，全文诵读一遍《古兰经》，并不许有恶意中伤、造谣污蔑、说谎吵架、偷盗凶杀、赌博嫖娼等行为，算是一次洁身进德的修行。

不过，伊斯兰的斋月对李奇微生活的影响甚微。上次斋月的时候，李奇微刚到群岛，人生地不熟。正巧“世界卫生组织”的总干事长到群岛考察，看望各国的医生。他得跟着忙前忙后凑热闹，完全忽略了这回事。

这一次不一样，早早的队里召集开会，说桑岛的斋月到了，大家要注意尊重本地风俗。说尊重风俗，无非就是白天不要在公共场合吃东西、抽烟或者喝酒。这些事不需要说，谁都不会去干。不过，这些要求提醒着李奇微特别关注了克拉克嘴中所说的“人生中第一个斋月”到来了。

斋月到了，原驻地还在装修，大家依然住在加布海滩附近。不过，原来热闹的生活一下子冷清了不少，特别是跟上个月世界杯期间的热闹相比，仿佛一下子从波峰跌入了波谷。没有人到加布海滩踢球了，也没有那么多人聚集到楼下嚷嚷着看电影了。

群岛如同被调成了静音模式，白天李奇微骑车带着厨师大老黄买菜，石头城的街道，也是冷冷清清。不过，每日太阳西下后的开斋之时，街道上的人会多一些。很多穆斯林会摆出餐桌，免费布施一些开斋的小吃和饮料。布施者和受施者皆很肃穆，李奇微他们遇着了，都远远绕着走。

斋月期间，由于穆斯林忌输液、见血，到医院就诊的病人一下少了很多。大家亦被群岛的肃穆气氛所感，趁着这份难得的安静和空闲，把慈善事业集中做了：

欧盟根据自己的援助非洲计划，向群岛捐赠了一台CT机，几经波折，运送到了纳兹莫尔医院。半个月复杂的安装调试，让影像科的刘以巧医师忙得叫苦不迭。

国内一家大型通讯技术公司为群岛捐赠了一座“非洲希望小学”，领事馆邀请医疗队员都去参加。教历规定，未满十二岁的儿童不需要守斋戒，于是大家坚持饿着肚子，看着小学生们吃完隆重的午餐。

由于处于热带，群岛的紫外线照射强烈，眼疾发病率很高。中国援建的眼科治疗中心挂牌，大量的眼科仪器从国内运抵。用以履行一个新的义诊计划——桑给巴尔扩展计划项目。新建的眼科中心直属身为眼科医生的马加院长的领导，召唤着世界各地更多优秀的眼科医生来为群岛公民义诊。

阿玛尼体育馆全部竣工了，医疗队跟工程队搞了田径赛——居然赢了，可见医疗队员们那么多天的沙滩足球真不是白踢的。

包括赫斯、萨米特、安德鲁等人在内的各国医生的志愿服务陆陆续续到期，也陆陆续续回国，新一批来自古巴、英国、俄罗斯的医生们进入纳兹莫尔医院。频繁地迎来送往，大家倍感同事一场的缘分可贵。

短短一个月之内，纳兹莫尔医院还有件喜事，王美清的医助穆勒添了个大胖小子。临盆时，顺产不成功。王医生带着守斋的助手克拉克亲自操刀剖宫产，接生了这个八斤二两的胖小子。按教规，守斋之时不宜接触血污，但克拉克是治病救人，因此他向真主祷告，问心无愧。

王美清医师真的高兴坏了，亲自把粉嘟嘟的小胖穆勒抱出来，看着他的皮肤由粉色一点点变得油黑。她亲手交给穆勒时表示，一定要当小宝宝的“干妈”。

“干妈”是什么，乐晕了头的穆勒搞半天没弄明白，最后认定王医师要当孩子的“教母”。他便邀请“教母”给孩子取一个中文名。王美清张口就来：“王中非。”

斋月里有一个“吉庆夜”，也就是最后十天的一个二十七号的晚上。这一天，茹先生特异带着茹小洁到驻地向大家告别。他们要回大陆的达累斯萨拉姆，并准备从那里回国去了。临别时，茹小洁还特异送了一串紫檀木的佛珠给李奇微，祝福保平安。一派不伦不类的小儿女状，惹得全队窃笑不已。

新一轮新月将出。9月9日那一天到了，全岛望月的人走出庭院，攀上高高的丁香树枝，仰首西望，并没有看到新月。开斋节因此顺延一天。

9月10日晚，比穆斯林们还要好奇的李奇微、邓涌和裴五一三个人，早早爬上驻地顶楼向东望去。一弯新月从东方冉冉升起，繁星满天，更映衬出了月迹的鲜明。这时，群岛所有望月的阿訇，都在向守了一个月斋的人昭告：“见新月了，明日开斋。”

李奇微看到新月，心里有一种说不出的情愫。一直不为他注意的凉月牙儿，在这个群岛上成了最令人瞩目的天体。他觉得自己能够理解克拉克了，从新月到满月，将新一轮圆满的开端，令人无法不憧憬。

李奇微是真的想家，并且，是真的想有一个家了。

3

开斋节说到就到了。第二天一早，原本十分冷清的石头城街道上，变得异常热闹。凡穆斯林，不论男女老少，皆早早用罢斋饭，洗漱沐浴干净，盛装出行。他们一早就赶往岛上的大小清真寺，做一次隆重的礼拜，集体向麦加方向朝拜，交纳“开斋施舍”。八点半，这个大会礼结束后，人们开始扫墓，走亲访友，到各种集市和公园里游逛，场面上很像国内的欢度春节。

今天医院也放假，队里也放假，大家一起跟群岛人共度开斋节。全队人马，三三两两，各奔东西，带足了摄像机、照相机，都准备给自己留下群岛斋月最后、最美的印象。

一早醒来，李奇微的第一件事，就是联系上徒弟沙雷，一起去看望克拉克。沙雷不是穆斯林，没有守斋，正常驻院工作。他俩赶到克拉克的驻地时，正巧他沐浴完毕，克拉克看到他们来非常开心，连忙捧出准备好的馓子、糖果和点心。这是穆斯林在开斋节的待客之道，克拉克因信随俗。

整个斋月，克拉克瘦掉了一整圈，但精气神十足，目光熠熠生辉，依然“嘎嘎”地谈笑风生。八点钟到了，他并不出门参加大会礼，而是请李奇微和沙雷暂且回避，自个儿到窗前铺开一张羊毛波斯小毯，向北方的麦加朝拜。完了，他笑呵呵捂着心口，跟李奇微解释：“我是自由的穆斯林，直接倾听真主的声音，不需要任何人当我的传教士。”

外面异常热闹，各国的医生们都已跑到街上凑热闹去了。满街都是盛装的男女老少，摩肩接踵。三人出了门去，也没有明确的目的地，只跟大家一起闲逛。走着走着，就走到了海边的旧港口区。

旧的港口区有座赫赫有名的阿拉伯古堡，还是两个世纪前修建的，斑驳残损，很有历史沧桑感。古堡下有宽阔的海滨广场以及古炮台。今天，只要给管理员交上五百先令（约两块钱人民币）的管理费，小商贩们就可以在这里贩卖一整天的东西。古炮台上架着一溜黑铁铸造的古典大炮。有位英语说得很溜的高瘦小贩，在炮台下贩卖黑檀木的大炮模型，一边比划着向游客们吹嘘：

“你们看城堡下的那片海……看到了？它有什么不一样呢？我告诉你们，哈，那里发生过世界上最短的一场战争。从互相宣战，到互相对攻，到缔结和平条约、赔款，战争手续一应俱全。那就是1896年的英桑战争。当时篡位的苏丹巴加西惹毛了英国佬，皇家舰队就在那片海上教训他。巴加西就用这些大炮还击。你们知道，这场吉尼斯纪录里世界上最短的战争打了多久？让我告诉你们，仅仅四十五分钟！是不是非常非常值得纪念，啊哈？纯手工打磨木炮，最短战争纪念，仅五美元，三个十美元……”

克拉克经不住推销，买了一架模型。三人有说有笑地逛荡，还是克拉克说得最多。他极力向李奇微和沙雷陈述自己与真主沟通的感受，极度的宗教体验，不厌其烦，说得有点令人烦躁。他们沿着广场往北挤，不一会儿就到了白色瑰丽的“珍宝宫”外围。

在珍宝宫外，他们居然遇到了“田纳西冲浪”酒吧的老板托尼。那位扎着马尾的胖子，正戴着一顶太阳帽、举着一面小旗子，为一大堆英国来的游客当导游。想来，这位很有商业头脑的老板，趁着开斋节的旅游旺季猛挣外快。只听托尼一脸严肃地为这群英国同胞们介绍道：

“……后来，阿拉伯人从阿曼迁都桑给巴尔，建立了一个强盛一时的桑给帝国。这就是1883年开始修建的苏丹赛义德王宫‘珍宝宫’，曾把活埋奴隶作为奠基礼。这座宫殿有几十根柱子，每根柱子下面都埋葬着六十个奴隶的尸骨……”

他的介绍引起众人很惊悚的“嗡”的一声感叹，众人议论纷纷。

不知为何，李奇微对托尼非常有好感，一看见他，就远远向他招了招手。托尼也看到了李奇微，开怀地笑了笑，举起太阳帽致敬回礼。李奇微边走边对沙雷和克拉克说："这个托尼，可真会编惊悚的故事……"

沙雷也很严肃地说："不，不，他说的是实话。我奶奶在世时，从不让我到这个地方来。她说尽管她眼神不好，但还是能看见很多愤怒的灵魂缠绕着宫殿。"克拉克也是一脸严肃地补充："那是真的。我在图书馆查阅过不少资料，当初的苏丹，就是这么修建王宫的。奴隶对于他，根本不算是人。"

李奇微心头一凉，不禁觉得这座已经成为了博物馆的宫殿有点阴森，突然像是座陵墓。

三人在海边游逛的最后一站是旧市场。这个旧市场，不是旧的农贸市场，而是一个奴隶市场。看来很像是一个古希腊剧场，半圈梯形的台阶围住了一个半圆的石台。一百多年之前，无数的黑奴，正是从这里被挂牌定价，卖出非洲。

克拉克说，他的祖上也正是这里踏上一段血泪旅途的。他在市场斑驳的石门下抚今追昔，感叹道："十七岁，我读亚历克斯·哈利的小说《根》时，从没有想过，今天会真的有勇气站在这里，面对那些过去。我在跟这岛上的大多数斯瓦希里黑人一样，终会宽恕过去，保留好信仰。"

李奇微就对这个交易市场充满了好奇，带着沙雷和克拉克走了进去。他们走进去发现里面有一大群小孩在吵闹，一个电影放映队准备给他们放映电影。他们只好在门口张望，看了一小会儿，原来是一些志愿者利用这难得的节假日给小朋友放预防艾滋病知识的宣传片。

每位入场观看宣传片的小朋友，都能领到一个棒棒糖。一个娃娃脸、裹着紫碎花头巾的女中学生志愿者，看到李奇微三人，微笑着发给他们每人一张红丝带胸贴。克拉克向她讨要棒棒糖，她一边捂住装糖的箱子拼命拒绝，一边不停地说："祝你健康"惹得三人哈哈大笑。

傍晚时分，整个开斋节庆祝达到了一天的最高潮。三人跟着人流一起汇集到石头城郊外一座大型公园里。公园四周都生长着遮天蔽日的榕树林，中间却有片三四个足球场大小的绿草地。草地里已经亮起了无数盏电灯，连绵成片的烧烤摊、小吃摊、杂货摊摆放了进来。

有乐队搭建了舞台，表演歌曲，最响亮的还是世界杯的《哇咔、哇咔》和《旗开得胜》。还有四座专为儿童嬉戏所搭建的充气游乐场分布在广场中，惹得孩子们尖锐明亮的笑声如蜂鸟般四处飞舞。

这般的热闹，令石头城居民们几乎倾城而至。有不少实行一夫多妻的家庭，根据教规，诸多妻子只能分别居住，平时绝不许住在一起的。唯有今天，他们可以团聚成一个大家庭，在一起席地聚餐。草地上便坐满了人，他们带着自家做的馕、桑给巴尔鸡、咖喱饭团、炒香蕉、馓子、点心、牛羊肉饼和各式热带水果，吃得很热闹。

整个纳兹摩尔医院里各国的医生差不多都来了，也包括中国医疗队所有人。李奇微不断地遇到他们，跟他们挨着个打招呼，便渐渐跟克拉克和沙雷走散了。最后，成了孤家寡人，在人群中转。转到肚子饿了之时，便到烧烤摊上吃了些香料海鲜烧烤：啃了一个海碗大的螃蟹和一只小臂粗的大龙虾，嚼鱿鱼把两个腮帮子嚼得酸疼。吃完晚饭，左手捧着只椰子吸汁解渴，右手捏着一串烤梭子鱼吃着消遣。慢慢走到氖灯映照的孩子们的充气城堡外，听着小孩子们尖声欢叫，发愣发呆。

乐极生悲，他倏忽感伤地想到，自己耗费漫长的等待，却真的无法知晓，自己等着谁，等待着怎样的结果。这时，他的脑子里一闪而过一张脸。竟是克里斯蒂娜，而非丁简。他一惊，也蓦地一暖，想，不知她现在在干吗？

第二十一座岛：云中之岛

1

李奇微在这一期节目里提的最后一个问题是：“当你无法确认自己是否爱上一个人时，你拒绝了他或者她的爱意。你们认为，这么做对吗？”

他提出这个问题时，场上依然还有二号、六号、十一号和二十一号女嘉宾的四盏灯倔强地为他保留着。情感专家又忍不住插话了，表情极其认真地问：

“男嘉宾，这是你最后一次提问了。我想问问你，男嘉宾，为什么要提出这个问题，你不觉得自己这么问很煽情吗？”

李奇微非常纠结，把话一点点往外抠：“我真的，想知道，这个，问题。因为，我，只想知道，答案。”

他费力地说出这一句废话，越来越无法掩盖自己情绪的崩溃，方寸的大乱。情感专家继续满脸严肃地指出：

“男嘉宾，你有没有想过，你这个问题有多难回答？它的困难，就好比让一个从来没爬过任何小山丘的人，爬上世界最高峰。它该由上帝来回答。因为它无法在短时间内被检验，一旦你决心要检验它，你将需要耗费很长的光阴，甚至是大半生——所以，你需要指定哪位留着灯的女嘉宾来回答吗？”

还没等李奇微钦点，二号女嘉宾金哲姬，主动申请回答。她是一个来自韩国的女士，从事商务翻译工作，芳龄29岁。她是一眼可见的韩国人，有一张标准韩版的脸和韩版的笑容。

金哲姬的中文很流利：“李医生，你好，我也是个外国人，来自韩国釜山，在中国工作。我觉得我听懂了你的问题。你一定拒绝过谁，也被别人拒绝过吧。我只是觉得，世界上能用对错来判断的事情实在太少了。大部分时候，我们只能感受它是不是很美好。美好的，想一想，就很好啊。”

她说完，微微欠身，非常柔和地给李奇微鞠了个躬。

李奇微连连点头，感谢金哲姬的回答让他拨云见日。这时，主持人连连催促他：“男嘉宾，给你的时间已经足够长了，三个问题已经全部问完。剩下四盏灯，你最多可以保留一盏做最后的沟通。现在，请你选择灭灯。”

主持人匆匆说完，就将一个平板电脑塞到李奇微手中。他可以在电脑上点触，遥控灭灯。李奇微拿到电脑，沉默了一小会儿，问：“这个灯，只能熄，不能亮吗？”

他的话引来满场观众的哄笑，一直在绷着脸掐时间的主持人也忍俊不禁，笑道："只能熄，不能亮。我们过来人都知道，感情是没有回头路的，错过了只能说错过了。"

听了他的话，李奇微鼻子竟一酸，眼睛像吸盘一样吸住电脑上的几个号码，端着平板电脑的手也开始不停发抖。这时，二号女嘉宾感觉到了什么，悄悄熄灭了案头上的灯，保持着非常神秘的微笑。

李奇微的脑子里则不停回荡着主持人的话"感情是没有回头路，错过了只能说错过了"。他被这句话搅得心神不宁，感伤不已……

李奇微即将奔赴坦噶尼喀大陆，担任联合科考队保健医生。临行之前，徒弟沙雷教会了李奇微一个新的词语："我爱你"。

斯瓦希里语是一门非常古老又年轻的语言。年轻，是因其拉丁化文字，于1844年才被殖民的语言学家们发明出来；而类似"我爱你"这样，用一个词表达一个短语意思的语法，正是它历经几千年的证明。

沙雷告诉李奇微，"我爱你"其实来自于高高的云端之上，是原始东非大陆上马赛人马赛语的词汇，后来才被班图人的斯瓦希里语借用了过去。

马赛人称呼草原上高耸入云的乞力马扎罗山为"天神的庙

宇”。“我爱你”，就是马赛人膜拜这座云端上的神庙时的呼告。沙雷解释说；“我们非洲人唯有面对真正的爱情时，才把对神的呼告奉献给所爱的人！”

李奇微深为所感，非常想把这个新学的词汇告诉学外语的丁简。一晃斋月后又两个月过去了。他鼓起勇气再次登录邮箱查看邮件，收到一封来自“dqing2”的邮件。那是丁简的鸿雁传书。邮件的附件里有一幅照片，李奇微打开一看，竟是丁简的婚纱照。

所有穿上婚纱的女孩子都很美，丁简也不例外，美丽得令李奇微眼炫。他已经没有任何心情，去猜想婚纱旁边站着的会是怎样一个人了。他有点失魂落魄，正像今天站在《相亲&相爱》舞台上一般。

李奇微的失魂落魄持续了很漫长的时间。即使赴桑国总统府，接受新上任的总统颁发人道服务勋章这样的事，也不能让其开心。

那一天，他跟着全队一起到巨树苍翠的总统府中，接受新任总统的颁勋。为此，李奇微特意跟克拉克借了一套正装。穿着西装、打起领带，王美清连连夸赞李奇微帅气多了，很像个新郎官。李奇微多希望自己能站到照片里去，站到丁简身边。但他只站在新当选的年轻总统面前，和他握了手，接受了一枚沉甸甸的勋章。

授勋仪式还未结束，李奇微就悄悄到庭院里伤心去了。他看着一群非洲蜂鸟趁着雨季的尾声，在木槿花中翻飞，那么忙碌，丝毫没有意识到自己微不足道。

就在这时，他的手机响了起来，是一个陌生的坦桑本地号码。他接通了，话筒里传来了克里斯蒂娜久违的声音：

“嗨，Ridgway，是我，柯丽雅。我刚刚提前回到坦桑尼亚。嗯，我的老师詹姆森，你还记得他？他准备正式邀请你担任我们的保健医生，你愿意吗？”

2

乞力马扎罗国际机场，就在阿鲁沙市市郊。当李奇微从机场走出来时，克里斯蒂娜远远就张开双臂，给了他一个非常热烈的美式拥抱。老朋友詹姆森教授则在一旁笑而不语。能见到李奇微，他很高兴，那颗悬着的心终于放了下来。

“世界自然基金会”的东非生态研究计划中，有一个非常重要的项目，就是组织一次对非洲最高峰乞力马扎罗山顶冰川及生态的考察。詹姆森是项目的承担人之一，他和他的朋友们组建一支联合科考队，由美、英、瑞典、加拿大、阿根廷、坦桑尼亚、肯尼亚、乌干达等国科学家组成。

这支联合科考队里50岁以上的大龄科学家很多。詹姆森还需要为这支队伍招募一位全科保健医生。为了科考项目本身，詹姆森花掉了大部分经费，预算中能留给保健医生的费用非常有限。从美国本土雇佣一位价格高昂的全科保健医生，既花钱，又花时间。万般无奈中，他陡然想起了给他做过治疗的李奇微。

为此，詹姆森将正准备博士论文答辩的克里斯蒂娜紧急调回坦桑尼亚。他们征求了李奇微本人的意见，通过中美两国驻坦大使馆沟通，再通过中美驻桑的领事馆沟通，又通过桑国卫生部沟通。层层的沟通文书，最终齐集到了周伟军队长手里，只有一个字："好！"这是他一贯的态度：有沟通，是好事。

他嘱咐李奇微一定要把好事办好，亲自为他办好了从桑岛赴坦噶尼喀的护照，并送他到达累斯萨拉姆去。

在达累斯萨拉姆机场他转机赶赴乞力马扎罗之前，周伟军捏着李奇微肩膀说："你去七天。七天后，我还到这里接你。小子，必须给我好好回来！乞力马扎罗山很高，你绝不许爬到山顶，喘不过气就停下!"因为嘱咐得太过于郑重，把李奇微的肩膀捏得生疼。

李奇微乘坐的是坦桑尼亚区域航空，直飞乞力马扎罗山附近的城市阿鲁沙，不过一个多小时的空中路程。接机后，詹姆森和克里斯蒂娜开着一辆越野车，载着李奇微，沿阿鲁沙国家公园外围公路，直奔坦桑尼亚和肯尼亚交界的乞力马扎罗山而去。

归国两个月，克里斯蒂娜的气色看起来比在桑岛的时候好多了。脸庞红润，神采飞扬。她坐在左侧副驾驶位上，嘴里不停地嚼着戒烟口香糖，一边询问李奇微这两个月来桑岛的近况，絮絮叨叨地问道：

“……Ridgway，你为什么没有发电子邮件给我——你很忙，还是也在学习克拉克，啊哼？”语气很俏皮，驾车的詹姆森忍不住“呵呵”的一声欢笑。

时隔许久，李奇微明显感到克里斯蒂娜跟他说话亲昵了很多，语气间充盈着那种轻快的思念。虽然是美国式的直白，但就像机场的拥抱一样，令人有说不出的愉快。有詹姆森在场，他不怎么敢和她搭话，喝着瓶装矿泉水，扭头向窗外，欣赏沿途的风景。

窗外的风景的确很好。在宽广的东非大草原上，李奇微看到了三两成群的野生动物。这是他在动物园之外，第一次看到这么多的野生动物：长颈鹿、斑马、河马、非洲象、东非瞪羚、黑斑羚、野牛、角马……远远近近地散落分布。这些食草动物悠闲从容，真像游逛在一座公园里。

下午三点钟，东非大草原上的太阳还是很热辣。沿着公路，李奇微不断看到有零星的本地居民走过。他们穿着红底黑条的布袍子，个个手里握着一根长长的圆木棍子。他们的出现，引得李奇微连连张望相看。

詹姆森通过后视镜注意到了李奇微的目光，便告诉他：“他们是马赛人。这块土地上最坚定的游牧主义者和生态主义者。他们穿着红衣服，那是为惊吓草原上的狮子或者豹子，以保护他们的牛群。你信吗，我有几个好朋友就是马赛人，我从他们身上学来的有关非洲的知识，要比书上写的多得多。”

李奇微听到詹姆森说“马赛”这个单词时，愣了一下，随即想起了沙雷和克拉克。他猛喝了一口水，告诉詹姆森：“我也有两个好朋友，真的也是马赛人，我们一起学习有关人生的知识，也比书上写的多得多！”

越野车一路奔驰，在赤道附近炎热的风中足足行了三个小时。李奇微大部分时间都是在观赏沿途风景中度过。天近傍晚，一直安静的克里斯蒂娜突然高叫：“李，快看，如此伟大的乞力马扎罗！”

李奇微赶忙探身到克里斯蒂娜和詹姆森之间，透过挡风玻璃向外探看，看到了一座扁圆的山顶正从宽阔的草原和浓绿的树木丛中冉冉升起。那，正是非洲最高峰——乞力马扎罗山。

越行越近，高山如倾倒般袭来。李奇微嫌看得不过瘾，又侧身将头探出车窗外看。热乎乎的风贴着车身迎面扑来，他看到了非常宽阔的大草原，还有远远近近、高高低低的树木。欢腾的角马群在通向高山的草原上与越野车赛跑。飞鸟在不高的空中冲着乞力马扎罗飞去，夕阳把它们的阴影四下抛洒。那座山从葱绿的旷原上升长，扁圆的山顶高耸入云，并被一层厚厚的云雾所缭绕。山顶闪闪发亮，宛如隐藏着一座神的庙宇。李奇微一直抑郁的心情一下子变得非常之好，嘴里忍不住发出“嚯嚯”的声音，想吼出点什么。

詹姆森非常熟悉李奇微的这种心情，每次他带着新朋友来看这座高山时，他们都有这种抑制不住的兴奋。这种情绪，也反过来深深感染了他，令他一起兴奋起来。詹姆森按了一下汽车喇叭，然后高声朗诵道：

“Kilimanjaro is a snow covered mountain 19,710 feet high, and it is said to be the highest mountain in Africa. Its western summit is called the Maasai ‘Ngàje Ngài’, the House of God. Close to the western summit there is the dried and frozen carcass of a leopard. No one has explained what the leopard was seeking at that altitude……”（大意为：乞力马扎罗是一座海拔一万九千七百一十英尺的常年积雪的高山，据说它是非洲最高的一座山。西高峰叫马塞人的“鄂阿奇—鄂阿伊”，即上帝的神殿。在西高峰的近旁，有一具已经风干冻僵的豹子的尸体。豹子到这样高寒的地方来寻找什么，没有人能够解释……）

这是作家海明威名作《乞力马扎罗的雪》那个赫赫有名的开头。车中最资深“海粉”、因海明威而研究非洲的詹姆森，简直倒背如流。克里斯蒂娜忍不住要斥责他道：“哦，停止。受够了海明威，从现在起，这将是我们的乞力马扎罗山，不再是他的了！”她的话，惹来了詹姆森和李奇微的大笑。

乞力马扎罗山越来越近，已经挤满了东非高爽的天空，云中的岛屿越发清晰，巅峰的冰川在夕阳中闪闪发光。李奇微忽然想到自己要喊出什么了，于是，他放开喉咙高声用斯瓦希里语喊到：

“我爱你！我爱你！”

3

乞力马扎罗山海拔5892米，一直被人美誉为“非洲之王”，是一座典型的死火山。它的主体由基博峰、马文济峰和希拉岭三座死火山组成。其中，基博峰和马文济峰组成了它高耸入云的山巅。基博峰，又是其顶峰。

在殖民时代，乞力马扎罗山一度以德国皇帝的名字命名。坦桑尼亚取得独立后，基博峰被改名为“乌呼鲁峰”。在斯瓦希里语里，乌呼鲁（Uhuru）是“自由”之意。乌呼鲁峰，也就是自由之巅。“乞力马扎罗”（Kilimanjaro）在斯瓦希里语中有“闪闪发光的山”的意思，它的闪光源自白皑皑的赤道冰川。

乞力马扎罗山全部的闪闪银光，都来自高耸入云的自由峰上。因此，膜拜自然的马赛人才认为那闪闪发光之处有天神的庙宇，才叫它“天神的庙宇”。每当天晴云散，“天神的庙宇”露出真容之时，他们都要远远地向它跪拜。只有攀登上乌呼鲁峰，才算是真正到达乞力马扎罗的顶点。

在这自由之巅的脚下，生活着一个已经放弃游牧、转务农耕的马赛和班图混血的部落——瓦恰部落。整个联合科考队大队人马都驻扎在瓦恰部落的村庄里。这些热带的村庄依靠火山灰肥沃的土壤滋养，盛产咖啡、大麦、小麦、蔗糖、琼麻、玉米、香蕉、金合欢树皮、棉花、除虫菊和马铃薯。因此，相比较于游牧的马赛人，瓦恰人更富足，像桑给巴尔人那样，更多地融入了现代社会与现代文明当中。

李奇微被安排在一个叫哈瑞姆比（斯语：同心协力）的小村子里，那里是去往乞力马扎罗山顶的一个重要通道。村里有一个建设得颇有模有样的旅馆，名字也叫哈瑞姆比，有互相网，有空调，有卫星电视，令人非常意外。

旅馆老板图朱是一个精明能干的小伙子，自称是肯尼亚人，从肯尼亚跨国境迁移到哈瑞姆比村的。肯尼亚和坦桑尼亚之间的边境管理很宽松，像图朱这样的人随处可见。更为过分的，他甚至还自称是美国总统奥巴马的远房亲戚。这就无可印证了，或许这层关系只存在于他吹嘘之中。

图朱能讲好几种部族的语言，因长年跟欧美的观光客们打交道，他的英语说得更流利。除了开旅馆之外，他的另一项收入是当登山导游。图朱很少接待中国人，因此，一见到李奇微就不断吹嘘：他年幼在肯尼亚的时候，每天都要攀爬乞力马扎罗山锻炼身体，每年都要绕山脚长跑一次，要不是肯尼亚的长跑高手太多，肯定能去北京参加奥运会。

这次，他将负责指导联合科考队员们登山，报酬是两千美元。李奇微初来乍到，需要一点适应性训练。第二天一整天，图朱和克里斯蒂娜都带着他在山坡上跑，一直跑到他发现自己的体重的确是个问题为止。

哈瑞姆比旅馆提供西式和肯尼亚特色菜肴，主要是烤肉。肯尼亚式烤肉与桑给巴尔烤肉相比天差地远。或许是因为这里没有群岛上那样丰富便宜的香料，只能用盐和胡椒调味，烤好后和蔬菜杂拌而食。不过烤的肉很特别，都是野味，合法狩猎而来的角马或者羚羊肉。主食叫做“乌伽黎”，是一种稠稠的玉米糊，做成重磅、新鲜烧煮的砖块状。吃的时候，需要把乌伽黎掰碎，与烤肉、炖菜或者生菜一起食用。无论是烤肉还是乌伽黎，都难以给李奇微留下好印象，他一下子怀念起队里大厨大老黄的好手艺。

第二天，李奇微在克里斯蒂娜的带领下，为准备登山考察的科学家们都做了一遍体检。诸人都是老当益壮之辈，健康状态都不赖。其中有两位六十七八岁的老先生，克里斯蒂娜介绍说，一位是火山学家、一位是冰川学家，领域里国际级的泰斗。

李奇微一点不关心这些，他满心只关注着克里斯蒂娜。第一次和克里斯蒂娜合作共事，李奇微发现她这人工作起来特别认真，像一个女博士应有的样子。每一个人，每一项生理指标，都一丝不苟地与李奇微核对，唯恐他有一丁点的疏忽。在克里斯蒂娜的严格监督下工作，李奇微发觉她身上的书呆子气一点不比周伟军少。想起周队长，他又感到双肩隐隐作痛。

第三天一大早，赶在太阳升起之前，图朱就带着这支联合科考队向乞力马扎罗山峰顶出发。乞力马扎罗山是一座平缓堆积起来的死火山，从山脚到山顶是一个超长的平缓升坡，登山就是爬坡。所以，它是人类可以徒步攀登的最高、也是唯一的巨峰。

克里斯蒂娜早为李奇微备好了登山装备，一个超大的登山包，装着从丛林到极地的全部衣物：

速干短（长）袖衫，可拆卸成短裤的速干裤、丛林帽、雨衣等赤道装备，保暖内衣裤、防风抓绒衣裤、冲锋衣裤、羽绒服、厚袜子、薄手套和羽绒防寒手套，防水登山靴，凉鞋，保暖登山靴，绒睡袋，还有太阳镜、防晒霜和防晒唇膏，巧克力，压缩饼干，保温水壶，探照灯，伸缩折叠手杖……林林总总，五花八门。

在图朱的指导下，李奇微逐一了解并掌握这些东西的使用方法。可惜，和队伍里的大部分人一样，一转身便全忘记了。

因为并非探险，而只是常规科考，图朱带大家走的是一条很常规、很安全的路线。所谓攀登乞力马扎罗山，也就是努力走上山去。除了整支科考队，图朱还雇了六位精壮的村民背负器材和补给。整支队伍就变得浩浩荡荡，蔚为壮观了。

一开始的路程走得非常舒坦，只是要穿越山脚下环绕周匝的热带雨林。路早已开好，每年有一万四千多的游客从世界各地来攀登乞力马扎罗山，把上山的路踩踏得非常平整，因此走起来很舒坦。

对于雨林层的动植物，各国专家们已经做过了详尽的研究，所以不必停留，只要径直穿越。过了海拔至两千米的雨林，越往上走，树木的叶子越小，也越矮小。过了三千米的海拔高度时，天已经大亮，周匝就完全是雾气蒙蒙的高山沼泽地，空气也开始变得有些寒意。在这里，科考队寻觅了一块规整的平地，扎下了第一座大营。三位科学家和一位村民留下来，搭了两个帐篷。他们要通过研究这里的针叶林，来寻找全球变暖的证据。

继续登山的人，则换下短衣裤和凉鞋，穿上厚实一点春秋装和运动鞋。他们向热带告了别，一下子走进了温带，继续向自由之巅的高寒进军。

第二十二座岛：巅峰之岛

1

中午之前，整支队伍到达了海拔三千五百米的高度。这里的植物明显稀疏，长着矮小的灌木和丰盛的草，不再像低海拔那样郁郁葱葱的都是树了。乞力马扎罗的坡度不陡，每升高五百米就要走上二十多里的山路。好在山路不算崎岖，大家走得都不算累，经过两次休息，不断留下人扎营做考察，队伍也不再那么庞大。

午饭时间，李奇微帮着图朱和克里斯蒂娜一起做饭。吃的还是烤肉与“乌伽黎”。这时，他才发现这些东西的好，几乎不需要太费力气，就能填饱肚皮，就跟煮方便面一样——原来，图朱是为帮大家提早适应，才在旅馆提供这一食物的。

三千五百米的高度上，雾气非常浓，大量的水汽抬升，在此凝结，因此形成了水量丰沛的高山沼地。群草丰盛，繁花如染，随处可见巨大的沼生半边莲、火把莲、海神花、梳黄菊、肯尼亚飞廉、永久花……五颜六色，形态奇异。与平地上的植物大不一样，好似一个阿凡达的世界。

午饭结束后，李奇微踩着碎石小径四下走了走，走到了一片并不开阔的谷地当中。透过雾气，他似乎见到许多巨人一样的东西伫立在眼前，走近了细细看，居然是一大丛生长得异常高大的植物，大多高过他的头顶，立刻惊呆了。

“那些都是狗舌草。狗舌草，是一种菊科植物，在平地它们很矮小，非常不起眼。只有在这里，阳光炙热而水汽丰沛的乞力马扎罗山上，它们才会变得如此高大——真是一个奇迹！”

克里斯蒂娜悄悄走到李奇微身后，为这位惊愕的中国医生介绍道：“我第一次见到它们时，就被它们征服了！我想，我能够回答海明威的问题了。”说着，她轻轻一笑。

李奇微根本听不明白克里斯蒂娜的话，只好愣头愣脑地说：“狗舌草……我好像在中国老家时也随处可见的，但从来没想过它们会长得比一棵树还高……海明威，海明威，他问了你什么问题？”

克里斯蒂娜真的被李奇微给逗乐了。她开心得哈哈大笑，说：“Ridgway，你真的是肥皂剧迷吗，说出话来怎么会如此有趣！我只是记得海明威在小说里提出的问题：一只豹子，为什么会跑到这个高耸的乞力马扎罗山上，到这天神的庙宇附近来！”

很少接触外国文学的李奇微，根本没读过海明威的小说，但他还是记起来了，忙问：“哦，对的——是有这个问题，詹姆森朗诵时提到的！为什么？”

克里斯蒂娜调皮地笑着，摇摇头说：“不，Ridgway，我现在不能告诉你，哈哈！——你看，那些非洲安哥拉长嘴蜂鸟！”

所有狗舌草的顶端都开着巨大的花朵。无数的非洲蜂鸟振翅，出入其中，同样蔚为壮观。空谷中幽幽回荡着那些蜂鸟振翅的“嗡嗡”声，犹如巨人在喘息。李奇微第一次看到那么多、那么密集的蜂鸟，像一团云一样笼罩着狗舌草的花冠。

克里斯蒂娜说：“在这么高的海拔上，蜂鸟每振翅一次，要比在低地上费力，这会要了他们的命。可它们还是愿意到这里来。因为这里的花太大，花蜜太多太好了。总有些甜蜜，即使很高很远，但它在这儿，总是令人无法抗拒……”

这时，营地远远传来了图朱的呼哨声，召集大家准备再出发了。克里斯蒂娜说声“走吧”，便拉着李奇微归队了。李奇微回头看了看狗舌草和蜂鸟们，竟有些依依不舍。

到达海拔四千米的高度，气温已经跌入深秋，很多人渐渐有了高原反应，觉得头痛和气促。而日光却非常强烈，紫外线照在脸上的灼热感比海拔三千五百米处强了一倍。图朱审时度势，让大家停下来，到一处巉岩下再次修整。每人都要涂抹防晒霜、防晒唇膏，以防被日光晒伤。海拔四千米的高度是一道分界线，再向上走，对于登山者而言才是真正的登山了，将进入生理考验阶段。

按照詹姆森教授的要求，李奇微给每一个准备进入乞力马扎罗雪顶的科学家做了一次体检，测血压、听心跳、用手持便携式心电图仪器测心律等等。不过，包括两位老泰斗在内，十二个人的身体状况都很好，完全可以继续攀登。

因为日光越来越强烈，图朱要求大家就地休息，准备在太阳西下后再出发。队长詹姆森并不同意，他说科考最宝贵的是时间和效率，登山不是问题，日光不是问题，只要人的身体没问题，一切就都没问题了。

于是，队伍又匆匆出发，到了傍晚，已到达了四千五百米的海拔高度上。至此，平缓抬升的山路变得陡峭一些，气温已经跌到了零度附近。这里有一块空旷的平地，叫做伦曼点。伦曼点是苔原地貌，长满了苔藓、地衣，很少再见高大的草木，仅有一些根扎得非常深的矮草丛零星点缀。

詹姆森要在伦曼点扎下一个基地营开展科考，包括他自己在内，要留下四个人。剩下的八个人在休整后，换上严实的羽绒衣裤和保暖登山靴，吃罢晚饭，继续出发。出发前，李奇微还是例行要为他们做一遍体检。当听到克里斯蒂娜的心跳后，他发觉她心脏早搏，心跳也过速。他不禁抬起头，盯着克里斯蒂娜看，表情慌张。克里斯蒂娜似乎早知道他要说什么，一把抓住他的手说：

“不，Ridgway，我很正常，只不过很激动。我会登上最高峰的，这是我的一个梦！”

李奇微的手被她捏得很疼，就没有说别的什么。晚间八点，队伍继续出发，向乞力马扎罗冰川进发。

2

乞力马扎罗的顶峰乌呼鲁是一个巨大的火山锥，坡度非常陡，整体呈四十五度角。走到这里，登山者才真正有了爬山的感觉。

爬过了海拔五千米，所有人的高原反应逐渐强烈，很多人有头疼、恶心、胸闷、幻听的感觉。李奇微也不例外，他大口大口喘气，依然觉得肺好像丢了一样，空气不够用。他紧跟着克里斯蒂娜走，随时查看她的状态，做好急救准备。但她却异常平静，步伐坚定，紧跟着图朱，无声无息的，似乎在月球漫步。

再上升一百米，足足走了一个小时。到了五千一百五十米，图朱要求大家再次休整。他把大家领到了一个叫汉斯·梅耶尔岩洞的地方，领进了一座石屋子里。这个石屋子是乞力马扎罗山下的村民们为登山旅游者们特异修建的避风屋。里面虽然空空荡荡，但对于疲惫的登山者们来说无异于云端上的一座五星大饭店。

进入屋子，图朱要求大家打开睡袋，立刻休息，半夜再出发。众人遵照他的话入睡。李奇微原本以为，令他头痛的高原反应一定让他无法入眠。没想到一钻进暖烘烘的睡袋，他很快能入睡。不过，睡得昏昏沉沉，是一种标准的假寐、夹生觉，似乎还没有来得及做个好梦，就又被人喊醒。

已经到了午夜时分，是图朱和克里斯蒂娜在挨个地叫醒科考队员。他们为每个人分发热水、巧克力和饼干，为即将的最后一段旅程补充能量。李奇微一点胃口都没有，除了喝点热水之外，胃里什么也容不下。他吃了一块巧克力，就再也吃不下其他任何东西了。

图朱为每个人检查了各自的装备：为探灯装好电池，调节好手杖，把登山靴的带子系紧，裹好防雪绑腿。他一再嘱咐大家，千万要保持身体的干爽，不能流太多汗或者是受潮。

应克里斯蒂娜的要求，李奇微为大家做了最后一遍检查。高原反应个个都有，不过他建议任何人留下都无济于事。距离顶峰只有一步之遥，没有人想就此止步。李奇微只好分发一些的抗高原反应的中成药给他们服用，诸如红花胶囊、止痛药、安神补脑液之类。

凌晨一点半钟，大家在图朱的带领下陆陆续续地走出了石头屋子。外面寒风凛冽，一片漆黑，气温只有零下十五度，探照灯只能照到前方两米。两米以外，就是那足以吞噬一切的黑暗。下一个目标，是赫赫有名的吉尔曼点（Gillmans point），那是一个日出观赏点，海拔在五千六百八十一米，有五公里的距离。

李奇微拄着手杖，低着头，用灯只能照着克里斯蒂娜的脚步，慢慢前行。黑暗浓重，周围什么也看不到，不过脚下却是积着雪的碎石，很滑溜，一不小心就会跌倒。他的脚步只能机械地向前移动，似乎躯体已经不存在了，只有一个灵魂在朝着梦想的地方缓缓移动。

开始的旅途还算顺利，可能是红花胶囊的作用，李奇微没有头痛，也没有恶心，只是觉得冷，刺骨的寒冷，只是意识变得越来越恍惚，身躯渐渐不存在了，连灵魂也变得轻飘飘的，似乎随时会飞走。虽然走得很慢很慢，他的呼吸却像跑完马拉松一样。

随着时间的推移，很多人逐渐感到热，身体也开始出汗，询问图朱要不要紧。图朱说这是好现象，如果越走越冷的话，那就危险了。为了避免咳嗽感冒，图朱同时还要求大家坚持用鼻子呼吸。这样，所有人的鼻子很快冻得没有任何知觉了。

白雪覆盖的山体也越来越陡峭，经常能遇到巨大石块挡在前路，很多地方需要手脚并用。就这样跌跌撞撞，大家还是走到了吉尔曼点。图朱让大家再休整一下。此刻，已经到了黎明前最黑暗的时刻。

李奇微靠着一块巨石，躺在海拔近五千七百米的地方，眼中是一片绚烂的星空。他一生中从未看到过如此壮观的星空。因为头顶的大气层稀薄，天上的星星无比明亮与繁多。这里看到的群星绝不闪烁，如同一只只凝望的眼，瞪着，注视大地。银河绚丽多彩，七彩斑斓的星云穿插其中，在天际缓缓淌过。金星和火星从群星中脱颖而出，块头大了两三倍，变成了小米大小的圆球，红火明亮，耀眼夺目。

群星都在燃烧，宇宙川流不息。李奇微真的看得入迷了，丝毫没有注意克里斯蒂娜也躺到了他的身旁。

“很美，不是吗？”面色煞白的克里斯蒂娜笑着说，黑暗中她的笑容清晰可见。李奇微拼命地点点头。

“我们到了天神的庙宇里了。”克里斯蒂娜依然在笑。李奇微还是点头。“你知道，那只豹子为什么会跑到这里，啊哼，李？”克里斯蒂娜的微笑如同镶嵌在黑暗里。李奇微依然在点头。

“哈，你知道？你真的知道？”她轻轻抓起了李奇微的手，像一对恋人那样自然。

李奇微冻得混沌沌的脑袋这才热起来，拼命摇头。克里斯蒂娜收住了微笑，说：“那只豹子。它要来寻找豹子。”

李奇微大惑不解，忙问：“为什么？”

克里斯蒂娜说：“不为什么。它或许寻找天神的恩赐，就像蜂鸟们一样；或许寻找它自己，就像所有登上乞力马扎罗顶峰的人一样；或许，寻找另一只在天神门外徘徊的豹子，就像，我一样……如果我们能在一起，这样的事情，想一想都觉得很好啊……为一些人，我们成为了自己，为一些人，我们改变着自己，这不是随波逐流，只是心中有爱——所以，李，我爱你！”

说完，克里斯蒂娜就挽起李奇微的胳膊，将头轻轻侧过来，无限温柔地依靠在李奇微的胳膊上……

这时，非洲的太阳已经喷薄而出。在乞力马扎罗顶峰看日出，就像在飞机上看日出。太阳是从一圈厚厚的云海上面跳而出的。整个东非大草原都被这层云海所覆盖，生灵万物都匍匐在天神的庙宇、自由之峰的闪亮光辉中，未曾苏醒。他们的新生即将开始，一夜的好梦将在日光普照下延续。

3

“男嘉宾，你确定自己要一次熄灭场上所剩的三盏灯吗？”主持人表情非常严肃地询问李奇微，“我们的六号黎春明，十一号归盼春和二十一号薛丰，她们坚持为你留灯到现在。难道你一点不准备给她们，同时也给自己，保留一点机会吗？”

主持人的口吻有点劝说的味道，李奇微还是沉默了许久。他的沉默，是节目组最耗时的部分，后台编导们悄悄讨论，该剪辑掉多长这样的冷场时间。

终于，李奇微开口了，他说："我想首先回答情感专家老师的那个问题。"

情感专家正在发愣，猛听到李奇微点他的名，颇感意外，不禁侧身而问："李先生，你要回答我哪个问题？"

李奇微道："您之前的那个，就是您问我为什么会问大家的那个问题。"

他的表达很混乱，逻辑很成问题，又一次成为了大家的"笑点"。但情感专家还是听出他的意思来了，就说：

"男嘉宾李先生，我想帮你把逻辑理顺：你先问大家，那个，当你不知道自己是否喜欢某个人时，你就拒绝对方爱意，这样做是否应该，对吧？我就好奇，问你为什么要问这个问题，对吧？绕了一大圈，那本质上还是你的问题啊。"大家又一阵热闹的哄笑。

等笑声平息了，情感专家不急不忙地继续说："对和错显然永远是无解的。我只是很好奇，你为什么要问这个问题。好，属于你的时间也快到了，在此，我就明说了吧：你是否受过很深的情伤，还是放不下某个人、某段感情呢？"

他的话如刀锋，用他的话来说，非常容易让人走入"否定陷阱”。

李奇微坦然承认了：“是的，所以我要跟大家道歉，对不起。”他向三位女士鞠了个躬，紧接着说：“我现在站在这里，突然发现自己已经犯了很大的错，给大家添了麻烦，对不起！我，没有等到心中的那个人。有个好朋友曾告诉过我‘为一些人，我们成为了自己，为一些人，我们改变着自己，这不是随波逐流，只是心中有爱’。今天的这个节目很仓促，可生活很漫长，我相信很快，你们都会遇到相爱的人！”

说完，他又深深地一鞠躬，将话筒交给主持人，不再流连，准备离场。主持人也就不再说什么。导播将最后三盏亮着灯熄灭。音乐声在耳语，还是大家耳熟能详的那支流行旋律——《最终错过你》：

> 早知今生会有很多可惜＼却不信你成为我的可惜＼温暖的脸庞终成了记忆＼抓着梦里的手不忍放弃＼好像你的笑音还在耳隙＼纵然万水千山阻隔着你＼遭遇思念我仍无法自已
>
> 可还最终错过了你＼就错过全部的昨天＼最终错过你＼那第一眼的遇见＼掌心里的交叉线＼和每一次的流连＼错过了缘分对爱的许愿……

整个节目的音乐包装很好。从李奇微示意熄灯退场的那一刻起，导播就悄悄地将这首歌曲作为背景音乐推入。李奇微就被这首歌渲染的氛围给包围着，像遭遇了催眠一般，失魂落魄，郁郁寡欢，完全是失恋的感觉，是被拒绝的感觉。

同样，那也是高海拔的感觉。尽管队长周伟军一再告诫李奇微不许登顶，詹姆森教授也要求他只在海拔四千五百米至五千米的地方扎营，作为支援。尽管如此，日出以后，李奇微还是无法抵御最后两百米的诱惑，像那只豹子一样，倔强地随着科考队攀登到了乞力马扎罗山的顶峰。

乞力马扎罗山之巅，冰雪深厚，风很大，紫外线也强烈。四处宽阔空旷，有大地最原始的质地，荒凉，裸露的地面，粗糙的岩面和散乱的砾石，像月球一样粗犷。有一个小小的纪念碑矗立在顶点平台的冰面上，两根木桩上钉着几块木牌，用英语热情洋溢地写道："祝贺你来到了五千八百九十五米高的乌呼噜峰""此刻你正在非洲的最高点上"云云。

全队人马打开香槟酒，在图朱带领下，跳了一段热烈欢快的瓦恰人传统舞蹈，以示庆祝。简单的庆祝仪式之后，科学家们以干活为要：冰川学家和他的助手在努力提取冰雪样本，火山学家则和他的助手一起做实地测量工作，还有坦桑尼亚和肯尼亚的气象学家在埋造监测山巅温度的监测仪。与十多年前相比，乞力马扎罗山巅的冰川已经萎缩掉了近80%。全球变暖的影响显而易见。

高原反应和强烈的紫外线，非常不适宜人类在山巅进行繁重和长时间的工作。按照坦桑尼亚的国家规定，每位旅游的登山者在山巅逗留时间不得超过十分钟。科考者们可以获得特批，能多待一些时间。尽管如此，图朱还是一再劝告他们少待一分钟是一分钟。这些科学家们不顾图朱的劝告，用氧气包吸足氧之后，抓紧每一分钟忙碌，计划在这里待上两到三个小时。

图朱无事可做，只好绕着山巅转圈跑动。高山的温度很低，已经达到零下十六七度。对他这样长年生活在热带、没有冬季生活经验的人来说，无聊地呆上三个小时，比爬上这座高峰还困难。他必须保持自己的活力和热力，才能在午饭过后，带领大家安全下山。

李奇微则很安静，帮助大家做了点保健检查之后，也陷入无事可干的境地中。就找了一块平坦的岩石坐下，静静地调整呼吸，克服高山缺氧的眩晕，让头脑清晰一点。他看到乞力马扎罗山外的云海茫茫，看到大群的飞鸟从脚下掠过。太阳越升越高，簇拥着乞力马扎罗山峰的一圈云也在变薄、变淡。更远处，广阔的非洲大草原慢慢露出一角。

很多人在拍照留影，而李奇微却并无心情慢慢欣赏这一生难得一见的美景。他心中有很多的懊恼：很后悔跟着科考队一起登到山顶；很后悔在日出之后拒绝了克里斯蒂娜的爱意；很后悔来不及跟她解释清楚，究竟什么是“对不起，我心中有另一个爱”；很后悔没有在距离山巅一步之遥的地方，挽留住克里斯蒂娜。

他对自己在乞力马扎罗山巅上迈出的每一步都感到沮丧。尤其克里斯蒂娜下山之后，他发觉自己是这儿十足的多余人。若非身系保健医师的使命，他很想立即动身，沿着山脊飞奔，去把克里斯蒂娜，还有他最害怕失去的昨天，全部追回来……

第二十三座岛：忧心之岛

1

……早知今生会有很多错过\却不想与你交错那么多\看岛看海看日出的许诺\只剩我无可犹豫的孱弱\把爱留在港口安静角落\是谁迎接远航归来的我\天边那淡淡宿命般寂寞

或许开始就注定错过\因为我也愿你幸福\最终错过你\在小径分岔的路\留下掌心的温度\和最后未寄的情书\就听到黎明轻诉的祝福

在《最终错过你》的极为煽情曲调里，李奇微从聚光灯中心走向退场的出口。他的步伐飞快，像是急着去追赶什么。正在这时，情感专家叫住了他："等等，稍等，男嘉宾，且留步。"

李奇微听到情感专家在叫他，立即停住了脚步。情感专家说："男嘉宾，即使你失败退场了，我想还有两句话对你说，第一个是肯定：你很了不起，为了自己的梦，勇敢到非洲去了，为非洲做了那么多的事，又好好地回来了。你很棒，我祝福你！第二个是问题：我有种怪怪的直觉，总觉得，那个能给你造成情伤，或者你一直放不下的某个人，就在节目现场。你，能给我一个回答，是或者否？”

李奇微冲着他笑了笑，并没有回答。

主持人宋知非便调侃说：“都说好奇害死猫，我觉得你还是省省为好。毕竟，我们都要充分尊重别人的隐私！”

此情此景有点乱，李奇微被情感专家尴尬地留在出口，而主持人急着等他退场，好进入下一个环节。于是，他就不知道是该走好，还是留着好。

为李奇微打开僵局的是十一号女嘉宾归盼春。她是一个满脸自信的漂亮女士，面妆化得有点浓，许是用以掩盖眼角眉梢的透露出的岁月感。从面相上，依然可以看出，她是一个性格相当温和的女性，甚至有一点为人之母的慈爱——也正如《相亲&相爱》的“粉丝”从既往的节目中所知的，她是一个单亲母亲。

归盼春迫不及待地说：“男嘉宾，你要走了，我也想跟你说一句话。我的感觉，和专家是一样的，觉得你好像心里没有放下谁。可能，你骨子里还是个倔强的小孩子，只是在跟自己较劲，对吗？”

李奇微就觉得自己非常有必要再说点什么了：“谢谢你，

你说得对。谢谢今天在场的大家。我在这里，想了很多的事。我想明白了自己两年来的很多事情，觉得自己真应该成熟了一点。每个人都应该比自己看到的要宽阔得多。谢谢，真心的，祝你们快乐！”说完，他又深深地鞠了一个躬，那么费力，好似要还掉一笔沉沉的债务一般。

归盼春也冲他点了点头，说：“也祝福你！”情感专家张嘴想说“男嘉宾你还没有回答我的问题呢”，但看看场外打手势的导播，强忍住了，情绪受了点小小影响。

就这样，节目被拖沓了不少。导播只得又重推了一遍《最终错过你》的乐曲。李奇微转身，走进出口，陡然间感到一种如释重负般的轻松。习惯了聚光灯，走在下场的通道里感到一片漆黑。他脱下自己身上的西装，里面的衬衫已经湿透了，像过去的日子那样紧紧黏在了身上。他解开领带，想连整个衬衫都脱掉。

正在这时，有个女工作人员急匆匆地追上，慌忙地喊他：“李先生，请等等，还要录两句话的，是我们节目的临别感言。”

也正在这时，李奇微突然听到背后的录影棚内一片哄声。他一点不知道，那是他留给大家的余味。他已经抱定决心，绝不会再看一眼播出的节目，所以当然不会知道，而且永远不会知道：

他退场后，情感专家终究还是不依不饶的说："主持人，你真没发现什么问题？我可注意到了，从某一个时刻开始，刚才这位一直很沉稳的男嘉宾，突然变得急躁，非常着急想要离开这里。"

主持人笑着推进他固有的程序："哈，你是情感专家。我没有注意到。说实话，我是非常遗憾，这位援非的医生，没有能够在光荣回国之后，通过我们《相亲&相爱》这么好的平台，把自己感情问题给解决了。电视机前对这位男嘉宾有兴趣的观众，可以通过短信平台和我们节目组联系，索取他的联系方式……"

情感专家心中有话要说的欲望实在太强烈了，忍不住和主持人抢镜道："我敢肯定，男嘉宾是冲着某一位女嘉宾而来的。当某一盏灯熄灭以后，他就立即丧失了全部的期待，变得神情沮丧，非常不安……"

可能被情感专家这种过于强烈的推理欲给逗乐了，主持人忍不住又说了："我要提醒你，我们的节目是开放性节目，在全国保有很高的收视率。每位男嘉宾冲着场上心仪的某位女嘉宾而来，这是再正常不过的事，并没有可以大惊小怪的。"

情感专家就争辩起来了："不是，知非，你其实没有弄懂我的意思。我之前说得明明白白了，不只是他心仪，而且跟他还有关联。你知道吗，我有一种强烈的直觉，觉得男嘉宾的前传，一定潜伏在我们的现场当中……”

他的夸张语气，惹得现场观众哈哈大笑。本来，他们都在期盼着下一位男嘉宾的出场，被他一拨撩，不禁议论纷纷起来。主持人也被这种气氛带动了，调侃说：

“都是被最近无边无际的谍战片给惹的！你还别说，别看刚才那位男嘉宾木木讷讷的，他还是相当有气场的。这点都挺出乎我的意料。好，既然大家这么有兴趣。那么，大家，包括在场的二十四位女嘉宾，有没有兴趣看一看，刚才那位男嘉宾心仪的女孩子长什么样？男嘉宾已经退场了，如果你以后看到这期节目，请恕我在未征得你同意的情况下，揭开你心中蒙娜丽莎神秘的面纱，随时欢迎你重返《相亲&相爱》的舞台！”

名主持人的控场力自然很强，他感到这是一个吸引眼球的看点，就顺水推舟。全场的观众，包括很多女嘉宾，都鸦雀无声，被他的建议所吸引。

主持人宋知非便对导播说：“请导播切换画面，亮出男嘉宾开场的手绘。让我们看看专家的猜想到底几分靠谱！”

导播应声切换，大屏幕上慢慢浮现了一个女孩子的脸：很普通的一幅卡通画面，很普通的一张脸……

2

考察结束了，李奇微终于从乞力马扎罗顶峰上下来了。

下山以后，他没有去旅游局乞力马扎罗山公园管理处领取烫金的登顶证明书。在山顶上，他找到两块圆圆的心形火山石带了下来。在他看来，那足以纪念这趟乞力马扎罗之旅了。

他回到哈瑞姆比村哈瑞姆比旅馆的第一件事情，就是找到没有登顶就先行下山的克里斯蒂娜。他把整个村子都翻遍了，却难觅芳踪。最后，只得找詹姆森教授打听。

詹姆森教授正领着全组科学家们整理考察获得的资料，忙得热火朝天。见李奇微找他，他立即热情洋溢地表达感谢。全队人马安全上山又安全撤回，李奇微功不可没。詹姆森拿出六千美元现金交给李奇微，表示微薄的感谢——原说好的，是五千美元，另外一千是对李奇微的额外奖励。

李奇微坚持只收五千，绝不多要一美分。詹姆森告诉他，这笔奖励已经列入用款报告，从那一刻起，就已属于李奇微的合法收入了。李奇微坚决辞而不收，让詹姆森领略到了什么叫中国式的推让，两人打架一般推了半天。

最终，李奇微还是没有拿那多出的一千块钱。他只关心克里斯蒂娜的去向。詹姆森说她昨天就走了，申请去了纳米比亚，为世界自然基金会“东非濒危物种发现与保护计划”中“白犀牛保护计划”工作，对转运出的白犀牛们做适应性评估报告。那边缺人手。

李奇微惘然若失，只得悻悻然向詹姆森告别。詹姆森告诉他，明天整个科考队休假，一行人准备穿越塞伦盖蒂大草原，到蔚蓝无边的维多利亚湖畔旅游。他诚挚邀请李奇微逗留两天，跟大家一起享受这美好的东非。李奇微拒绝了，他很着急离开，整个乞力马扎罗山都长着一张瞬间忧郁的克里斯蒂娜的脸，他实在看不下去。

李奇微还是从阿鲁沙机场乘飞机返回达累斯萨拉姆。按照事先的约定，队长周伟军亲自到机场迎接他。见到他的第一面，周伟军就问他：“登上山顶没有？”李奇微犹豫了片刻，说：“登上了！”周伟军就冲着他胸口打了一拳：“混蛋，你要是死在上面，让我怎么向你母亲交代！”李奇微说：“我是个医生。我也不想上，可他们都上去了，我不能不去。”周伟军就没有打出第二拳，说：“好，下次，我们一块儿上。”

接机李奇微之后，周伟军并不急着跟他返回桑岛。他告诉李奇微，这几天正好是国内“十一”假期，驻坦桑尼亚大使馆搞了不少庆祝活动，也邀请到周伟军参加。周伟军不喜欢太热闹的场合，早早抽身出来迎接李奇微。他们一起在达市逗留了一天，租了辆车，直奔达市西南而去。

李奇微问去哪儿，周伟军说，陪陪我，受人之托，到公墓去了一趟，我怕我一个人，没勇气走进去。李奇微就不多说了。

到了地头，李奇微才知道，周伟军说的“公墓”是坦赞铁路中国专家公墓。公墓靠在举世闻名的坦赞铁路附近。墓园很安静，门口有两位坦桑尼亚解放军军人，不知是守墓还是来参观的。其他，静无一人。

一场大雨过后，空气清新无比。周伟军带着李奇微绕过门口刻着“异国青山埋”诗句的大墓碑，径直来到一座扁长的花岗岩墓碑前。墓碑上写着“靳伟军”三个字，没有照片，只有短短的生平：“1947~1972”。

李奇微不禁惊呼：“周博士，这人跟你同名！”

周伟军点点头，对李奇微说：“是的。他是我父亲生前的战友，我父亲一生负疚的人。当年他们一起到这里，修筑坦赞铁路，不幸发生了工程事故，我父亲就欠了靳叔叔一条命——那时代的人，都这样……”

周伟军说着说着，就换了个语气对墓中人说了：“父亲生前只求过我两件事：一个是从澳洲回来，一个是到这里来。我都做到了。靳叔，没有你，就没有我父亲，就没有我。周家欠你的，还不清！父亲前年罹癌，也过世了，走之前，他叫我一定捎句话给你：下辈子，还是好兄弟！”

说完，他把手中的一捧花放在靳伟军的碑前，跪了下来，响亮地磕了三个头。

从墓园里出来后，正巧一趟列车从坦赞铁路上轰鸣而过。周伟军和李奇微两人在车轮的咣当声中发呆。火车过后，两人上车，发动准备告别。周伟军还是憋不住，对左边的李奇微说：

“那一代人，很不容易。现在，我们看他们会有很多新想法，也会有很多别的说法。还记得1990年初，我只身出走去澳洲的时候，从没想过会回来，也没想过跟父亲和解，今天代他到这里。不管我怎么看他们，也不管以什么名义，做个好人，做些好事，总是对的，小兄弟！”

看得出来，周伟军是费了极大的劲才调整好自己的情绪的。李奇微也是满腹的忧思，被他的情绪带动，忍不住也想倒倒苦水。车已动，他还是忍住了。

回到桑岛后，李奇微觉得自己很有恍若隔世的感觉。驻地装修业已完成，全队告别租住的居民楼，搬回到玛吉—玛嘉旅馆的中国楼了。驻地居住环境焕然一新，已然从上世纪70年代一步跨越到了21世纪水准。走进去，完全是国内简装单身公寓，或者三星级宾馆的感觉。新安装了一套风能发电机、中央空调、太阳能热水系统，生活品质一下子提升到了国内水准。

大家就在新环境中为周伟军和李奇微接风洗尘。大老黄烧了一桌热热闹闹的凯旋宴，师法“居客隆”的粤菜，惟妙惟肖。李奇微为每个人分发了从达累斯萨拉姆带回来的小礼物。人人都知道李奇微去了八九天，到赫赫有名的乞力马扎罗山旅游了一趟，还挣了五千美元，发了笔小洋财，是天上掉下的喜事。所以，个个闹着要他喝酒。

那一晚，一向不喝白酒的李奇微真的喝多了一点。他在驻地院落里新垦的菜地里狂吐不止。菜地里长满了葱郁、欣欣向荣的新菜。李奇微没注意到，经过与啃食蔬菜的非洲毛虫们几番较量，队里终于也能自己种出像样的蔬菜了。

3

回到桑岛的日子，平静、平淡，像钟摆一样，准时准点，节奏分明。李奇微恍若隔世的感觉只维持了一两天。很快，他又陷入到忙碌当中。

在他离开的这段时间，他的助手沙雷一直承担着治疗任务。沙雷学习中医的潜质令李奇微颇为惊奇。他有足够的能力应付日常的病症，无论是推拿、用针、拔火罐还是一些康复治疗，都能上手。李奇微意识到，他算是完成“带出一个好徒弟、留一门技术在非洲”的任务了。

从乞力马扎罗山回来后，李奇微一直没有碰到克拉克。他找王美清医师打听了才知道，原来是伊斯兰历的12月快到了，克拉克跟随群岛朝圣者们一起去麦加朝拜了。

自经历过人生的第一个斋月以后，克拉克的变化之大，令李奇微颇感惊奇：他真的滴酒不沾了，也安静了许多，不再那么多话。因此，对于克拉克去麦加朝圣，李奇微非常理解，这是一个穆斯林一生尽力要做到的功课之一。

李奇微就像等一个亲人那样，等待着克拉克的归来。他突然迫切希望自己能跟与克拉克说说他与克里斯蒂娜之间的事。他有一种深深的歉疚感，觉得克拉克可能并不清楚克里斯蒂娜对他的情感变化，与自己有关。

自从拒绝了克里斯蒂娜的爱意以后，李奇微对这对恋人的歉意，一天比一天深。他很害怕自己永无时日抚平它，这令他陷入深深的忧心之中。

新年之前，李奇微没有等到克拉克归来。他和沙雷、穆勒、王美清一起，收到了克拉克从麦加寄来的明信片。画面是赫赫有名的“天房”，还附有克拉克一幅阿拉伯人装扮的照片。在明信片上，他告诉大家已经为大家的平安与幸福，在真主面前祈祷过。此外，朝圣结束后，他将回一趟法国马赛的家中，要等到新年以后才能返回群岛。

西方传统的圣诞节将到来。这是李奇微在群岛度过的第二个，也将是最后一个圣诞节。平安夜这一天，李奇微鼓起勇气独自在宿舍上网。他打开自己所拥有全部的网络联系途径：ICQ、MSN、电子邮箱、脸书……满世界地去寻找克里斯蒂娜的讯息。一切都是静默。某一刻，李奇微惊恐地感到，恐怕这一辈子再也无缘与克里斯蒂娜见上一面了。想到这点，他就陷入深深的忧郁当中。他清晰地感觉到，这种忧郁比看到丁简婚纱照的感觉，要强烈许多。

就在胡思乱想之际，李奇微电话响起来了。是队友钱明医师打来的。他颇为意外，接通了：

“是小李啊，李奇微本人吗？”李奇微说是。“你赶快到医院来一趟，到急诊ICU来，赶快，你的一个朋友出交通事故了。”李奇微一愣，忙问：“我的朋友，交通事故，哪个啊，沙雷啊？”钱明说：“白人女的，她昏迷前说了你名字。你赶快来，我要上手术……”

李奇微脑袋立刻像炸开了锅，脑子里，此刻只迸出一个名字：“克里斯蒂娜”。

他慌忙跳起来下楼，骑上那辆老凤凰的三轮车，向医院飞奔。平安夜的石头城就像中国一样，浓重本土文化的传统并不妨碍群岛人们庆祝圣诞节。大街小巷一样热热闹闹，毫不比开斋节逊色。还有大量欧美的旅游者乘着假期，来到群岛欢度没有风雪的圣诞节。街上非常拥挤。

李奇微骑着车，费了好大力气才从人缝中挤到纳兹莫尔医院。丢下车，直奔ICU而去。当他赶到ICU门口时，恰好钱明的弟子、瑞典籍的神经外科医生安德里亚斯也刚刚赶到，正系着手术衣的带子。

李奇微一把拉住他问："安医生，求求你，一定要救好她！"——他甚至还没来得及打听清楚这朋友到底是谁，强烈的直觉，令他非常不安。

情急之中，李奇微并没有意识到，自己对这个瑞典人说的是中文。然而，平常总喜欢和钱明泡在一起下棋、钓鱼的安德里亚斯真听懂了，握着李奇微的手，生硬地用中文回答他："你放心，我必须，会用力以赴的！"

一切正如李奇微所预感的，此刻躺在手术室急救的，正是克里斯蒂娜。ICU的护士长拿着一份门诊病历，找到了李奇微，跟他用生疏的斯瓦西里英语比划，要他补签字。当李奇微看到患者名字栏里写着："Christina Kolvinus"，突然感觉释然了一点，吐了一口气，知道怕什么就来什么。他心里拼命抱怨，克拉克到麦加去，为什么不连克里斯蒂娜一起祈福。

克里斯蒂娜昏迷之前，对医院说出的唯一一个名字就是

“李奇微”。所以，她全部的急救、住院告知病程和手术签字，护士长都拿给李奇微签署。他这才得知，克里斯蒂娜是从乔萨尼森林返回石头城的路上出的车祸，因逆向行驶与一辆牛车迎面相撞。入院时，她神智尚可，双瞳未见扩散，光反射灵敏，体温三十七度，血氧饱和度百分之九十二，面部擦伤。根据魏明雯医师提供的CT影像诊断，轻微颅外伤，头颅内有血肿，右侧锁骨骨折，两根肋骨粉碎性骨折。暂无大的生命危险，但需要紧急手术治疗。

手术很复杂，也很漫长，需要把骨折的骨头全部连起，并开颅降压止血肿。手术费用很高，李奇微把从乞力马扎罗山脚下挣来的五千美元现金垫付入账，又请示了周伟军，不足部分暂且由医疗队作保记账。

时间一秒一秒地过去，李奇微在手术室外焦躁不安地等待。他已经完全忘了自己也是一个医生，而完全把自己当成克里斯蒂娜在这个印度洋群岛上唯一的亲人，也就陷入到无边的忧心和焦虑当中去了。

第二十四座岛：挥别之岛

1

当《相亲&相爱》节目现场的大屏上浮现出一张女孩子的脸后，全场的观众都“哦”的惊呼起来。他们看到一张瘦瘦的、椭圆形的脸庞，双目细长，小鼻子小嘴巴，说不上艳丽，但有几分柔弱的精致。

大家议论纷纷，讨论李奇微心中的这个女孩子像谁。吊臂的摄像机在二十四位女嘉宾面前滑过，一张脸一张脸地检索。情感专家注视着大屏幕，聚精会神地寻找他心中的答案。

最终摄像机定格在七号女嘉宾丁清清的脸上。大家又是一阵惊呼。资料显示，她今年三十岁，职业是中学英语老师。

情感专家笑了，他打了个哈哈说：“我想，我心中已经有了答案——七号女嘉宾，丁清清，请问你以前认识刚才那位男嘉宾吗？你们之前会不会有故事？”

丁清清冷冷地说：“不认识，从来不认识。这不关你的事。”

话说得有点呛人，火药味重。她低着头，回避了情感专家的眼光。情感专家有点恼，张口就想用他的“否定理论”来指出些什么，但最终在镜头前嬉笑了一下，忍了下去。场面就有点小尴尬，主持人连忙解围道：“我们只能确定男嘉宾的心动女生，很像我们的七号女嘉宾。”

丁清清抬头说：“不，那不是我。难道，你们都没有看到她的眼睛吗？他心动的，是另外一个人！”

大家这才在她的提示下，注意到那个很小的细节：画面上的那个女孩有一双蓝色的眼睛。大家又“哦”一声，很多人联想起来李奇微的那段“异域恋”来，又议论纷纷。

一向机智灵变的主持人此刻突然不知说什么好了。导播也在后台发愣，考虑剪片子时，这段冗长的尾声该怎么剪辑。主持人想了好一会儿，才找到好的措辞来引导节目，慢慢说：

“至今，我对男嘉宾所说的那句话还印象深刻：每个人都是一片海！他说得不错，或许，这个女孩是男嘉宾心目中，一个看着海的女孩子。好，有关第一位男嘉宾的故事，我想，我们可以到此为止了——”

他换了口气，换了一种激昂的语言继续说：“各位观众，海滨卫视最火爆的公益性婚恋交友节目——《相亲&相爱》。相亲有约，相爱有缘，欢迎您收看我们的节目，更欢迎您勇敢地报名参加我们的节目。给缘分一个幸运舞台，给爱情一片绚丽天空，相亲相爱，精彩不容错过。有请本期第二位男嘉宾登台亮相……”

主题曲《相亲相爱》的热烈旋律再度响起，掌声响起。在主持人的引导下，李奇微的故事立刻就成了过去时。随着第二位男嘉宾的登台亮相，场上所有人，观众、女嘉宾、情感专家、主持人和电视台人员迅速调整了状态，开始新一轮的交互与问答。

现场只有一个人依然沉浸在过去中暂时难以出来，就是七号女嘉宾：丁清清。

不错。丁清清的确就是丁简。为了避免在生活中被过分议论，她用了小名参加节目，已经录了两期。在节目中，她是非常安静的七号女嘉宾，毫不起眼地站着，灭灯。

她是一个逃跑的新娘。她都已经和未婚夫拍完婚纱，筹办婚礼，却突然分手了。在新年后一个飘雪的晚上，丁简和父母亲大吵了一场，非常苦闷。她写了封长长的信给李奇微——那一晚，也是她认识他以来，与他距离最近的一晚。可将要把电子邮件发送出去的一刹那，她犹豫了一下，所有的文字便像落雪一样泯然于呼啸的寒风中。那时，李奇微还在桑给巴尔岛上照料克里斯蒂娜，丝毫不知道这件事。

丁简是《相亲&相爱》的忠实观众。她喜欢那种作壁上观的感觉，喜欢看着同样为感情焦头烂额的男男女女们，不惜为了心中的白马王子或者无双公主亮出最可笑的自负。这些比言情片更真实的磕磕碰碰，让她对感情有了超然之心。无非如此吧，当脑子里冒出报名参加这个节目的念头，她都自己吓了一跳。

可最终，她还是站到了电视机中。令她惊讶的是，爸妈居然并不反对。她原估计，父亲要狠狠骂她丢人现眼的。事实上，一档娱乐节目就是娱乐节目，它不会比生活本身更丰富，或者更浪漫。若有，也只是在编导们安排和导演下发生的。

李奇微刚回国，就收到《相亲&相爱》节目组的邀请，虽心有大不快并且决意拒绝，但还是忍不住好奇心，上网找到了最近几期的节目看看。两年前，他出国时，并不知道国内还有这么火的一个电视节目。

他看到了化名丁清清的丁简。一瞬间，他的心死灰复燃了——录播时，李奇微以一种连她也意想不到的方式走到了她的面前。开始，她有点眩晕和惊慌失措。两年多了，她看到他黑了很多、也瘦了一些，一眼看起来，不但成熟了很多，甚至还有些沧海桑田的味道。

她心软了，一直为李奇微留着灯，静静地倾听他对自己说的每一句。虽然现场很热闹，但她感觉得到，整个舞台上，只有丁简和李奇微两个人在对话。他在一步一步地走近她，向她挥洒出一片海，一整个群岛，无际丁香的清香，直到“克里斯蒂娜”这个名字的出现。

当邓涌冒冒失失地说出“克里斯蒂娜”这个名字，丁简感觉得出李奇微的失措与遮遮掩掩。他俩目光相对，李奇微那一脸掩饰不住的深深怀念一览无余。她简直要崩溃了，觉得他比未婚夫更坏。未婚夫只是一个自负于成功、稍稍贪念声色犬马的小花心，而李奇微心里深深地嵌入了一双蓝眼睛。

她愤而熄灭了他的灯。李奇微也黯然告别。从熄灯的那一刻起，她就没有再多看他一眼。也从那一刻起，她感受到了深深的绝望与无助，她发现自己不知不觉已经这么在乎这个萍水相逢男子的感情，觉得他最残忍地欺骗了自己，这一生都将不再原谅他。

2

手术进行了九个小时，从傍晚到午夜。李奇微本想一个人安静等待克里斯蒂娜从手术室里出来。不料，不久后，陆陆续续来了更多的人：周伟军、王美清、邓涌、黄成元……队里的人几乎都来了。尔后，美国驻群岛领事，“世界自然基金会”驻群岛项目负责人，医院的马加院长，甚至连“田纳西冲浪”酒吧的老板托尼，也闻讯陆陆续续赶到了。

大家都很安静地陪着李奇微，在手术室门口等待。詹姆森教授通过托尼，打来电话告诉李奇微，克里斯蒂娜的父亲正和他一起，紧急从美国包机赶来，需要两到三天的时间，拜托代为照顾一下她。李奇微说，请放心，教授。

手术室门打开了。最先出来的是麻醉医师刘以巧女士，她一脸疲倦，手术室很闷热，她有点脱虚。不过，她公布的，却是最好消息："手术顺利，患者完全脱离生命危险，在苏醒室等待苏醒。"

当着这么多人的面，李奇微也不好多问什么，只是握了握队友的手说："谢谢你，刘主任！"

随后，主刀医师钱明和安德里亚斯师徒也走出来。他们看起来更累，像从战场上撤退下来一般。两人还在交流各自的手术心得，不防这么多人在门口等着，都吓了一大跳。钱明慌忙问："周队，又出什么大事故了吗？"

周伟军问："人怎么样，领事刚刚打来电话问过！"

钱明笑笑说："小姑娘好得很，没事了！"周伟军点点头，调侃着说："那就好。省得美国人到达累斯萨拉姆去建援非公墓了。"——幸亏，他这话没被李奇微听到。他若听到了，肯定要跟周伟军急。

不一会儿，手术护士把克里斯蒂娜从苏醒室里推了出来。李奇微挨在王美清的身后，迎了上去察看。她的一头金发已经被剃光，头上缠着纱布，肩和胸口也都缠着纱布。李奇微从王美清的肩膀后面露出头探看。克里斯蒂娜眼睛睁着，看到了李奇微，突然有了微微笑意，伸手抓住了李奇微的手说：

“嗨，Ridgway，你看，我是不是像被做成了木乃伊？”

王美清和李奇微都笑了。

鉴于克里斯蒂娜孤身在桑岛，医疗队决定请队里的女士们轮流照顾她一两天。李奇微有心照顾克里斯蒂娜，可有很多不方便之处，作为男士，他必须回避。他只能默默在病室外看护着她。

这几天，他们很少有机会能说说话。李奇微本来就不善言谈，该说的话，在乞力马扎罗的生活期间也说完了。他会做的，只是中国式的照料：找大老黄熬鸡汤，到市场买牛筋熬汤……他每一次品尝汤的味道时，他都能尝出自己的那份歉疚。偶尔还能想起丁简，却恍若隔世之感。

在看护克里斯蒂娜的时光里，李奇微才慢慢知道：她刚刚从纳米比亚回到群岛。只因为得知有人在群岛仅存的乔萨尼雨林中，发现了桑给巴尔豹的踪影。豹子对于她有着致命的无与伦比的吸引力，迅速收拾好行囊，她搭乘一架军用飞机返回了坦桑尼亚。

可对乔萨尼森林的考察，依旧是无功而返。克里斯蒂娜查看了被豹子杀死的羊，能够嗅到豹子的气息，但无论如何也寻不着它的踪迹。

失望之余的克里斯蒂娜，独自驾车返回石头城。一路上，想到这个白色小城里有一个令她愤懑的法国医生，特别还有一个令她忧心不已的中国医生，她就走神了。短短一年之内，近乎失恋了两次，克里斯蒂娜对白色的石头城充满了非常复杂的情绪：爱，恨，憎，烦，畏……百感交集。想着想着，她完全忘记了开车这回事。

像无数场交通事故一样，走神的司机最容易撞向死神。在即将进入石头城区之时，克里斯蒂娜的越野车在路中心遇到了一辆牛车。这时，她完全忘记了桑岛右舵驾车的规则，本能地向左侧躲避，便与同样向她左侧躲避的可怜老牛迎面相撞！不过，千幸万幸，她虽没有躲过了这一劫，却躲过了死神，还能活着见到事故的罪魁祸首——李奇微。

三天后，克里斯蒂娜的父亲和詹姆森教授来接克里斯蒂娜。他们租用了一架海豚直升机从达累斯萨拉姆来到了石头城，要接她回美国进行康复治疗。

克里斯蒂娜的父亲身材高大，头发尽白，面目上有点像俄罗斯总统梅德韦杰夫，依稀可见年轻时的帅气，的确是一位很有魅力的绅士。他感谢中国医生为女儿所做的一切，其中也包含了李奇微。有关克里斯蒂娜与李奇微之间的故事，他是一无所知的。

在机场，李奇微跟着很多人一起，送别了克里斯蒂娜。当她被抬上直升机后，李奇微才从众人中走了出来，把那块从乞力马扎罗山顶带下来的石头，搁到她的头旁，笑笑说："从乞力马扎罗带回来送给你的！"

克里斯蒂娜开心地笑了，轻轻挥手说："我将来会到中国看你的，李，等着我！"

李奇微又不敢接话了。直升机的轰鸣慢慢消融在天空，他从来不敢去想将来。将来，何时才能再见克里斯蒂娜？

送别克里斯蒂娜之后，他在群岛的"将来"只有三个月了。两年的光阴一晃而过，他将返回中国，返回到固有的生活之中。他慌慌张张，甚至，都没准备好即将在《相亲&相爱》的节目里，又一次再见丁简。

3

在群岛最后三个月时光，李奇微过得安静又从容。他教会了沙雷更多的技能，为退休的前总统做过一整套的保健治疗，治好了更多病人的病，跟着医疗队到更远更偏僻的地方巡回义诊。

抽了一个周末，他请了假，也独自乘坐"达拉达拉"到了乔萨尼森林去过一趟。那片有二十五平方公里的原始森林，也是群岛上最后一片的雨林，是最重要的生态保护区之一。林中古树苍郁，遮天蔽日。李奇微只身走在其中，满耳风声、水声和动物们的呼啸。像克里斯蒂娜一样，他在森林里仔细倾听豹子们的声音。它们的喘息，它们厚重的脚掌擦着树叶，它们粗壮的尾巴卷过树枝，它们弓下身体、小心向前探看。

开始，豹子的声音很微弱，渐渐地，变得越来越强烈。李奇微感到一群豹子在向他靠拢，感受到它们热烈的喘息和心跳的节奏。他觉得自己一转身就能抓住它们，但他还是没有，而是放手让那些精灵般的豹子们自由远去……

走出乔萨尼森林的那一刻，李奇微忽然心动了，他觉得自己是到了向群岛告别的时候。这趟志愿之旅，带给他的比他想象的要多得多。他不再怨怼丁简，她鼓励着自己动身去寻找成熟。而属于克里斯蒂娜的群岛，则告诉了他什么是成熟。它就是那些豹子，在你毫无准备的情况下扑向你，让你感到致命的痛，你必须要跟它殊死搏斗——可是，你自己将永远看不到它。

春节过后不久，克拉克就从法国回到了群岛。李奇微、王美清和沙雷一起，乘坐着穆勒新买的越野车，到机场迎接他的归来。

相比较于在群岛之时，克拉克要胖了一些，不过他发誓自己是严格遵守斋戒的。对于他而言，还有一个非常好的消息，他已经和父亲达成了和解，准备在群岛待到自己决定离开的那一天。他还说他要在群岛完成一部雄心勃勃的历史小说，再度追溯黑奴的血泪之史：《锁链》。

对于这位法国同行的文学才能，李奇微毫不怀疑。他只是建议，克拉克的小说最好用英文写，那样，他能看得懂。克拉克欣然应允。

李奇微还告诉克拉克有关克里斯蒂娜的事——这是他俩熟识以后的第一次，也是唯一一次，李奇微在克拉克面前提克里斯蒂娜。克拉克听了之后，很长时间默不作声，最后说；“千幸万幸——她没事就好。李，我一直有个困惑想问你。”李奇微就问他什么。

克拉克突然用中文说：“李，你真的，对她一见钟情？”

李奇微愣住了，他惊问：“你怎么会说中文？”

克拉克又用英语解释：“学过一年，仅仅一点点，我有部非常好的《拉鲁斯法汉词典》。我上大学那时，中国刚加入世贸，很多人预测，将来可以到中国发大财，所以，法国青年那一阵子流行学中文。他们总是随风飘，有的觉得好玩，有的真用得上发了财——哦，该死，你还没有回答我的问题呢！”

李奇微想起加布海滩的第一个满月节，想起酒醉之中对他俩吼出的话，不觉脸红了，说：“我根本不是这个意思，我只是，只是开个玩笑……”

克拉克突然变得很严肃，说：“哦，狗屎，李，你怎么能这样？我真没想到。不是所有的玩笑，都可以随便开的！哦，我心中的中国人，可不是你这样的！”

李奇微也急了，说：“我知道，我知道，可是，我没有想到会这样，我一点不知道该怎么办……”

两人就立即陷于僵局之中了。

群岛的丁香花又盛放了，香气四溢，温柔无限。这次丁香花开，是李奇微在群岛所见证的最后一次香气的盛宴。这也是队里所有队员的最后一次。大家到处采风，拍照，录影留念。邓涌不无遗憾地说：“要能有一种设备能把这股最原始的香气也录下来，该有多好！”聪明的女士们就提醒他，回国后，可以在全世界出售的香水里，去感受回忆丁香盛开的群岛。

4月初，清明前后，按照原定计划，奔巴岛分队收队，回驻到石头城。整支医疗队也动身收拾行囊，随时准备启程回国。此刻，新一支医疗队，也招募满了志愿队员，正从国内整装待发，准备进行交替。

在群岛的最后一周，全队上下都在送别的气氛中度过。纳兹莫尔医院上上下下，各个科室，举办了一次又一次的欢送会。为了感谢医疗队留下了珍贵的技术，马加院长甚至亲自脱了衣服，穿上原生态的奔巴服饰，为大家跳起了奔巴岛传统的舞蹈“姆威赛”。

与魁梧的身材相比，马加的舞姿轻盈得惊人。他在小腿上裹着数十枚棕榈叶编成的菱形空壳，壳子里装满了一种“姆威赛”的种子。马加跳起舞来，脚不停地点击地面，姆威赛簌簌作响。舞蹈的节奏非常欢快，却把所有的中国队员深深感动了。晚宴上，周伟军以水代酒，紧握住马加的手，动情地说：

“兄弟，我一直在想，跟你比起来，我该为自己的祖国做得更多一些！”

沙雷送给了师傅李奇微一扇精致的木雕门模型。他只有一个愿望，就是希望哪一天能穿越那道无形之门，到中国去看看。李奇微与他约定不见不散，并约定要带他到老家的药王庙去，正式举行传统杏林的师徒之礼。

自上次谈论克里斯蒂娜而致不欢而散后，克拉克对李奇微深怀不满，一直再没搭理他。两人处于绝交状态。可临别的那一天，克拉克还是特意赶来为他送行了。当然，克拉克肯来送行，不仅仅因为李奇微，还因为他自己的指导医师王美清。

王美清是个心很软的女士。这几天，一直在郁郁寡欢中度过。无论纳兹莫尔医院的妇产科送行、医院送行、病人送行，还是领事馆送行，习惯了被人用斯瓦希里语称为“王医生”的王美清，都哭得死去活来。她的助手“王二”到机场来送行时，她依然是拉着他的手，哭得泪不能禁。克拉克安抚了她很久，才让她平静下来。

广播通知全队登机。钱明和弟子安德里亚斯告别后，第一个登上了飞机。之后，是吕北海和奔巴岛的队员。周伟军要求李奇微负责清点行李。所以，他是最后一个登机的。

李奇微登机前，克拉克和沙雷依然没有走。三人沉默无语。最终，还是克拉克主动上前，握了握李奇微的手，送给他的最简单临别赠言：

“兄弟，我想了这么多天。现在，让我告诉你该怎么办：按自己说的去做，像个中国人那样做，按照自己的内心召唤去做——我一定会去中国看你的，你一定要像个中国人那样迎接我！”

从坐进机舱的那一刻起，李奇微至今还不明白克拉克到底说的是什么意思。回到国内后，当犹豫着是否要去《相亲&相爱》与丁简相见时，他又记起了克拉克的话，痛下了决心。那时，他比任何时刻都清晰感觉到，自己依然深爱着丁简，并一定要抓住最后的机会。

可是，走出录播现场的一刹那。李奇微觉得自己再也没有勇气，能成为克拉克那个心目中的“中国人”了。面对着摄像机，做最后的“临别感言”，他百感交集，却难得动情地说：

“虽然，我失败退场了。不过，我还要感谢今天的每一位女嘉宾，你们是二十四座美丽的岛，谢谢你们点亮或者熄灭的灯。谢谢擦肩而过的你。以后，我还会努力地等待的，像一个真正的中国人那样，寻找我命定的那座岛！谢谢！”

尾声

1

这一期《相亲&相爱》较为平淡，继李奇微退场后，还有三位男嘉宾登场相亲。节目播出后，没有因为李奇微的特殊身份引起反响，李奇微的表现太过于稀松平常，傻愣愣的，并没有引起人们多少的关注。医院的同事们很失望，李奇微没有在场上领走一个，匆匆地来了又走，还是回复到以前的状态。大家对他充满歉意。

五号女嘉宾谷雨继续参加两期节目后，遇到一位从事外贸业务的男士，牵手成功；四号女嘉宾裔丽霞与随后登场第三位男士相亲成功，他是一位很有才华的广告设计师；十三号女嘉宾龚小曼在一期节目后，与一位IT业才俊相亲成功，幸福牵手，满意而归。

二十四号女嘉宾仲茫茫也在两期节目后，与一位公务员相亲成功牵手离开，两人甚为相洽；八号女嘉宾夏智女士，自动退出节目两个月后自费远赴东非桑给巴尔旅游一趟，到了李奇微视频里所展示的丁香群岛。是时，正值群岛丁香花开的季节，夏智真的被花香给惹醉了。

十六号女嘉宾宦晓书，也在《相亲&相爱》节目中牵手成功。不过，她并没与牵手男士相恋，转而和一位同事相恋，半年后结婚。

十八号嘉宾，美女作家苏拉拉成为了网络空间的热议人物。她陆陆续续推出了自己的几部“私小说”，颇为畅销。参加这一期《相亲&相爱》节目，得知桑给巴尔的信息，她兴趣浓厚，正准备酝酿推出一部异域风的言情小说《爱在丁香群岛》，内容主要讲述一个普通女孩与某位总裁太子在浪漫之岛上偶遇的浪漫故事。尽管想入非非，预估也能吸引粉丝无数。

一号女嘉宾林立秋，在参加完节目后就向公司提出申请，率队考察了桑给巴尔。回国后，提交了一份详尽的旅游资源开发报告。公司被说服了，投资势在必行，林立秋担任项目经理。她也准备在桑给巴尔待上个两年。她有一种强烈的预感，自己的那个“他”必然会出现在这片群岛上，兴许，依然在中国医疗队里。

十号女嘉宾楚川被一位一直在节目之外心仪她的南方小伙子给领走了，他说一直期望能找到像楚川这样直爽的女孩子，如愿所偿，心满意足。二十二号女嘉宾白露露，依然扮演着“煎饼台毒舌女嘉宾”角色，《相亲&相爱》节目的广告效应让她很受用。理性的网民一针见血地指出：“她完全忘了干吗来的了。”

十九号女嘉宾邱桂芬继续以懒散来守株待兔。一期节目之后，也等到与她成功相亲的男士。她静静地来，静静地走，水一般无色无味，少有观众对这位十九号女嘉宾留下什么印象的。十五号女嘉宾韩凝露，一不小心成为网络议论的焦点，网友封其为“国民林黛玉”，对之赞叹有加。随后，网上又曝出她的一组热辣照片，背后的故事一时成了议论焦点。

三号女嘉宾蒋霜洁不久后虽与一位财务总监牵手成功，但不过很快分手，经过了漫长的等待，她至今依然单身。十二号女嘉宾李冬，与一位同样从事新闻工作的男嘉宾牵手，两人是少有的明确走入婚姻殿堂的成功案例，他们的故事被拍成了

《相亲&相爱》的形象宣传片，反复播放。

十七号女嘉宾洛小雪成了凭《相亲&相爱》节目而名声大噪的典型，她接了不少的单，并成为了节目的形象代言人，拍广告，拍电影，出专辑，很忙——这位商业时代的宠女，忙得几乎忘了自己的原名。

二十一号女嘉宾，空姐薛丰，是这次节目中最受伤的一位。她是真的比较欣赏李奇微，也在心里为他亮着一盏灯；这位自负的女孩，觉得自己已放下了很低的身段，她怨怼李奇微为何看也不看一眼就全部熄灭。当主持人最终揭开李奇微心中的形象时，她才知道，他心中的确有那么一个人存在。

九号女嘉宾，医学博士董至知，也是《相亲&相爱》节目的小焦点，被作为“三高女”的典型而议论纷纷，有人给她起了绰号“恨嫁博女”。然后，四期节目后，她与一位“海归”的金融型男博士相亲成功。随即，唯恐天下不乱的网友又爆料，这位男博士拿的是美国“西太平洋大学”的文凭，大为可疑。董女士如何处置，无人知晓。

二十三号女嘉宾女法警肖何珊凭空得来了个“推理女帝”

名号，源于她在一期节目中拿一个男嘉宾开玩笑，说他很有“通缉犯气质”。未料，后经查实，这位男嘉宾真的是一位在逃的案犯。大千世界无奇不有，这件事也成了飙升节目人气的优质素材。大家议论纷纷之余，却都买椟还珠，把肖警官的爱情撂在了一边。

十四号女嘉宾戴涵相信平平淡淡才是真，大家甚至都没有注意到究竟是哪一天，她已经不在《相亲&相爱》的节目中了。六号女嘉宾黎春明对李奇微也颇为青睐，不过对于他最后熄灯也并不以为然。她对自己说，大家都是互相给出机会，李奇微熄灯，只不过证明世界又有一个男士不适合自己。

二十号女嘉宾余水清律师相中了一位小她六岁的新毕业大学生，两人一见钟情，迅速牵手，甚至在直播现场拥吻，令很多网民惊呼“重口味”“最炫姐弟恋”。这样“出格”的轰轰烈烈，连余水清自己都感到意外，在微博里坦陈，“那是另外一条鱼”的故事。

二号女嘉宾，来自韩国的美女金哲姬一直没有等到心仪的人。她在节目中多次表达了自己的困惑，实在看不懂中国人的爱情：“为什么大家那么一窝蜂地看相亲的热闹，大家很少去想想我们该如何相爱的事呢？”这个问题的确很困扰人，因此被人称为《相亲&相爱》的“金哲姬猜想”。就此，有人在微博上回复她：“相爱不用想：男人忽悠女人，叫调戏；女人忽悠男人，叫勾引；男女互相忽悠，叫爱情。”

十一号女嘉宾，单身妈妈归盼春，一直在安静中等待。年届而立，领着一个女孩过，上班下班，生活平静，孤单，又颇为不易。她习惯了人们用同情的眼光看待自己和自己的女儿，尽管她绝不需要。身前的灯亮亮熄熄，她虽然感到极度的疲惫，但总要为自己的女儿有一个圆满的家，信心饱满地把一盏灯亮着，亮到它温暖的那一天。

2

七号女嘉宾丁清清，就是丁简，在李奇微退场后，并没有忍受太过于漫长的等待。在一期节目后，她的未婚夫也报了名，并隆重登台谢过，并要领走未婚妻。这件事同样很有戏剧性。当他从电梯里走出来的那一刻，她发现自己的矜持全没有了，就像一个离家出走的小姑娘等家人的认领一样。丁简在节目中并不很惹人注意。那么戏剧性地退场，被网友用一个流行词来形容："逆袭"。

那一期的《相亲&相爱》节目的确非常有戏剧性，以至于有人认为那是节目组故意导演出来的：丁简的未婚夫捧着一束蓝玫瑰，从李奇微走过的那部电梯走出来。他的登场，获得了一阵惊呼。一开场，他就表示，今天专门为未婚妻清清而来的，更引得众人瞩目。他愿意让所有观众作证，向她单膝下跪，认错，道歉，希望她能够回心转意，重新和他一起回到婚姻的殿堂中。

丁简无法拒绝。这件事早已经不是他们俩之间的事。当她熄灭李奇微的灯的那一刻，她就知道她必须要等坚持到底了。终于，他还是来了，并为她献上了他能做到的一切，花朵、歉意和诚意。未婚夫的书法不错，跟丁父很投缘。他特意带来了父亲手书的一幅字"自来自去梁上燕、相亲相爱水中鸥"，并郑重展示出来，以表决心。她被感动得泪不自禁，在万众瞩目之下，与未婚夫再度牵手，在《相亲相爱》的乐曲声和海量的祝福中离去。

自从李奇微回来以后，他再也没有勇气去看一眼《相亲&相爱》了。丁简的轰轰烈烈，他是全然不知的。回国后，他陆陆续续收到了克里斯蒂娜的电子邮件和照片。由于手术比较成功，她恢复得很快。她祝福他与心中的好女孩牵手，她说等她完全康复了，会到中国来看他们。每打开一封新邮件，李奇微都是异常感动，并也深深地惘然若失。

沙雷从群岛给李奇微发送了他人生中第一封电子邮件，用不甚标准的英文拼写向师傅问好，并请教一些医疗问题。同时，他提到了接班李奇微的新一期援非的中医师，是一位四十五六岁的博士生导师。两人之间有明显年龄上的差距，也就有了很大的代沟。那位博导更愿意把沙雷当成自己的一位研究生带。因此，沙雷更加怀念师傅李奇微，希望有朝一日，能考取赴中国进修的机会，与师傅再聚首。

克拉克依然留在群岛志愿服务。他向“无国界医师组织”申请了三年期间服务项目，并办理了群岛的绿卡，获得永久居住权。他在和李奇微的通信中说，他自费去了一趟乞力马扎罗山旅游，也是在图朱的带领下，到达了乞力马扎罗山之巅——“那感觉真好，我和世界的对立缓解了很多。”他告诉李奇微，他的小说也开始动笔写了，每天晚上都能听到叮咚作响的锁链声。

克拉克在信中还提到，穆勒考取了坦桑尼亚全国仅有的五个名额，将在半年后到中国进修一年，最有可能是去北京。到时候，他将陪同穆勒一起到中国来。他说，希望到时候大家能在长城上会合，因为“不到长城非好汉”。克拉克这一说，令李奇微对穆勒及他本人的到来，无限憧憬。

王美清医师回国后很长一段时间里，内心一直有点抑郁。她太怀念在桑给巴尔的光阴了，人回来，心没回来。每天早上五点钟之前，她都会自然醒来，并难以入眠，鼻子充满了群岛的香气——这其实是每位医疗队员的通病，大家太习惯在穆斯林早祷的广播声中醒来了，群岛已经成为各自生命不可分割的一部分。王美清花了两个多月时间，才将自己慢慢调整过来。她说，群岛的生活，对她一生来说，都像一种宗教。

王美清还找过李奇微用针灸治疗过抑郁。她很奇怪，李奇微为什么非要到《相亲&相爱》去找对象。她说，他要是真那么急迫地想找老婆，她可以立刻张罗为他介绍对象；不仅仅是王美清，原队长周伟军博士都打电话给李奇微，他说真没想到你小子这么丢人，不就是相亲嘛，搞得那么悲情。他说自己有个女学生，人很不错，长得也漂亮——总之，天涯何处无芳草，何必跑到电视里找。队友的热情，李奇微并不以为然。

后来，邓涌向李奇微道了歉，说不该那么狠地爆料。李奇微倒也无所谓。邓涌又说他老婆单位有个女孩子，美丽又可爱，特别一点，高鼻梁、深眼窝，很像个外国女孩。她看过那一期的《相亲&相爱》，对李奇微的印象甚好——李奇微就不想接他的话了，暗自叫苦不迭。他明白，自己得要花上很长的一段时间，来消磨掉那一期节目给他日常生活带来的影响。

李奇微的母亲对儿子在非洲的生活一无所知。通过李奇微的亲自丈量，亚非拉当中的非洲，看来不如她想象的那么远。儿子定期从那里打电话回来，声音一如从邻村打来那样清晰。只是两年的光阴，不如儿子许诺的那么短暂。她一直问李奇微在漫长的两年里，究竟干了些什么。他望了望远远的天空，说，认识一些人，走了几座岛，爬了一座山。他母亲就急了："要死，你就去干这么点事，就让妈等两年，真要死！"李奇微凶狠狠地说："我还挣了二十万呢妈！"他妈就不说话了，咧开嘴笑："等买了房，就不许再拖下去了……"

沙雷、克拉克、穆勒，还有克里斯蒂娜……甚至在梦中，李奇微都在漫无边际地等待着所有人带着群岛的芬芳，来到中国来看他。他清晰地感觉到，自己在眼下的生活里是孤单的，而在群岛，却异常丰富。他能充分理解王美清在医疗队群里说的话："群岛成了我一生的宗教。"在半夜里，他经常梦到自己被高亢的祈祷声唤醒，急匆匆收拾漫无边际的包裹，随时准备动身去寻找丁香群岛。

最后一个群岛来客，却是令李奇微做梦都没有想到的。

某一天，他刚下班，在病区值班室洗完澡，正穿衣服时，裤兜里的手机叮叮咚咚叫了起来。李奇微只匆匆穿了条内裤，就摸着接电话。看来电地址，是一个来自浙江杭州的陌生电话。李奇微有点诧异，但猜十有八九是推销什么股票、期货白银之类的诈骗电话，快快地接听了。

——电话那头传来的是一个女孩子的声音，她带着笑声说：嗨，李医生，你好！

李奇微也礼节性地回复，你好。对方呵呵笑出声了，问：知道我是谁啊？

——这是所有人接到陌生电话后，都最烦听到的问题，非常不礼貌的一问。李奇微如实说不知道。

对方说，打听到你的电话可真不容易，你居然跑《相亲&相爱》上去了，吓了我一大跳，哈哈！不过，你要是不去，我还真不容易找到你，你要是在那里牵了手，我肯定也不找你了……

啰啰唆唆，李奇微开始不耐烦了，他说，对不起，你是哪位啊？别耍我了好不好！

对方笑笑，说，我就在你的城市，找你玩好不好？以后真要找女朋友，千万别到电视上去了，请我吃饭就好了……

李奇微不得不把声音提高一点：对不起，如果你再不说你是谁，我立刻就把电话挂了。

对方说：别别，那我请你吃饭好了，再猜一遍，好吗？

李奇微说：不猜了，对不起，我还有事要忙！——说着，就准备挂掉手机，但还是带着耳朵在谛听，在等待一份答案。

对方终于忍不住了，扑哧一声笑出来：啊嘿！救命大恩人大老李，我是茹小洁啊，我就在你医院的门诊大厅呢……你能来找到我吗，还能认出我吗？

3

中国援非的历史悠久。

1962年12月，非洲阿尔及利亚的卫生部长穆罕穆德·纳卡叙亲笔签名致信包括中国在内的世界各大国，希望他们能派出医疗队赴阿，提供具体的医疗援助。

1963年1月，中国率先宣布向阿尔及利亚派遣援助医疗队。

4月16日，中国派出第一批十三人医疗队抵达北非阿尔及利亚的赛以达，开启了中国为非洲提供无偿医疗援助的先河。是时，中国国力极为薄弱，但在全国公民的无声支持下，援助工作能持续、常规展开，并随着中国国力的增强而不断增强。

目前，中国援非医疗队广泛工作于阿尔及利亚、马里、坦桑尼亚、刚果（布）、毛里塔尼亚、几内亚、苏丹、赤道几内亚、塞拉利昂、突尼斯、埃塞俄比亚、多哥、喀麦隆、马达加斯加、摩洛哥、尼日尔、莫桑比克、几内亚比绍、加蓬、贝宁、赞比亚、中非、博茨瓦纳、吉布提、卢旺达、乌干达、佛得角、津巴布韦、塞舌尔、布隆迪、科摩罗、纳米比亚、莱索托、厄立特里亚等四十七个非洲国家和地区。

至今，中国的援非医疗已经有五十年的光阴。中国已派出近两万人次的医疗队员，为近三亿的非洲民众提供了来自遥远中国的医疗援助。中国医生做出了巨大的贡献与牺牲，多名援非中国医生长眠在非洲大陆上。东非谚语云“莫笑跌倒的开路先锋”，非洲对中国这位当代国际援非事业的急先锋充满崇敬，并怀有深刻真切的感情。

中国援非医疗医生不仅用西医治病救人，还将中国传统医药、针灸、按摩以及中西医结合的诊疗方法带到了非洲，成功治疗了一系列疑难杂症，也为遥远的非洲带去独具魅力的中华文化。文化的融合，让中国与非洲有了更多的理解、更宽的合作。

谨以本作品献给遥远、热情、生机勃勃、充满希望的美丽非洲！

2012年7月27日一稿

2012年10月6日二稿

2015年10月16日三稿